或阿呆の一生・侏儒の言葉

芥川龍之介

目次

たね子の憂鬱

たね子は夫の先輩に当るある実業家の令嬢の結婚披露式の通知を貰《もら》った時、ちょうど勤め先へ出かかった夫にこう熱心に話しかけた。

「あたしも出なければ悪いでしょうか?」

「それは悪いさ」

夫はタイを結びながら、鏡の中のたね子に返事をした。もっともそれは箪笥《たんす》の上に立てた鏡に映っていた関係上、たね子よりもむしろたね子の眉《まゆ》に返事をした——のに近いものだった。

「だって帝国ホテルでやるんでしょう?」

「帝国ホテル——か?」

「あら、ご存知なかったの?」

「うん、……おい、チョッキ!」

たね子は急いでチョッキをとり上げ、もう一度この披露式の話をし出した。

「帝国ホテルじゃ洋食でしょう?」

「当り前なことを言っている」

「それだからあたしは困ってしまう」

「なぜ?」

「なぜって……あたしは洋食の食べかたを一度も教わったことはないんですもの」

「誰でも教わったり何かするものか!……」

夫は上着をひっかけるが早いか、無造作に春の中折帽をかぶった。それからちょっと箪笥の上の披露式の通知に目を通し「なんだ、四月の十六日《じゅうろくんち》じゃないか?」と言った。

「そりゃ十六日だって十七日《じゅうしちんち》だって……」

「だからさ、まだ三日もある。そのうちに稽古《けいこ》をしろと言うんだ」

「じゃあなた、あしたの日曜にでもきっとどこかへつれて行って下さる!」

しかし夫はなんとも言わずにさっさと会社へ出て行ってしまった。たね子は夫を見送りながら、ちょっと憂鬱《ゆううつ》にならずにはいられなかった。それは彼女の体の具合も手伝っていたことは確かだった。子供のない彼女はひとりになると、長火鉢の前の新聞をとり上げ、何かそういう記事はないかと一々欄外へも目を通した。が、「今日の献立て」はあっても、洋食の食べかたなどというものはなかった。洋食の食べかたなどというものは?——彼女はふと女学校の教科書にそんなことも書いてあったように感じ、早速用箪笥の抽斗《ひきだし》から古い家政読本を二冊出した。それ等の本はいつの間にか手ずれの痕《あと》さえ煤《すす》けていた。のみならずまた争われない過去の匂いを放っていた。たね子は細い膝《ひざ》の上にそれ等の本を開いたまま、どういう小説を読む時よりも一生懸命に目次を辿《たど》っていった。

「木綿および麻織物洗濯。ハンケチ、前掛、足袋《たび》、食卓《テエブル》掛、ナプキン、レエス、……

「敷物。畳、絨毯《じゅうたん》、リノリウム、コオクカアペト*……

「台所用具。陶磁器類、硝子《ガラス》器類、金銀製器具……」

一冊の本に失望したたね子はもう一冊の本を検《しら》べ出した。

「繃帯《ほうたい》法。巻軸帯、繃帯巾《ぎれ》、……

「出産。生児の衣服、産室、産具……

「収入及び支出。労銀、利子、企業所得……

「一家の管理。家風、主婦の心得、勤勉と節倹、交際、趣味、……」

たね子はがっかりして本を投げ出し、大きい樅《もみ》の鏡台の前へ髪を結いに立って行った。が、洋食の食べかただけはどうしても気にかかってならなかった。……

その次の午後、夫はたね子の心配を見かね、わざわざ彼女を銀座《ぎんざ》の裏のあるレストオランへつれて行った。たね子はテエブルに向かいながら、まずそこには彼等以外に誰もいないのに安心した。しかしこの店もはやらないのかと思うと、夫のボオナスにも影響した不景気を感ぜずにはいられなかった。

「気の毒だわね、こんなにお客がなくっては」

「常談言っちゃいけない。こっちはお客のない時間を選《よ》って来たんだ」

それから夫はナイフやフォオクをとり上げ、洋食の食べかたを教え出した。それもまた実は必ずしも確かではないのに違いなかった。が、彼はアスパラガスに一々ナイフを入れながら、とにかくたね子を教えるのに彼の全智識を傾けていた。彼女も勿論《もちろん》熱心だった。しかし最後にオレンジだのバナナだのの出て来た時にはおのずからこういう果物の値段を考えない訣《わけ》には行《ゆ》かなかった。

彼等はこのレストオランをあとに銀座の裏を歩いて行った。夫はやっと義務を果した満足を感じているらしかった。が、たね子は心の中に何度もフォオクの使いかただのカッフェの飲みかただのと思い返していた。のみならず万一間違った時には――という病的な不安も感じていた。銀座の裏は静かだった。アスファルトの上へ落ちた日あしもやはり静かに春めかしかった。しかしたね子は夫の言葉に好《い》い加減な返事を与えながら、遅れがちに足を運んでいた。……

帝国ホテルの中へはいるのは勿論彼女には始めてだった。たね子は紋服を着た夫を前に狭い階段を登りながら、大谷《おおや》石《いし》や煉瓦《れんが》を用いた内部に何か無気味に近いものを感じた。のみならず壁を伝わって走る、大きい一匹の鼠《ねずみ》さえ感じた。感じた?――それは実際「感じた」だった。彼女は夫の袂《たもと》を引き、「あら、あなた、鼠が」と言った。が、夫はふり返ると、ちょっと当惑らしい表情を浮べ、「どこに?……気のせいだよ」と答えたばかりだった。たね子は夫にこう言われない前にも彼女の錯覚に気づいていた。しかし気づいていればいるだけますます彼女の神経にこだわらない訣には行かなかった。

彼等はテエブルの隅に坐《すわ》り、ナイフやフォオクを動かし出した。たね子は角隠《つのかく》しをかけた花嫁にも時々目を注いでいた。が、それよりも気がかりだったのは勿論皿の上の料理だった。彼女はパンを口へ入れるのにも体中の神経の震えるのを感じた。ましてナイフを落した時には途方に暮れるよりほかはなかった。けれども晩餐《ばんさん》は幸いにも徐《おもむ》ろに最後に近づいていった。たね子は皿の上のサラドを見た時、「サラドのついたものの出て来た時には食事もおしまいになったと思え」という夫の言葉を思い出した。しかしやっとひと息ついたと思うと、今度は三鞭酒《シャンパン》の杯を挙げて立ち上がらなければならなかった。それはこの晩餐の中でも最も苦しい何分かだった。彼女は怯《お》ず怯ず椅子を離れ、目八分に杯をさし上げたまま、いつか背骨さえ震え出したのを感じた。

彼等はある電車の終点から細い横町を曲って行った。夫はかなり酔っているらしかった。たね子は夫の足もとに気をつけながらはしゃぎ気味に何かと口を利いたりした。そのうちに彼等は電灯の明るい「食堂」の前へ通りかかった。そこにはシャツ一枚の男が一人「食堂」の女中とふざけながら、章魚《たこ》を肴《さかな》に酒を飲んでいた。それは勿論彼女の目にはちらりと見えたばかりだった。が、彼女はこの男を、――この無精髭《ぶしょうひげ》を伸ばした男を軽蔑《けいべつ》しない訣には行かなかった。同時にまた自然と彼の自由を羨《うらや》まない訣にも行かなかった。この「食堂」を通り越した後はじきにしもた家ばかりになった。従ってあたりも暗くなりはじめた。たね子はこういう夜の中に何か木の芽の匂うのを感じ、いつかしみじみと彼女の生まれた田舎のことを思い出していた。五十円の債券を二、三枚買って「これでも不動産（！）が殖《ふ》えたのだからね」などと得意になっていた母親のことも。……

次の日の朝、妙に元気のない顔をしたたね子はこう夫に話しかけた。夫はやはり鏡の前にタイを結んでいるところだった。

「あなた、けさの新聞を読んで？」

「うん」

「本所《ほんじょ》かどこかのお弁当屋の娘の気違いになったという記事を読んで？」

「発狂した？　何で？」

夫はチョッキへ腕を通しながら、鏡の中のたね子へ目を移した。たね子というよりもたね子の眉へ。……

「職工か何かにキスされたからですって」

「そんなことくらいでも発狂するものかな」

「そりゃするわ。すると思ったわ。あたしもゆうべは怖い夢を見た……」

「どんな夢を？――このタイはもう今年ぎりだね」

「何か大へんな間違いをしてね、――何をしたのだかわからないのよ。何か大へんな間違いをして汽車の線路へとびこんだ夢なの。そこへ汽車が来たものだから、――」

「轢《ひ》かれたと思ったら、目を醒《さま》したのだろう」

夫はもう上衣《うわぎ》をひっかけ、春の中折帽をかぶっていた。が、まだ鏡に向ったまま、タイの結びかたを気にしていた。

「いいえ、轢かれてしまってからも、夢の中ではちゃんと生きているの。ただ体は滅茶《めちゃ》滅茶《めちゃ》になって眉毛だけ線路に残っているのだけれども、……やっぱりこの二三日《にさんち》洋食の食べかたばかり気にしていたせいいね」

「そうかも知れない」

たね子は夫を見送りながら、半ば独り言のように話しつづけた。

「もうゆうべ大しくじりをしたら、あたしでも何をしたかわからないのだから」

しかし夫は何とも言わずにさっさと会社へ出て行ってしまった。たね子はやっとひとりになると、その日も長火鉢の前に坐り、急須《きゅうす》の湯飲みについであった、ぬるい番茶を飲むことにした。が、彼女の心もちは何か落ち着きを失っていた。彼女の前にあった新聞は花盛りの上野《うえの》の写真を入れていた。彼女はぼんやりこの写真を見ながら、もう一度番茶を飲もうとした。すると番茶はいつの間にか雲母《きらら》に似たあぶらを浮かせていた。しかもそれは気のせいか、彼女の眉にそっくりだった。

「…………」

たね子は頬杖《ほおづえ》をついたまま、髪を結う元気さえ起らずにじっと番茶ばかり眺めていた。

（昭和二年三月二十八日）

古千屋

一

樫井《かしい》の戦い＊のあったのは元和《げんな》元年四月二十九日だった。大阪勢の中でも名を知られた塙団《ばんだん》右衛門直之《えもんなおゆき》＊、淡輪六郎兵衛重政《たんなわろくろうびょうえしげまさ》＊等はいずれもこの戦いのために打ち死した。殊に塙団右衛門直之は金の御幣《ごへい》の指《さ》し物《もの》に十文字の槍《やり》をふりかざし、槍の柄《つか》の折れるまで戦った後、樫井の町の中に打ち死した。

　四月三十日の未《ひつじ》の刻、彼等の軍勢を打ち破った浅野《あさの》但馬守長晟《たじまのかみながあきら》＊は大御所徳川家康《とくがわいえやす》に戦いの勝利を報じた上、直之の首を献上した。（家康は四月十七日以来、二条《にじょう》の城にとどまっていた。それは将軍秀忠《ひでただ》の江戸から上洛《じょうらく》するのを待った後、大阪の城をせめるためだった）この使に立ったのは長晟の家来、関宗兵衛《せきそうべえ》、寺川左馬助《てらかわさまのすけ》の二人だった。

　家康は本多佐渡守正純《ほんださどのかみまさずみ》＊に命じ、直之の首を実検しようとした。正純は次ぎの間に退いて静かに首桶《くびおけ》の蓋《ふた》をとり、直之の首を内見した。それから蓋の上に卍《まんじ》を書き、さらにまた矢の根を伏せた後、こう家康に返事をした。

「直之の首は暑中の折から、頬たれ首になっております。従って臭気も甚だしゅうございますゆえ、御検分はいかがでございましょうか？」

しかし家康は承知しなかった。

「誰も死んだ上は変りはない。とにかくこれへ持って参るように」

正純はまた次ぎの間へ退き、母布《ほろ》をかけた首桶を前にいつまでもじっと坐《すわ》っていた。

「早《はよ》うせぬか」

家康は次ぎの間へ声をかけた。遠州横須賀《えんしゅうよこすか》の徒士《かち》のものだった塙団右衛門直之はいつか天下に名を知られた物師《ものし》の一人に数えられていた。のみならず家康の妾《しょう》お万《まん》の方《かた》も彼女の生んだ頼宣《よりのぶ》*のために一時は彼に年ごとに二百両の金を合力《ごうりょく》していた。最後に直之は武芸のほかにも大竜和尚《だいりゅうおしょう》*の会下《えか》に参じて一字不立《ふりゅう》の道を修めていた。家康のこういう直之の首を実検したいと思ったのも必ずしも偶然ではないのだった。……

しかし正純は返事をせずに、やはり次ぎの間に控えていた成瀬隼人正正成《なるせはやとのしょうまさなり》*や土井大炊《どいおおいの》頭利勝《かみとしかつ》*へ問わず語りに話しかけた。

「とかく人と申すものは年をとるに従って情ばかり剛《こわ》くなるものと聞いております。大御所ほどの弓取もやはりこれだけは下々のものと少しもお変りなさりませぬ。正純も弓矢の故実だけは聊《いささ》かわきまえたつもりでおります。直之の首は一つ首でもあり、目を見開いておればこそ、御実検をお断り申し上げました。それを強《し》いてお目通りへ持って参れと御意なさるのはその好《よ》い証拠ではございませぬか？」

家康は花鳥の襖越《ふすまご》しに正純の言葉を聞いた後、もちろん二度と直之の首を実検しようとは言わなかった。

二

　すると同じ三十日の夜、井伊掃部頭直孝《いいかもんのかみなおたか》*の陣屋に召し使いになっていた女が一人俄《にわか》に気の狂ったように叫び出した。彼女はやっと三十を越した、古千屋《こちや》という名の女だった。

「塙団右衛門ほどの侍の首も大御所の実検には具《そな》えおらぬか？　某《それがし》も一手《ひとて》の大将だったものを。こういう辱《はずか》しめを受けた上は必ず祟《たた》りをせずにはおかぬぞ。……」

　古千屋はつづけさまに叫びながら、その度に空中へ踊り上がろうとした。それはまた左右の男女たちの力もほとんど抑えることの出来ないものだった。凄《すさま》じい古千屋の叫び声はもちろん、彼等の彼女を引据えようとする騒ぎも一かたならないのに違いなかった。

　井伊の陣屋の騒がしいことはおのずから徳川家康の耳にもはいらない訣《わけ》には行かなかった。のみならず直孝は家康に謁《えっ》し、古千屋に直之の悪霊の乗り移ったために誰も皆恐れていることを話した。

「直之の怨《うら》むのも不思議はない。では早速首実検しよう」

　家康は大蠟燭《おおろうそく》の光の中にこうきっぱり言葉を下した。

　夜ふけの二条の城の居間に直之の首を実検するのは昼間よりも反《かえ》ってものものしかった。家康は茶色の羽織を着、下括《したくく》りの袴《はかま》をつけたまま、式通りに直之の首を実検した。そのまた首の左右には具足をつけた旗本が二人いずれも太刀の柄《つか》に手をかけ、家康の実検する間はじっと首へ目を注いでいた。直之の首は頬たれ首ではなかった。が、赤銅色《しやくどういろ》を帯びた上、本多正純のいったように大きい両眼を見開いていた。

「これで塙団右衛門もさだめし本望でございましょう」

旗本の一人、――横田甚右衛門《よこたじんえもん》*はこう言って家康に一礼した。

しかし家康は頷《うなず》いたぎり、何ともこの言葉に答えなかった。のみならず直孝を呼び寄せると、彼の耳へ口をつけるようにし、「その女の素姓だけは検《しら》べておけよ」と小声に彼に命令した。

三

家康の実検をすました話はもちろん井伊の陣屋にも伝わって来ずにはいなかった。古千屋はこの話を耳にすると、「本望、本望」と声をあげ、しばらく微笑を浮かべていた。それからいかにも疲れはてたように深い眠りに沈んで行った。井伊の陣屋の男女たちはやっと安堵《あんど》の思いをした。実際古千屋の男のように太い声に罵《ののし》り立てるのは気味の悪いものだったのに違いなかった。

そのうちに夜は明けていった。直孝は早速古千屋を召し、彼女の素姓を尋ねて見ることにした。彼女はこういう陣屋にいるには余りにか細い女だった。殊に肩の落ちているのはもの哀れよりもむしろ痛々しかった。

「そちはどこで産《うま》れたな？」

「芸州広島《げいしゅう》の御城下でございます」

直孝はじっと古千屋を見つめ、こういう問答を重ねた後、徐《おもむろ》に最後の問を下した。

「そちは塙のゆかりのものであろうな？」

古千屋ははっとしたらしかった。が、ちょっとためらった後、存外はっきり返事をした。

「はい。お羞《はずか》しゅうございますが……」

直之は古千屋の話によれば、彼女に子を一人生ませていた。

「そのせいでございましょうか、昨夜も御実検くださらぬと聞き、女ながらも無念に存じますと、いつか正気を失いましたと見え、何やら口走ったように承っております。もとよりわたくしの一存には覚えのないことばかりでございますが。……」

古千屋は両手をついたまま、明らかに興奮しているらしかった。それはまた彼女のやつれた姿にちょうど朝日に輝いている薄ら氷《うすらひ》に近いものを与えていた。

「善い。善い。もう下って休息せい」

直孝は古千屋を退けた後、もう一度家康の目通りへ出、一々彼女の身の上を話した。

「やはり塙団右衛門にゆかりのあるものでございました」

家康は初めて微笑した。人生は彼には東海道《とうかいどう》の地図のように明らかだった。家康は古千屋の狂乱の中にもいつか人生の彼に教えた、何ごとにも表裏のあるという事実を感じない訣には行かなかった。この推測は今度も七十歳を越した彼の経験に合していた。……

「さもあろう」

「あの女はいかがいたしましょう？」

「善いわ、やはり召し使っておけ」

直孝はやや苛立《いらだ》たしげだった。

「けれども上を欺きました罪は……」

家康はしばらくだまっていた。が、彼の心の目は人生の底にある闇黒《あんこく》に――そのまた闇黒の中にいるいろいろの怪物に向かっていた。

「わたくしの一存にとり計らいましても、よろしいものでございましょうか？」

「うむ、上を欺いた……」

それは実際直孝には疑う余地などのないことだった。しかし家康はいつの間にか人一倍大きい目をしたまま、何か敵勢にでも向かい合ったようにこう堂々と返事をした。――

「いや、おれは欺かれはせぬ」


（昭和二年五月七日）

冬

僕は重い外套《がいとう》にアストラカンの帽をかぶり、市ケ谷《いちがや》の刑務所へ歩いて行った。僕の従兄《いとこ》*は四、五日前にそこの刑務所にはいっていた。僕は従兄を慰める親戚《しんせき》総代にほかならなかった。が、僕の気もちの中には刑務所に対する好奇心もまじっていることは確かだった。

二月に近い往来は売出しの旗などの残っていたものの、どこの町全体も冬枯れていた。僕は坂を登りながら、僕自身も肉体的にしみじみ疲れていることを感じた。僕の叔父《おじ》は去年の十一月に喉頭癌《こうとうがん》のために故人になっていた。それから僕の遠縁の少年はこの正月に家出していた。それから――しかし従兄の収監は僕には何よりも打撃だった。僕は従兄の弟と一しょに最も僕には縁の遠い交渉を重ねなければならなかった。のみならずそれ等の事件にからまる親戚同志の感情上の問題は東京に生まれた人々以外に通じ悪《にく》いこだわりを生じがちだった。僕は従兄と面会した上、ともかくどこかに一週間でも静養したいと思わずにはいられなかった。……

市ヶ谷の刑務所は草の枯れた、高い土手をめぐらしていた。のみならずどこか中世紀じみた門には太い木の格子戸の向こうに、霜に焦《こ》げた檜《ひのき》などのある、砂利を敷いた庭を透かしていた。僕はこの門の前に立ち、長い半白の髭《ひげ》を垂らした、好人物らしい看守に名刺を渡した。それから余り門と離れていない、庇《ひさし》に厚い苔《こけ》の乾いた面会人控室へつれて行って貰った。そこにはもう僕のほかにも薄縁《うすべ》りを張った腰かけの上に何人も腰をおろしていた。しかし一番目立ったのは黒縮緬《くろちりめん》の羽織をひっかけ、何か雑誌を読んでいる三十四、五の女だった。

妙に無愛想な一人の看守は時々こういう控室へ来、少しも抑揚のない声にちょうど面会の順に当った人々の番号を呼び上げて行った。が、僕はいつまで待っても、容易に番号を呼ばれなかった。いつまで待っても——僕の刑務所の門をくぐったのはかれこれ十時になりかかっていた。けれども僕の腕時計はもう一時十分前だった。

僕は勿論《もちろん》腹も減りはじめた。しかしそれよりもやり切れなかったのは全然火の気というもののない控室の中の寒さだった。僕は絶えず足踏みをしながら、苛々《いらいら》する心もちを抑えていた。が、大勢の面会人は誰も存外平気らしかった。殊に丹前《たんぜん》を二枚重ねた、博奕《ばくち》打ちらしい男などは新聞一つ読もうともせず、ゆっくり蜜柑《みかん》ばかり食いつづけていた。

しかし大勢の面会人も看守の呼び出しに来る度にだんだん数を減らしていった。僕はとうとう控室の前へ出、砂利を敷いた庭を歩きはじめた。そこには冬らしい日の光も当っているのに違いなかった。けれどもいつか立ち出した風も僕の顔へ薄い塵《ちり》を吹きつけて来るのに違いなかった。僕は自然と依怙《えこじ》地になり、とにかく四時になるまでは控室へはいるまいと決心した。

僕は生憎《あいにく》四時になっても、まだ呼び出して貰われなかった。のみならず僕より後に来た人々もいつか呼び出しに遇《あ》ったと見え、大抵はもういなくなっていた。僕はとうとう控室へはいり、博奕打ちらしい男にお時宜《じぎ》をした上、僕の場合を相談した。が、彼はにこりともせず、浪花節語《なにわぶし》りに近い声にこういう返事をしただけだった。

「一日《いちんち》に一人しか合わせませんからね。お前さんの前に誰か会っているんでしょう」

勿論こういう彼の言葉は僕を不安にしたのに違いなかった。僕はまた番号を呼びに来た看守にいったい従兄に面会することは出来るかどうか尋ねることにした。しかし看守は僕の言葉に全然返事をしなかった上、僕の顔を見ずに歩いて行ってしまった。同時にまた博奕打ちらしい男も二、三人の面会人と一しょに看守のあとについて行ってしまった。僕は土間のまん中に立ち、機械的に巻煙草に火をつけたりした。が、時間の移るにつれ、だんだん無愛想な看守に対する憎しみの深まるのを感じ出した。（僕はこの侮辱《ぶじょく》を受けた時に急に不快にならないことをいつも不思議に思っている）

看守のもう一度呼び出しに来たのはかれこれ五時になりかかっていた。僕はまたアストラカンの帽をとった上、看守に同じことを問いかけようとした。すると看守は横を向いたまま、僕の言葉を聞かないうちにさっさと向こうへ行ってしまった。「余りと言えば余り」とは実際こういう瞬間の僕の感情に違いなかった。僕は巻煙草の吸いさしを投げつけ、控室の向こうにある刑務所の玄関へ歩いて行った。

玄関の石段を登った左には和服を着た人も何人か硝子《ガラス》窓の向こうに事務を執《と》っていた。

僕はその硝子窓をあけ、黒い紬《つむぎ》の紋つきを着た男にできるだけ静かに話しかけた。が、顔色の変っていることは僕自身はっきり意識していた。

「僕はTの面会人です。Tには面会は出来ないんですか？」

「番号を呼びに来るのを待って下さい」

「僕は十時頃から待っています」

「そのうちに呼びに来るでしょう」

「呼びに来なければ待っているんですか？　日が暮れても待っているんですか？」

「まあ、とにかく待って下さい。とにかく待った上にして下さい」

相手は僕のあばれでもするのを心配しているらしかった。僕は腹の立っている中《うち》にもちょっとこの男に同情した。「こっちは親戚総代になっていれば、向こうは刑務所総代になっている」——そんな可笑《おか》しさも感じないのではなかった。

「もう五時過ぎになっています。面会だけは出来るように取り計らって下さい」

僕はこう言い捨てたなり、ひとまず控室へ帰ることにした。もう暮れかかった控室の中にはあの丸髷《まるまげ》の女が一人、今度は雑誌を膝《ひざ》の上に伏せ、ちゃんと顔を起していた。まともに見た彼女の顔はどこかゴシックの彫刻らしかった。僕はこの女の前に坐《すわ》り、未《いま》だに刑務所全体に対する弱者の反感を感じていた。

僕のやっと呼び出されたのはかれこれ六時になりかかっていた。僕は今度は目のくりくりした、機敏らしい看守に案内され、やっと面会室の中にはいることになった。面会室は室《へや》というものの、精々、二、三尺四方ぐらいだった。のみならず僕のはいったほかにもペンキ塗りの戸の幾つも並んでいるのは共同便所にそっくりだった。面会室の正面にこれも狭い廊下越しに半月形の窓が一つあり、面会人はこの窓の向こうに顔を顕《あらわ》す仕組みになっていた。

従兄はこの窓の向こうに、――光の乏しい硝子窓の向こうに円まると肥《ふと》った顔を出した。しかし存外変わっていないことは幾分か僕を力丈夫にした。僕等は感傷主義を交えずに手短かに用事を話し合った。が、僕の右隣りには兄に会いに来たらしい十六、七の女が一人とめどなしに泣き声を洩《も》らしていた。僕は従兄と話しながら、この右隣りの泣き声に気をとめない訣には行かなかった。

「今度のことは全然冤罪《えんざい》ですから、どうか皆さんにそう言って下さい」

従兄は切り口上にこう言ったりした。僕は従兄を見つめたまま、この言葉には何とも答えなかった。しかし何とも答えなかったことはそれ自身僕に息苦しさを与えない訣には行かなかった。現に僕の左隣りにはまだらに頭の禿《は》げた老人が一人やはり半月形の窓越しに息子らしい男にこう言っていた。

「会わずにひとりでいる時にはいろいろのことを思い出すのだが、どうも会うとなると忘れてしまってな」

僕は面会室の外へ出た時、何か従兄にすまなかったように感じた。が、それは僕等同志の連帯責任であるようにも感じた。僕はまた看守に案内され、寒さの身にしみる刑務所の廊下を大股《おおまた》に玄関へ歩いて行った。

ある山《やま》の手《て》の従兄の家には僕の血を分けた従姉《いとこ》が一人僕を待ち暮らしているはずだった。僕はごみごみした町の中をやっと四谷見附《よつやみつけ》の停留所へ出、満員の電車に乗ることにした。「会わずにひとりいる時には」と言った、妙に力のない老人の言葉は未《いま》だに僕の耳に残っていた。それは女の泣き声よりも一層僕には人間的だった。僕は吊り革《つりかわ》につかまったまま、夕明りの中に電灯をともした麴町《こうじまち》の家々を眺め、今更のように「人さまざま」という言葉を思い出さずにはいられなかった。

三十分ばかりたった後、僕は従兄の家の前に立ち、コンクリイトの壁についたベルの鈕《ボタン》へ指をやっていた。かすかに伝わって来るベルの音は玄関の硝子戸の中に電灯をともした。それから年をとった女中が一人細目に硝子戸をあけて見た後、「おや……」何とか間投詞を洩らし、すぐに僕を往来に向かった二階の部屋へ案内した。僕はそこのテエブルの上へ外套や帽子を投げ出した時、一時に今まで忘れていた疲れを感じずにはいられなかった。女中は瓦斯《ガス》暖炉に火をともし、僕一人を部屋の中に残して行った。多少の蒐集癖《しゅうしゅうへき》を持っていた従兄はこの部屋の壁にも二、三枚の油画や水彩画をかかげていた。僕はぼんやりそれらの画を見比べ、今更のように有為転変などという昔の言葉を思い出していた。

そこへ前後してはいって来たのは従姉や従兄の弟だった。従姉も僕の予期したよりもずっと落ち着いているらしかった。僕は出来るだけ正確に彼等に従兄の伝言を話し、今度の処置を相談し出した。従姉は格別積極的にどうしようという気も持ち合わせなかった。のみならず話の相間にもアストラカンの帽をとり上げ、こんなことを僕に話しかけたりした。

「妙な帽子ね。日本で出来るもんじゃないでしょう?」

「これ? これはロシア人のかぶる帽子さ」

しかし従兄の弟は従兄以上に「仕事師」だけにいろいろの障害を見越していた。

「何しろこの間も兄貴の友だちなどは××新聞の社会部の記者に名刺を持たせてよこすんです。その名刺には口止め料金のうち半金は自腹を切って置いたから、残金を渡してくれと書いてあるんです。それもこっちで検《しら》べて見れば、その新聞記者に話したのは兄貴の友だち自身なんですからね。もちろん半金などを渡したんじゃない。ただ残金をとらせによこしているんです。そのまた新聞記者も新聞記者ですし、……」

「僕もとにかく新聞記者ですよ。耳の痛いことは御免蒙《めんこうむ》りますかね」

僕は僕自身を引き立てるためにも常談を言わずにはいられなかった。が、従兄の弟は酒気を帯びた目を血走らせたまま、演説でもしているように話しつづけた。それは実際常談さえうっかり言われない権幕に違いなかった。

「おまけに予審判事を怒らせるためにわざと判事をつかまえては兄貴を弁護する手合いもあるんですからね」

「それはあなたからでも話して頂けば、……」

「いや、勿論そう言っているんです。御厚意は重々感謝しますけれども、判事の感情を害すると、反《かえ》って御厚意に背きますからと頭を下げて頼んでいるんです」

従姉は瓦斯暖炉の前に坐ったまま、アストラカンの帽をおもちゃにしていた。僕は正直に白状すれば、従兄の弟と話しながら、この帽のことばかり気にしていた。火の中にでも落されてはたまらない。――そんなことも時々考えていた。この帽は僕の友だちのベルリンのユダヤ人町を探がした上、偶然モスクヴァへ足を伸ばした時、やっと手に入れることの出来たものだった。

「そう言っても駄目ですかね？」

「駄目どころじゃありません。僕は君たちのためを思って骨を折っていてやるのに失敬なことを言うなと来るんですから」

「なるほどそれじゃどうすることも出来ない」

「どうすることも出来ません。法律上の問題には勿論、道徳上の問題にもならないんですからね。とにかく外見は友人のために時間や手数をつぶしている、しかし事実は友人のために陥《おと》し穽《あな》を掘る手伝いをしている、――あたしもずいぶん奮闘主義ですが、ああいうやつにかかっては手も足も出すことは出来ません」

こういう僕等の話の中《うち》に俄《にわ》かに僕等を驚かしたのは「T君万歳」という声だった。僕は片手に窓かけを挙げ、窓越しに往来へ目を落した。狭い往来には人々が大勢道幅一ぱいに集っていた。のみならず××町青年団と書いた提灯《ちょうちん》が幾つも動いていた。僕は従姉たちと顔を見合せ、ふと従兄には××青年団団長という肩書もあったのを思い出した。

「お礼を言いに出なくっちゃいけないでしょうね」

従姉はやっと「たまらない」という顔をし、僕ら二人を見比べるようにした。

「なに、わたしが行って来ます」

従兄の弟は無造作にさっさと部屋を後ろにして行った。僕は彼の奮闘主義にある羨《うらやま》しさを感じながら、従姉の顔を見ないように壁の上の画などを眺めたりした。しかし何も言わずにいることはそれ自身僕には苦しかった。といって何か言ったために二人とも感傷的になってしまうことはなおさら僕には苦しかった。僕は黙って巻煙草に火をつけ、壁にかかげた画の一枚に、――従兄自身の肖像画に遠近法の狂いなどを見つけていた。

「こっちは万歳どころじゃありはしない。そんなことを言ったって仕かたはないけれども……」

従姉は妙に空ぞらしい声にとうとう僕に話しかけた。

「町内ではまだ知らずにいるのかしら？」

「ええ、……でも一体どうしたんでしょう？」

「何が？」

「Tのことよ。お父さんのこと」

「それはTさんの身になって見れば、いろいろ事情もあったろうしさ」

「そうでしょうか？」

僕はいつか苛立たしさを感じ、従姉に後ろを向けたまま、窓の前へ歩いて行った。窓の下の人々は不相変《あいかわらず》万歳の声を挙げていた。それはまた「万歳、万歳」と三度繰り返して唱えるものだった。従兄の弟は玄関の前へ出、手ん手に提灯をさし上げた大勢の人々にお時宜をしていた。のみならず彼の左右には小さい従兄の娘たちも二人、彼に手をひかれたまま、時々取ってつけたようにちょっとお下げの頭を下げたりしていた。……

それからもう何年かたった、ある寒さの厳しい夜、僕は従兄の家の茶の間に近頃始めた薄荷《はっか》パイプを啣《くわ》え、従姉と差し向かいに話していた。初七日を越した家の中は気味の悪いほどもの静かだった。従兄の白木の位牌《いはい》の前には灯心が一本火を灯《とも》していた。その又位牌を据えた机の前には娘たちが二人夜着をかぶっていた。僕はめっきり年をとった従姉の顔を眺めながら、ふとあの僕を苦しめた一日の出来事を思い出した。しかし僕の口に出したのはこういう当り前の言葉だけだった。

「薄荷パイプを吸っていると、余計寒さも身にしみるようだね」

「そうお、あたしも手足が冷えてね」

従姉は余り気のないように長火鉢の炭などを直していた。……

（昭和二年六月四日）

手紙

僕は今この温泉宿に滞在しています。避暑する気もちもないではありません。しかしまだそのほかにゆっくり読んだり書いたりしたい気もちもあることは確かです。ここは旅行案内の広告によれば、神経衰弱に善いとかいうことです。そのせいか狂人も二人ばかりいます。一人は二十七、八の女です。この女は何も口を利かずに手風琴ばかり弾いています。が、身なりはちゃんとしていますから、どこか相当な家の奥さんでしょう。のみならず二、三度見かけたところではどこかちょっと混血児《あいのこ》じみた、輪廓《りんかく》の正しい顔をしています。もう一人の狂人は赤あかと額の禿《は》げ上がった四十前後の男です。この男は確か左の腕に松葉の入れ墨をしているところを見ると、まだ狂人にならない前には何か意気な商売でもしていたのかも知れません。僕は勿論この男とはたびたび風呂《ふろ》の中でも一しょになります。K君は（これはここに滞在しているある大学の学生です）この男の入れ墨を指さし、いきなり「君の細君の名はお松《まつ》さんだね」と言ったものです。するとこの男は湯に浸ったまま、子供のように赤い顔をしました。……

K君は僕よりも十も若い人です。おまけに同じ宿のM子さん親子とかなり懇意にしている人です。M子さんは昔ふうに言えば、若衆顔《わかしゅがお》をしているとでも言うのでしょう。僕はM子さんの女学校時代にお下げに白い後ろ鉢巻をした上、薙刀《なぎなた》を習ったということを聞き、定めしそれは牛若丸《うしわかまる》か何かに似ていたことだろうと思いました。もっともこのM子さん親子にはS君もやはり交際しています。S君はK君の友だちです。ただK君と違うのは、――僕はいつも小説などを読むと、二人の男性を差別するために一人を肥《ふと》った男にすれば、一人を瘦《や》せた男にするのをちょっと滑稽《こっけい》に思っています。それからまた一人を豪放な男にすれば、一人を繊弱な男にするのにもやはり微笑まずにはいられません。現にK君やS君は二人とも肥ってはいないのです。のみならず二人とも傷《きず》つき易い神経を持って生まれているのです。が、K君はS君のように容易に弱みを見せません。実際また弱みを見せない修業《しゅうぎょう》を積もうともしているらしいのです。

K君、S君、M子さん親子、――僕のつき合っているのはこれだけです。もっともつき合いと言ったにしろ、ただ一しょに散歩したり話したりするほかはありません。何しろここには温泉宿のほかに(それもたった二軒だけです)カッフェ一つないのです。僕はこういう寂しさを少しも不足には思っていません。しかしK君やS君は時々「我等の都会に対する郷愁」というものを感じています。M子さん親子も、――M子さん親子の場合は複雑です。M子さん親子は貴族主義者です。従ってこういう山の中に満足している訣《わけ》はありません。しかしその不満の中に満足を感じているのです。少くともかれこれ一月だけの満足を感じているのです。

僕の部屋は二階の隅にあります。僕はこの部屋の隅の机に向かい、午前だけはちゃんと勉強します。午後はトタン屋根に日が当たるものですから、その烈《はげ》しい火照りだけでもとうてい本などは読めません。では何をするかと言えば、K君やS君に来て貰《もら》ってトランプや将棊《しょうぎ》に閑《ひま》をつぶしたり、組み立て細工の木枕をして（これはここの名産です）昼寝をしたりするだけです。五、六日前の午後のことです。僕はやはり木枕をしたまま、厚い渋紙の表紙をかけた「大久保《おおくぼ》武蔵鐙《むさしあぶみ》」＊を読んでいました。するとそこへ襖《ふすま》をあけていきなり顔を出したのは下の部屋にいるM子さんです。僕はちょっと狼狽《ろうばい》し、莫迦莫迦《ばかばか》しいほどちゃんと坐《すわ》り直しました。

「あら、皆さんはいらっしゃいませんの？」

「ええ。きょうは誰も、……まあ、どうかおはいりなさい」

M子さんは襖をあけたまま、僕の部屋の縁先に佇《たたず》みました。

「この部屋はお暑うございますわね」

逆光線になったM子さんの姿は耳だけ真紅に透いて見えます。僕は何か義務に近いものを感じ、M子さんの隣に立つことにしました。

「あなたのお部屋は涼しいでしょう」

「ええ、……でも手風琴の音ばかりして」

「ああ、あの気違いの部屋の向こうでしたね」

僕等はこんな話をしながら、しばらく縁先に佇んでいました。西日を受けたトタン屋根は波がたにぎらぎらかがやいています。そこへ庭の葉桜の枝から毛虫が一匹転げ落ちました。毛虫は薄いトタン屋根の上にかすかな音を立てたと思うと、二、三度体をうねらせたぎり、すぐにぐったり死んでしまいました。それは実に呆《あ》っ気ない死です。同時にまた実に世話の無い死です。——

「フライ鍋《なべ》の中へでも落ちたようですね」

「あたしは毛虫は大嫌い」

「僕は手でもつまめますがね」

「Sさんもそんなことを言っていらっしゃいました」

M子さんは真面目に僕の顔を見ました。

「S君もね」

僕の返事はM子さんには気乗りのしないように聞えたのでしょう。（僕は実はM子さんに、——というよりもM子さんという少女の心理に興味を持っていたのですが）M子さんは幾分か拗《す》ねたようにこう言って手すりを離れました。

「じゃまた後ほど」

M子さんの帰って行った後、僕はまた木枕をしながら、「大久保武蔵鐙」を読みつづけました。が、活字を追う間に時々あの毛虫のことを思い出しました。……

僕の散歩に出かけるのはいつも大抵は夕飯前です。こういう時にはM子さん親子をはじめ、K君やS君も一しょに出るのです。そのまた散歩する場所もこの村の前後二、三町の松林よりほかにはありません。これは毛虫の落ちるのを見た時よりもあるいは前の出来事でしょう。僕等はやはりはしゃぎながら、松林の中を歩いていました。僕等は？——もっともM子さんのお母さんだけは例外です。この奥さんは年よりは少なくとも十ぐらいはふけて見えるのでしょう。僕はM子さんの一家のことは何も知らないものの一人です。しかしいつか読んだ新聞記事によれば、この奥さんはM子さんやM子さんの兄さんを産んだ人ではないはずです。M子さんの兄さんはどこかの入学試験に落第したためにお父さんのピストルで自殺しました。僕の記憶を信ずるとすれば、新聞は皆兄さんの自殺したのもこの後妻に来た奥さんに責任のあるように書いていました。この奥さんの年をとっているのもあるいはそんなためではないでしょうか？　僕はまだ五十を越していないのに髪の白い奥さんを見る度にどうもそんなことを考えやすいのです。しかし僕等四人だけはとにかくしゃべりつづけにしゃべっていました。するとM子さんは何を見たのか、「あら、いや」と言ってK君の腕を抑えました。

「なんです？　僕は蛇でも出たのかと思った」

それは実際何でもない。ただ乾いた山砂の上に細かい蟻《あり》が何匹も半死半生の赤蜂《あかはち》を引きずって行こうとしていたのです。赤蜂は仰《あおむ》けになったなり、時々裂けかかった翅《はね》を鳴らし、蟻の群を逐《お》い払っています。が、蟻の群は蹴《け》散《ち》らされたと思うと、すぐにまた赤蜂の翅や脚にすがりついてしまうのです。僕等はそこに立ちどまり、しばらくこの赤蜂のあがいているのを眺めていました。現にM子さんも始めに似合わず、妙に真剣な顔をしたまま、やはりK君の側に立っていたのです。

「時々剣を出しますわね」

「蜂の剣は鉤《かぎ》のように曲っているものですね」

僕は誰も黙っているものですから、M子さんとこんな話をしていました。

「さあ、行きましょう。あたしはこんなものを見るのは大嫌い」

M子さんのお母さんは誰よりも先きに歩き出しました。僕等も歩き出したのは勿論です。松林は路をあましたまま、ひっそりと高い草を伸ばしていました。僕等の話し声はこの松林の中に存外高い反響を起しました。殊にK君の笑い声は——K君はS君やM子さんにK君の妹さんのことを話していました。この田舎にいる妹さんは女学校を卒業したばかりらしいのです。が、何でも夫になる人は煙草ものまなければ酒ものまない、品行方正の紳士でなければならないと言っているということです。

「僕らは皆落第ですね？」

S君は僕にこう言いました。が、僕の目にはいじらしいくらい、妙にてれ切った顔をしていました。

「煙草ものまなければ酒ものまないなんて、……つまり兄貴へ当てつけているんだね」

K君も咄嗟《とっさ》につけ加えました。僕は善い加減な返事をしながら、だんだんこの散歩を苦にし出しました。従って突然M子さんの「もう帰りましょう」と言った時にはほっとひと息ついたものです。M子さんは晴れ晴れした顔をしたまま、僕等の何とも言わないうちにくるりと足を返しました。が、温泉宿へ帰る途中はM子さんのお母さんとばかり話していました。僕等は勿論前と同じ松林の中を歩いて行ったのです。けれどもあの赤蜂はもうどこかへ行っていました。

それから半月ばかりたった後です。僕はどんより曇っているせいか、何をする気もなかったものですから、池のある庭へおりて行きました。するとM子さんのお母さんが一人船底椅子に腰をおろし、東京の新聞を読んでいました。M子さんはきょうはK君やS君と温泉宿の後ろにあるY山へ登りに行ったはずです。この奥さんは僕を見ると、老眼鏡をはずして挨拶《あいさつ》しました。

「こちらの椅子をさし上げましょうか？」

「いいえ、これで結構です」

僕はちょうどそこにあった、古い籐椅子《とういす》にかけることにしました。

「昨晩はお休みになれなかったでしょう？」

「いいえ、……何かあったのですか？」

「あの気の違った男の方がいきなり廊下へ駈《か》け出したりなすったものですから」

「そんなことがあったんですか？」

「ええ、どこかの銀行の取りつけ騒ぎを新聞でお読みなすったのが始まりなんですって」

僕はあの松葉の入れ墨をした気違いの一生を想像しました。それから、――笑われても仕かたはありません、僕の弟の持っている株券のことなどを思い出しました。

「Sさんなどはこぼしていらっしゃいましたよ。……」

M子さんのお母さんはいつか僕に婉曲《えんきょく》にS君のことを尋ね出しました。が、僕はどういう返事にも「でしょう」だの「と思います」だのとつけ加えました。（僕はいつも一人の人をその人としてだけしか考えられません。家族とか財産とか社会的地位とかいうことには自然と冷淡になっているのです。おまけに一番悪いことはその人としてだけ考える時でもいつか僕自身に似ている点だけその人の中から引き出した上、勝手に好悪を定めているのです）のみならずこの奥さんの気もちに、——S君の身もとを調べる気もちにある可笑《おか》しさを感じました。

「Sさんは神経質でいらっしゃるでしょう？」

「ええ、まあ神経質というのでしょう」

「人ずれはちっともしていらっしゃいませんね」

「それはなにしろ坊ちゃんですから、……しかしもう一通りのことは心得ていると思いますが」

僕はこういう話の中にふと池の水際に沢蟹《さわがに》の這《は》っているのを見つけました。しかもその沢蟹はもう一匹の沢蟹を、——甲羅《こうら》の半ば砕けかかったもう一匹の沢蟹をじりじり引きずって行くところなのです。僕はいつかクロポトキンの相互扶助論《そうごふじょろん》＊の中にあった蟹の話を思い出しました。クロポトキンの教えるところによれば、いつも蟹は怪我をした仲間を扶《たす》けて行ってやるということです。しかしまたある動物学者の実例を観察したところによれば、それはいつも怪我をした仲間を食うためにやっているということです。僕はだんだん石菖《せきしょう》のかげに二匹の沢蟹の隠れるのを見ながら、M子さんのお母さんと話していました。が、いつか僕等の話に全然興味を失っていました。

「みんなの帰って来るのは夕がたでしょう?」

僕はこう言って立ち上がりました。同時にまたM子さんのお母さんの顔にある表情を感じました。それはちょっとした驚きと一しょに何か本能的な憎しみを閃《ひらめ》かせている表情です。けれどもこの奥さんはすぐにもの静かに返事をしました。

「ええ、M子もそんなことを申しておりました」

僕は僕の部屋へ帰って来ると、また縁先の手すりにつかまり、松林の上に盛り上がったY山の頂を眺めました。山の頂は岩むらの上に薄い日の光をなすっています。僕はこういう景色を見ながら、ふと僕等人間を憐《あわれ》みたい気もちを感じました。……

M子さん親子はS君と一しょに二、三日前に東京へ帰りました。K君は何でもこの温泉宿へ妹さんの来るのを待ち合せた上、(それは多分僕の帰るのよりも一週間ばかり遅れるでしょう)帰り仕度をするとかいうことです。僕はK君と二人だけになった時に幾分か寛《くつろ》ぎを感じました。もっともK君を劬《いたわ》りたい気もちの反ってK君にこたえることを惧《おそ》れているのに違いありません。が、とにかくK君と一しょに比較的気楽に暮らしています。現にゆうべも風呂にはいりながら、一時間もセザアル・フランク*を論じていました。

僕は今僕の部屋にこの手紙を書いています。ここはもう初秋にはいっています。僕はけさ目を醒《さま》した時、僕の部屋の障子の上に小さいY山や松林の逆さまに映っているのを見つけました。それは勿論戸の節穴からさして来る光のためだったのです。しかし僕は腹ばいになり、一本の巻煙草をふかしながら、この妙に澄み渡った、小さい初秋の風景にいつにない静かさを感じました。……

ではさようなら。東京ももう朝晩は大分凌《しの》ぎよくなっているでしょう。どうかお子さんたちにもよろしく言って下さい。

（昭和二年六月七日）

三つの窓

1　鼠

一等戦闘艦××の横須賀《よこすか》軍港へはいったのは六月にはいったばかりだった。軍港を囲んだ山々はどれも皆雨のために煙っていた。元来軍艦は碇泊《ていはく》したが最後、鼠《ねずみ》の殖《ふ》えなかったというためしはない。――××もまた同じことだった。長雨の中に旗を垂らした二万噸《トン》の××の甲板の下にも鼠はいつか手箱だの衣嚢《いのう》だのにもつきはじめた。

こういう鼠を狩るために鼠を一匹捉《とら》えたものには一日の上陸を許すという副長の命令の下ったのは碇泊後三日にならない頃だった。勿論《もちろん》水兵や機関兵はこの命令の下った時から熱心に鼠狩りにとりかかった。鼠は彼等の力のために見る見る数を減らしていった。従って彼等は一匹の鼠も争わない訣《わけ》には行かなかった。

「この頃みんなの持って来る鼠は大抵八つ裂きになっているぜ。寄ってたかって引っぱり合うものだから」

ガンルウムに集った将校たちはこんなことを話して笑ったりした。少年らしい顔をしたA中尉《ちゅうい》もやはり彼等の一人だった。つゆ空に近い人生はのんびりと育ったA中尉にはほんとうには何もわからなかった。が、水兵や機関兵の上陸したがる心もちは彼にもはっきりわかっていた。A中尉は巻煙草をふかしながら、彼らの話にまじる時にはいつもこういう返事をしていた。

「そうだろうな。おれでも八つ裂きにし兼ねないから」

彼の言葉は独身者の彼だけに言われるのに違いなかった。彼の友だちのY中尉は一年ほど前に妻帯していたために大抵水兵や機関兵の上にわざと冷笑を浴びせていた。それはまた何ごとにも容易に弱みを見せまいとするふだんの彼の態度にも合していることは確かだった。褐色の口髭《くちひげ》の短い彼は一杯の麦酒《ビール》に酔った時さえ、テエブルの上に頬杖《ほおづえ》をつき、時々A中尉にこう言ったりしていた。

「どうだ、おれたちも鼠狩りをしては？」

ある雨の晴れ上がった朝、甲板士官だったA中尉はSという水兵に上陸を許可した。それは彼の小鼠を一匹、――しかも五体の整った小鼠を一匹とったためだった。人一倍体の逞《たくま》しいSは珍しい日の光を浴びたまま、幅の狭い舷梯《げんてい》を下って行った。すると仲間の水兵が一人身軽に舷梯を登りながら、ちょうど彼とすれ違う拍子に常談のように彼に声をかけた。

「おい、輸入か？」

「うん、輸入だ」

彼らの問答はA中尉の耳にはいらずにはいなかった。彼はSを呼び戻し、甲板の上に立たせたまま、彼等の問答の意味を尋ね出した。

「輸入とは何か?」

Sはちゃんと直立し、A中尉の顔を見ていたものの、明らかにしょげ切っているらしかった。

「輸入とは外から持って来たものであります」

「なんのために外から持って来たか?」

A中尉は勿論何のために持って来たかを承知していた。が、Sの返事をしないのを見ると、急に彼に忌々しさを感じ、力一ぱい彼の頬を擲《なぐ》りつけた。Sはちょっとよろめいたものの、すぐにまた不動の姿勢をした。

「誰が外から持って来たか?」

Sはまた何とも答えなかった。A中尉は彼を見つめながら、もう一度彼の横顔を張りつける場合を想像していた。

「誰だ?」

「わたくしの家内であります」

「面会に来たときに持って来たのか?」

「はい」

A中尉は何か心の中に微笑しずにはいられなかった。

「何に入れて持って来たか?」

「菓子折りに入れて持って来ました」

「お前の家《うち》はどこにあるのか？」

「平坂下《ひらさかした》であります」

「お前の親は達者でいるか？」

「いえ、家内と二人暮らしであります」

「子供はないのか？」

「はい」

Sはこういう問答の中《うち》も不安らしい容子《ようす》を改めなかった。A中尉は彼を立たせて措《お》いたまま、ちょっと横須賀の町へ目を移した。横須賀の町は山々の中にもごみごみと屋根を積み上げていた。それは日の光を浴びていたものの、妙に見すぼらしい景色だった。

「お前の上陸は許可しないぞ」

「はい」

SはA中尉の黙っているのを見、どうしようかと迷っているらしかった。が、A中尉は次に命令する言葉を心の中に用意していた。が、しばらく何も言わずに甲板の上を歩いていた。「こいつは罰を受けるのを恐れている」——そんな気もあらゆる上官のようにA中尉には愉快でないことはなかった。

「もう善い。あっちへ行け」

A中尉はやっとこう言った。Sは挙手の礼をした後、くるりと彼に後ろを向け、ハッチの方へ歩いて行こうとした。彼は微笑しないように努力しながら、Sの五、六歩隔った後、俄《にわ》かにまた「おい待て」と声をかけた。

「はい」

Sは咄嗟《とっさ》にふり返った。が、不安はもう一度体中に漲《みなぎ》って来たらしかった。

「お前に言いつける用がある。平坂下にはクラッカアを売っている店があるな？」

「はい」

「あのクラッカアを一袋買って来い」

「今でありますか？」

「そうだ。今すぐに」

中尉は日に焼けたSの頬に涙の流れるのを見のがさなかった。――

それから二、三日たった後、A中尉はガンルウムのテエブルに女名前の手紙に目を通していた。手紙は桃色の書簡箋《しょかんせん》に覚束ないペンの字を並べたものだった。彼は一通り読んでしまうと、一本の巻煙草に火をつけながら、ちょうど前にいたY中尉にこの手紙を投げ渡した。

「何だ、これは？……『昨日のことは夫の罪にては無之《これなく》、皆浅はかなるわたくしの心より起こりしこと故、何とぞ不悪《あしからず》御ゆるし下され度候《たくそうろう》。……なおまた御志のほどは後のちまでも忘れまじく』……」

Y中尉は手紙を持ったまま、だんだん軽蔑《けいべつ》の色を浮べ出した。それから無愛想にA中尉の顔を見、冷かすように話しかけた。

「善根を積んだという気がするだろう？」

「ふん、多少しないこともない」

A中尉は軽がると受け流したまま、円窓の外を眺めていた。円窓の外に見えるのは雨あしの長い海ばかりだった。しかし彼はしばらくすると、俄《にわ》かに何かに羞《は》じるようにこうY中尉に声をかけた。

「けれども妙に寂しいんだがね。あいつのビンタを張った時には可哀そうだとも何とも思わなかった癖に……」

Y中尉はちょっと疑惑とも躊躇《ちゅうちょ》ともつかない表情を示した。それから何とも返事をしずにテエブルの上の新聞を読みはじめた。ガンルウムの中には二人のほかにちょうど誰もい合わせなかった。が、テエブルの上のコップにはセロリイが何本もさしてあった。A中尉もこの水々しいセロリイの葉を眺めたまま、やはり巻煙草ばかりふかしていた。こういう素っ気ないY中尉に不思議にも親しみを感じながら。……

2　三　人

一等戦闘艦××はある海戦を終った後、五隻の軍艦を従えながら、静かに鎮海湾《ちんかいわん》*へ向かって行った。海はいつか夜になっていた。が、左舷《さげん》の水平線の上には大きい鎌《かま》なりの月が一つ赤あかと空にかかっていた。二万噸の××の中は勿論まだ落ち着かなかった。

しかしそれは勝利の後だけに活き活《い》きとしていることは確かだった。ただ小心者のK中尉だけはこういう中にも疲れ切った顔をしながら、何か用を見つけてはわざとそここを歩きまわっていた。

この海戦の始まる前夜、彼は甲板を歩いているうちにかすかな角灯の光を見つけ、そっとそこへ歩いて行った。するとそこには年の若い軍楽隊の楽手が一人甲板の上に腹ばいになり、敵の目を避けた角灯の光に聖書を読んでいるのであった。K中尉は何か感動し、この楽手に優しい言葉をかけた。楽手はちょいと驚いたらしかった。が、相手の上官の小言を言わないことを発見すると、たちまち女らしい微笑を浮かべ、怯《お》ず怯ず彼の言葉に答え出した。……しかしその若い楽手ももう今ではメエン・マストの根もとに中《あた》った砲弾のために死骸《しがい》になって横になっていた。K中尉は彼の死骸を見た時、俄かに「死は人をして静かならしむ」という文章を思い出した。もしK中尉自身も砲弾のために咄嗟に命を失っていたとすれば、――それは彼にはどういう死よりも幸福のように思われるのだった。

けれどもこの海戦の前の出来事は感じ易いK中尉の心に未《いま》だにはっきり残っていた。戦闘準備を整えた一等戦闘艦××はやはり五隻の軍艦を従え、浪《なみ》の高い海を進んで行った。すると右舷の大砲が一門なぜか蓋《ふた》を開かなかった。しかももう水平線には敵の艦隊の挙げる煙も幾すじかかすかにたなびいていた。この手ぬかりを見た水兵たちの一人は砲身の上へ跨《また》がるが早いか、身軽に砲口まで腹這《はらば》って行き、両足で蓋を押しあけようとした。しかし蓋をあけることは存外容易には出来ないらしかった。水兵は海を下にしたま、何度も両足をあがくようにしていた。が、時々顔を挙げては白い歯を見せて笑ったりもしていた。そのうちに××は大うねりに進路を右へ曲げはじめた。同時にまた海は右舷全体へ凄《すさ》まじい浪を浴びせかけた。それは勿論あっと言う間に大砲に跨った水兵の姿をさらってしまうのに足るものだった。海の中に落ちた水兵は一生懸命に片手を挙げ、何かおお声に叫んでいた。ブイは水兵たちの罵《ののし》る声と一しょに海の上へ飛んで行った。しかし勿論××は敵の艦隊を前にした以上、ボオトをおろす訣には行かなかった。水兵はブイにとりついたものの、見る見る遠ざかるばかりだった。彼の運命は遅かれ早かれ溺死《できし》するのに定《き》まっていた。のみならず鱶《ふか》はこの海にも決して少ないとは言われなかった。……

若い楽手の戦死に対するK中尉の心もちはこの海戦の前の出来事の記憶と対照を作らずにいる訣はなかった。彼は兵学校へはいったものの、いつか一度は自然主義の作家になることを空想していた。のみならず兵学校を卒業してからもモオパスサンの小説などを愛読していた。人生はこういうK中尉には薄暗い一面を示しがちだった。彼は××に乗り組んだ後、エジプトの石棺《せっかん》に書いてあった「人生――戦闘」という言葉を思い出し、××の将校や下士卒は勿論、××そのものこそ言葉通りにエジプト人の格言を鋼鉄に組み上げていると思ったりした。従って楽手の死骸の前には何かあらゆる戦いを終った静かさを感じずにはいられなかった。しかしあの水兵のようにどこまでも生きようとする苦しさもたまらないと思わずにはいられなかった。

K中尉は額の汗を拭《ふ》きながら、せめては風にでも吹かれるために後部甲板のハッチを登って行った。すると十二吋《インチ》の砲塔の前に綺麗《きれい》に顔を剃《そ》った甲板士官が一人両手を後ろに組んだまま、ぶらぶら甲板を歩いていた。そのまた前には下士が一人頬骨の高い顔を半ば俯向《うつむ》け、砲塔を後ろに直立していた。K中尉はちょっと不快になり、そわそわ甲板士官の側へ歩み寄った。

「どうしたんだ？」

「何、副長の点検前に便所へはいっていたもんだから」

それは勿論軍艦の中では余り珍らしくない出来事だった。K中尉はそこに腰をおろし、スタンションを取り払った左舷の海や赤い鎌なりの月を眺め出した。あたりは甲板士官の靴の音のほかに人声も何も聞えなかった。K中尉は幾分か気安さを感じ、やっときょうの海戦中の心もちなどを思い出していた。

「もう一度わたくしはお願い致します。善行賞はお取り上げになっても仕かたはありません」

下士は俄かに顔を挙げ、こう甲板士官に話しかけた。K中尉は思わず彼を見上げ、薄暗い彼の顔の上に何か真剣な表情を感じた。しかし快活な甲板士官はやはり両手を組んだまま、静かに甲板を歩きつづけていた。

「莫迦《ばか》なことを言うな」

「けれどもここに起立していてはわたくしの部下に顔も合わされません。進級の遅れるのも覚悟しております」

「進級の遅れるのは一大事だ。それよりそこに起立していろ」

甲板士官はこう言った後、気軽にまた甲板を歩きはじめた。K中尉も理智的には甲板士官に同意見だった。のみならずこの下士の名誉心を感傷的と思う気もちもない訣ではなかった。が、じっと頭を垂れた下士は妙にK中尉を不安にした。

「ここに起立しているのは恥辱《ちじょく》であります」

下士は低い声に頼みつづけた。

「それはお前の招いたことだ」

「罰は甘んじて受けるつもりであります。ただどうか起立していることは」

「ただ恥辱という立てまえから見れば、どちらも必竟《ひっきょう》同じことじゃないか？」

「しかし部下に威厳を失うのはわたくしとしては苦しいのであります」

甲板士官は何とも答えなかった。下士は、——下士もあきらめたと見え、「あります」に力を入れたぎり、一言も言わずに佇《たたず》んでいた。K中尉はだんだん不安になり、（しかもまた一面にはこの下士の感傷主義に欺《だま》されまいという気もない訣ではなかった）何か彼のために言ってやりたいのを感じた。しかしその「何か」も口を出た時には特色のない言葉に変わっていた。

「静かだな」

「うん」

甲板士官はこう答えたなり、今度は顋《あご》をなでて歩いていた。海戦の前夜にK中尉に「昔、木村重成《きむらしげなり》は……」などと言い、特に叮嚀《ていねい》に剃《そ》っていた顋を。……

この下士は罰をすました後、いつか行方不明になってしまった。が、投身することは勿論当直のある限りは絶対に出来ないのに違いなかった。のみならず自殺の行われ易い石炭庫の中にもいないことは半日とたたないうちに明らかになった。しかし彼の行方不明になったことは確かに彼の死んだことだった。彼は母や弟にそれぞれ遺書を残していた。彼に罰を加えた甲板士官は誰の目にも落ち着かなかった。K中尉は小心ものだけに人一倍彼に同情し、K中尉自身の飲まない麦酒を何杯も強いずにはいられなかった。が、同時にまた相手の酔うことを心配しずにもいられなかった。

「何しろあいつは意地っぱりだったからなあ。しかし死ななくっても善《い》いじゃないか？――」

相手は椅子からずり落ちかかったなり、何度もこんな愚痴を繰り返していた。

「おれはただ立っていろと言っただけなんだ。それを何も死ななくったって、……」

××の鎮海湾へ碇泊した後、煙突の掃除にはいった機関兵は偶然この下士を発見した。彼は煙突の中に垂れた一すじの鎖に縊死《いし》していた。が、彼の水兵服は勿論、皮や肉も焼け落ちたために下がっているのは骸骨《がいこつ》だけだった。こういう話はガンルウムにいたK中尉にも伝わらない訣はなかった。彼はこの下士の砲塔の前に佇んでいた姿を思い出し、まだどこかに赤い月の鎌なりにかかっているように感じた。

この三人の死はK中尉の心にいつまでも暗い影を投げていた。彼はいつか彼等の中に人生全体さえ感じ出した。しかし年月はこの厭世《えんせい》主義者をいつか部内でも評判の善い海軍少将の一人に数えはじめた。彼は揮毫《きごう》を勧められても、滅多に筆をとり上げたことはなかった。が、やむを得ない場合だけは必ず画帖《がじょう》などにこう書いていた。

君《きみ》看《みよ》双《そう》眼色《がんのいろ》
不語似無愁《かたらざればうれいなきににたり》*

3　一等戦闘艦××

一等戦闘艦××は横須賀軍港のドックにはいることになった。修繕工事は容易に渉《はかど》らなかった。二万噸の××は高い両舷の内外に無数の職工をたからせたまま、何度もいつにない苛立《いらだ》たしさを感じた。が、海に浮かんでいることも蠣《かき》にとりつかれることを思えば、むず痒《がゆ》い気もするのに違いなかった。

横須賀軍港には××の友だちの△△も碇泊していた。一万二千噸の△△は××よりも年の若い軍艦だった。彼らは広い海越しに時々声のない話をした。△△は××の年齢には勿論、造船技師の手落ちから舵《かじ》の狂い易いことに同情していた。が、××を劬《いたわ》るために一度もそんな問題を話し合ったことはなかった。のみならず何度も海戦をして来た××に対する尊敬のためにいつも敬語を用いていた。するとある曇った午後、△△は火薬庫に火のはいったために俄かに恐しい爆声を挙げ、半ば海中に横になってしまった。××は勿論びっくりした。（もっとも大勢の職工たちはこの××の震えたのを物理的に解釈したのに違いなかった）海戦もしない△△の急に片輪になってしまう、――それは実際××にはほとんど信じられないくらいだった。彼は努めて驚きを隠し、はるかに△△を励したりした。が、△△は傾いたまま、炎や煙の立ち昇る中にただ唸《うな》り声を立てるだけだった。

　それから三、四日たった後、二万噸の××は両舷の水圧を失っていたためにだんだん甲板も乾割《ひわ》れはじめた。この容子を見た職工たちはいよいよ修繕工事を急ぎ出した。が、××はいつの間にか彼自身を見離していた。△△はまだ年も若いのに目の前の海に沈んでしまった。こういう△△の運命を思えば、彼の生涯は少なくとも喜びや苦しみを嘗《な》め尽くしていた。××はもう昔になったある海戦の時を思い出した。それは旗もずたずたに裂ければ、マストさえ折れてしまう海戦だった……

　二万噸の××は白じらと乾いたドックの中に高だかと艦首を擡《もた》げていた。彼の前には巡洋艦や駆逐艇《くちくてい》が何隻も出入《しゅつにゅう》していた。それから新らしい潜航艇や水上飛行機も見えないことはなかった。しかしそれ等は××には果《はか》なさを感じさせるばかりだった。××は照ったり曇ったりする横須賀軍港を見渡したまま、じっと彼の運命を待ちつづけていた。

その間もやはりおのずから甲板のじりじり反り返って来るのに幾分か不安を感じながら。……

（昭和二年六月十日）

歯車

一　レエン・コオト

僕はある知り人の結婚披露式につらなるために鞄《かばん》を一つ下げたまま、東海道のある停車場へその奥の避暑地から自動車を飛ばした。自動車の走る道の両がわは大抵松ばかり茂っていた。上り列車に間に合うかどうかはかなり怪しいのに違いなかった。自動車にはちょうど僕のほかにある理髪店の主人も乗り合せていた。彼は棗《なつめ》のようにまるまると肥《ふと》った、短い顋髯《あごひげ》の持ち主だった。僕は時間を気にしながら、時々彼と話をした。

「妙なこともありますね。××さんの屋敷には昼間でも幽霊が出るっていうんですが」

「昼間でもね」

僕は冬の西日の当たった向こうの松山を眺めながら、善《い》い加減に調子を合せていた。

「もっとも天気の善い日には出ないそうです。一番多いのは雨のふる日だっていうんですが」

「雨の降る日に濡《ぬ》れに来るんじゃないか？」

「御常談で。……しかしレエン・コオトを着た幽霊だっていうんです」

自動車はラッパを鳴らしながら、ある停車場へ横着けになった。僕はある理髪店の主人に別れ、停車場の中へはいって行った。すると果して上り列車は二、三分前に出たばかりだった。待合室のベンチにはレエン・コオトを着た男が一人ぼんやり外を眺めていた。僕は今聞いたばかりの幽霊の話を思い出した。が、ちょっと苦笑したぎり、とにかく次の列車を待つために停車場前のカッフェへはいることにした。

それはカッフェという名を与えるのも考えものに近いカッフェだった。僕は隅のテエブルに坐《すわ》り、ココアを一杯註文《ちゅうもん》した。テエブルにかけたオイル・クロオスは白地に細い青の線を荒い格子に引いたものだった。しかしもう隅々には薄汚いカンヴァスを露《あらわ》していた。僕は膠《にかわ》臭いココアを飲みながら、人げのないカッフェの中を見まわした。埃《ほこり》じみたカッフェの壁には「親子丼《おやこどんぶり》」だの「カツレツ」だのという紙札が何枚も貼ってあった。

「地玉子、オムレツ」

僕はこういう紙札に東海道線に近い田舎を感じた。それは麦畑やキャベツ畑の間に電気機関車の通る田舎だった。……

次の上り列車に乗ったのはもう日暮れに近い頃だった。僕はいつも二等に乗っていたが、何かの都合上、その時は三等に乗ることにした。

汽車の中はかなりこみ合っていた。しかも僕の前後にいるのは大磯《おおいそ》かどこかへ遠足に行ったらしい小学校の女生徒ばかりだった。僕は巻煙草に火をつけながら、こういう女生徒の群れを眺めていた。彼等はいずれも快活だった。のみならずほとんどしゃべり続けだった。

「写真屋さん、ラブ・シインって何？」

やはり遠足について来たらしい、僕の前にいた「写真屋」さんは何とかお茶を濁していた。しかし十四、五の女生徒の一人はまだいろいろのことを問いかけていた。僕はふと彼女の鼻に蓄膿症《ちくのうしょう》のあることを感じ、何か頰笑《ほほえ》まずにはいられなかった。それからまた僕の隣りにいた十二、三の女生徒の一人は若い女教師の膝《ひざ》の上に坐《すわ》り、片手に彼女の頸《くび》を抱きながら、片手に彼女の頰をさすっていた。しかも誰かと話す合い間に時々こう女教師に話しかけていた。

「可愛いわね、先生は。可愛い目をしていらっしゃるわね」

彼等は僕には女生徒よりも一人前の女という感じを与えた。林檎《りんご》を皮ごと嚙《かじ》っていたり、キャラメルの紙を剝《む》いていることを除けば。……しかし年かさらしい女生徒の一人は僕の側を通る時に誰かの足を踏んだと見え、「御免なさいまし」と声をかけた。彼女だけは彼等よりもませているだけに反って僕には女生徒らしかった。僕は巻煙草を啣《くわ》えたまま、この矛盾を感じた僕自身を冷笑しない訣《わけ》には行かなかった。

いつか電灯をともした汽車はやっとある郊外の停車場へ着いた。僕は風の寒いプラットフォオムへ下り、一度橋を渡った上、省線《しょうせん》電車の来るのを待つことにした。すると偶然顔を合せたのはある会社にいるT君だった。僕等は電車を待っている間に不景気のことなどを話し合った。T君は勿論《もちろん》僕などよりもこういう問題に通じていた。が、逞《たくま》しい彼の指には余り不景気には縁のない土耳古石《トルコいし》の指環《ゆびわ》も嵌《はま》っていた。

「大したものを嵌めているね」

「これか？　これはハルビンへ商売に行っていた友だちの指環を買わされたのだよ。そいつも今は往生している。コオペラティヴと取引きが出来なくなったものだから」

僕らの乗った省線電車は幸いにも汽車ほどこんでいなかった。僕等は並んで腰をおろし、いろいろのことを話していた。T君はついこの春に巴里にある勤め先から東京へ帰ったばかりだった。従って僕等の間には巴里の話も出がちだった。カイヨオ夫人*の話、蟹《かに》料理の話、御外遊中のある殿下の話、……

「仏蘭西は存外困ってはいないよ。ただ元来仏蘭西人というやつは税を出したがらない国民だから、内閣はいつも倒れるがね。……」

「だってフランは暴落するしさ」

「それは新聞を読んでいればね。しかし向こうにいて見給え。新聞紙上の日本なるものはのべつ大地震や大洪水があるから」

するとレエン・コオトを着た男が一人僕等の向こうへ来て腰をおろした。僕はちょっと無気味になり、何か前に聞いた幽霊の話をT君に話したい心もちを感じた。が、T君はその前に杖《つえ》の柄《え》をくるりと左へ向け、顔は前を向いたまま、小声に僕に話しかけた。

「あすこに女が一人いるだろう？　鼠色《ねずみいろ》の毛糸のショオルをした、……」

「あの西洋髪に結った女か？」

「うん、風呂敷包《ふろしきづつ》みを抱えている女さ。あいつはこの夏は軽井沢《かるいざわ》にいたよ。ちょっと洒《し》落《や》れた洋装などをしてね」

しかし彼女は誰の目にも見すぼらしいなりをしているのに違いなかった。僕はT君と話しながら、そっと彼女を眺めていた。彼女はどこか眉《まゆ》の間に気違いらしい感じのする顔をしていた。しかもそのまた風呂敷包みの中から豹《ひょう》に似た海綿をはみ出させていた。

「軽井沢にいた時には若い亜米利加《アメリカ》人と踊ったりしていたっけ。モダアン……何というやつかね」

レエン・コオトを着た男は僕のT君と別れる時にはいつかそこにいなくなっていた。僕は省線電車のある停車場からやはり鞄をぶら下げたまま、あるホテルへ歩いて行った。往来の両側に立っているのは大抵大きいビルディングだった。僕はそこを歩いているうちにふと松林を思い出した。のみならず僕の視野のうちに妙なものを見つけ出した。妙なものを？――というのは絶えずまわっている半透明の歯車だった。僕はこういう経験を前にも何度か持ち合せていた。歯車は次第に数を殖《ふ》やし、半ば僕の視野を塞《ふさ》いでしまう、が、それも長いことではない、しばらくの後には消え失《う》せる代りに今度は頭痛を感じはじめる、――それはいつも同じことだった。眼科の医者はこの錯覚（？）のために度々僕に節煙を命じた。しかしこういう歯車は僕の煙草に親しまない二十前《はたちまえ》にも見えないことはなかった。僕はまたはじまったなと思い、左の目の視力をためすために片手に右の目を塞いで見た。左の目は果して何ともなかった。しかし右の目の瞼《まぶた》の裏には歯車が幾つもまわっていた。僕は右側のビルディングの次第に消えてしまうのを見ながら、せっせと往来を歩いて行った。

ホテルの玄関へはいった時には歯車ももう消え失せていた。が、頭痛はまだ残っていた。僕は外套《がいとう》や帽子を預ける次手《ついで》に部屋を一つとって貰《もら》うことにした。それからある雑誌社へ電話をかけて金のことを相談した。

結婚披露式の晩餐《ばんさん》はとうに始まっていたらしかった。僕はテエブルの隅に坐《すわ》り、ナイフやフォオクを動かし出した。正面の新郎や新婦をはじめ、白い凹字形《おうじけい》のテエブルについた五十人あまりの人びとは勿論いずれも陽気だった。が、僕の心もちは明るい電灯の光の下にだんだん憂鬱《ゆううつ》になるばかりだった。僕はこの心もちを遁《のが》れるために隣にいた客に話しかけた。彼はちょうど獅子《しし》のように白い頬鬚を伸ばした老人だった。のみならず僕も名を知っていたある名高い漢学者だった。従ってまた僕等の話はいつか古典の上へ落ちて行った。

「麒麟《きりん》はつまり一角獣《いっかくじゅう》ですね。それから鳳凰《ほうおう》もフェニックスという鳥の、……」

この名高い漢学者はこういう僕の話にも興味を感じているらしかった。僕は機械的にしゃべっているうちにだんだん病的な破壊慾《はかいよく》を感じ、尭舜《ぎょうしゅん》を架空の人物にしたのは勿論、「春秋《しゅんじゅう》」の著者もずっと後《のち》の漢代の人だったことを話し出した。するとこの漢学者は露骨に不快な表情を示し、少しも僕の顔を見ずにほとんど虎の唸《うな》るように僕の話を截《き》り離した。

「もし尭舜もいなかったとすれば、孔子《こうし》は譃《うそ》をつかれたことになる。聖人の譃をつかれるはずはない」

僕は勿論黙ってしまった。それからまた皿の上の肉へナイフやフォオクを加えようとした。すると小さい蛆《うじ》が一匹静かに肉の縁に蠢《うごめ》いていた。蛆は僕の頭の中に Worm という英語を呼び起した。それはまた麒麟や鳳凰のようにある伝説的動物を意味している言葉にも違いなかった。僕はナイフやフォオクを置き、いつか僕の杯にシャンパアニュのつがれるのを眺めていた。

やっと晩餐のすんだ後、僕は前にとって置いた僕の部屋へこもるために人気《ひとげ》のない廊下を歩いて行った。廊下は僕にはホテルよりも監獄らしい感じを与えるものだった。しかし幸いにも頭痛だけはいつの間にか薄らいでいた。

僕の部屋には鞄は勿論、帽子や外套も持って来てあった。僕は壁にかけた外套に僕自身の立ち姿を感じ、急いでそれを部屋の隅の衣裳戸棚《いしょうとだな》の中へ抛《ほう》りこんだ。それから鏡台の前へ行き、じっと鏡に僕の顔を映した。鏡に映った僕の顔は皮膚の下の骨組みを露《あらわ》していた。蛆《うじ》はこういう僕の記憶にたちまちはっきり浮び出した。

僕は戸をあけて廊下へ出、どこということなしに歩いて行った。するとロッビイへ出る隅に緑いろの笠《かさ》をかけた、背の高いスタンドの電灯が一つ硝子戸《ガラスど》に鮮《あざ》やかに映っていた。それは何か僕の心に平和な感じを与えるものだった。僕はその前の椅子に坐り、いろいろのことを考えていた。が、そこにも五分とは坐っている訣に行かなかった。レエン・コオトは今度もまた僕の横にあった長椅子の背中にいかにもだらりと脱ぎかけてあった。

「しかも今は寒中だというのに」

僕はこんなことを考えながら、もう一度廊下を引き返して行った。廊下の隅の給仕だまりには一人も給仕は見えなかった。しかし彼等の話し声はちょっと僕の耳をかすめて行った。それは何とか言われたのに答えた All right という英語だった。「オオル・ライト」？――僕はいつかこの対話の意味を正確に掴《つか》もうとあせっていた。「オオル・ライト」？　「オオル・ライト」？　何が一体オオル・ライトなのであろう？

僕の部屋は勿論ひっそりしていた。が、戸をあけてはいることは妙に僕には無気味だった。僕はちょっとためらった後、思い切って部屋の中へはいって行った。それから鏡を見ないようにし、机の前の椅子に腰をおろした。椅子は蜥蜴《とかげ》の皮に近い、青いマロック皮の安楽椅子だった。僕は鞄をあけて原稿用紙を出し、ある短篇を続けようとした。けれどもインクをつけたペンはいつまでたっても動かなかった。のみならずやっと動いたと思うと、同じ言葉ばかり書きつづけていた。All right……All right……All right sir……All right……

そこへ突然鳴り出したのはベッドの側《わき》にある電話だった。僕は驚いて立ち上がり、受話器を耳へやって返事をした。

「どなた？」

「あたしです。あたし……」

相手は僕の姉の娘だった。

「何だい？　どうかしたのかい？」

「ええ、あの大へんなことが起ったんです。ですから、……大へんなことが起ったもんですから、今叔母《おば》さんにも電話をかけたんです」

「大へんなこと？」

「ええ、ですからすぐに来て下さい。すぐにですよ」

電話はそれぎり切れてしまった。僕はもとのように受話器をかけ、反射的にベルの鈕《ボタン》を押した。しかし僕の手の震えていることは僕自身はっきり意識していた。給仕は容易にやって来なかった。僕は苛立《いらだ》たしさよりも苦しさを感じ、何度もベルの鈕を押した。やっと運命の僕に教えた「オオル・ライト」という言葉を了解しながら。

僕の姉の夫はその日の午後、東京から余り離れていないある田舎に轢死《れきし》していた。しかも季節に縁のないレエン・コオトをひっかけていた。僕はいまもそのホテルの部屋に前の短篇を書きつづけている。真夜中の廊下には誰も通らない。が、時々戸の外に翼の音の聞えることもある。どこかに鳥でも飼ってあるのかも知れない。

二　復　讐

僕はこのホテルの部屋に午前八時頃に目を醒《さま》した。が、ベッドをおりようとすると、スリッパアは不思議にも片っぽしかなかった。それはこの一、二年の間、いつも僕に恐怖だの不安だのを与える現象だった。のみならずサンダアルを片っぽだけはいた希臘《ギリシャ》神話の中の王子を思い出させる現象だった。僕はベルを押して給仕を呼び、スリッパアの片っぽを探して貰うことにした。給仕はけげんな顔をしながら、狭い部屋の中を探しまわった。

「ここにありました。このバスの部屋の中に」

「どうしてまたそんな所に行っていたのだろう？」

「さあ、鼠《ねずみ》かもしれません」

僕は給仕の退いた後、牛乳を入れない珈琲《コーヒー》を飲み、前の小説を仕上げにかかった。凝灰岩《ぎようかいがん》を四角に組んだ窓は雪のある庭に向かっていた。僕はペンを休める度にぼんやりとこの雪を眺めたりした。雪は莟《つぼみ》を持った沈丁花《じんちょうげ》の下に都会の煤煙《ばいえん》によごれていた。それは何か僕の心に傷《いた》ましさを与える眺めだった。僕は巻煙草をふかしながら、いつかペンを動かさずにいろいろのことを考えていた。妻のことを、子供たちのことを、就中《なかんずく》姉の夫のことを。……

姉の夫は自殺する前に放火の嫌疑を蒙《こうむ》っていた。それもまた実際仕かたはなかった。彼は家の焼ける前に家の価格に二倍する火災保険に加入していた。しかも偽証罪を犯したために執行猶予中の体になっていた。けれども僕を不安にしたのは彼の自殺したことよりも僕の東京へ帰る度に必ず火の燃えるのを見たことだった。僕はあるいは汽車の中から山を焼いている火を見たり、あるいはまた自動車の中から（その時は妻子とも一しょだった）常磐橋界隈《ときわばしかいわい》の火事を見たりしていた。それは彼の家の焼けない前にもおのずから僕に火事のある予感を与えない訣には行かなかった。

「今年は家《うち》が火事になるかも知れないぜ」

「そんな縁起の悪いことを。……それでも火事になったら大変ですね。保険は碌《ろく》についていないし、……」

僕等はそんなことを話し合ったりした。しかし僕の家は焼けずに、――僕は努めて妄想を押しのけ、もう一度ペンを動かそうとした。が、ペンはどうしても一行とは楽に動かなかった。僕はとうとう机の前を離れ、ベッドの上に転がったまま、トルストイのPolikouchkaを読みはじめた。この小説の主人公は虚栄心や病的傾向や名誉心の入り交った、複雑な性格の持ち主だった。しかも彼の一生の悲喜劇は多少の修正を加えさえすれば、僕の一生のカリカテュアだった。殊に彼の悲喜劇の中《うち》に運命の冷笑を感じるのは次第に僕を無気味にし出した。僕は一時間とたたないうちにベッドの上から飛び起きるが早いか、窓かけの垂れた部屋の隅へ力一ぱい本を抛《ほう》りつけた。

「くたばってしまえ！」

すると大きい鼠が一匹窓かけの下からバスの部屋へ斜めに床の上を走って行った。僕は一足飛《いっそくと》びにバスの部屋へ行き、戸をあけて中を探しまわった。が、白いタッブのかげにも鼠らしいものは見えなかった。僕は急に無気味になり、慌ててスリッパアを靴に換えると、人気《ひとげ》のない廊下を歩いて行った。

廊下はきょうも不相変牢獄《あいかわらずろうごく》のように憂鬱《ゆううつ》だった。僕は頭を垂れたまま、階段を上ったり下りたりしているうちにいつかコック部屋へはいっていた。コック部屋は存外明るかった。が、片側に並んだ竈《かまど》は幾つも炎を動かしていた。僕はそこを通りぬけながら、白い帽をかぶったコックたちの冷やかに僕を見ているのを感じた。同時にまた僕の堕《お》ちた地獄を感じた。「神よ、我を罰し給え。怒り給うこと勿《なか》れ。恐らくは我滅びん」――こういう祈禱《きとう》もこの瞬間にはおのずから僕の唇にのぼらない訣には行かなかった。

僕はこのホテルの外へ出ると、青ぞらの映った雪解けの道をせっせと姉の家へ歩いて行った。道に沿うた公園の樹木は皆枝や草を黒ませていた。のみならずどれも一本ごとにちょうど僕等人間のように前や後ろを具《そな》えていた。それもまた僕には不快よりも恐怖に近いものを運んで来た。僕はダンテの地獄の中にある、樹木になった魂を思い出し、ビルディングばかり並んでいる電車線路の向こうを歩くことにした。しかしそこも一町とは無事に歩くことは出来なかった。

「ちょっと通りがかりに失礼ですが、……」

それは金鈕《きんボタン》の制服を着た二十二、三の青年だった。僕は黙ってこの青年を見つめ、彼の鼻の左の側《わき》に黒子《ほくろ》のあることを発見した。彼は帽を脱いだまま、怯《お》ず怯ずこう僕に話しかけた。

「Aさんではいらっしゃいませんか？」

「どうもそんな気がしたものですから、……」

「そうです」

「何か御用ですか?」

「いえ、ただお目にかかりたかっただけです。僕も先生の愛読者の……」

僕はもうその時にはちょっと帽をとったぎり、彼を後ろに歩き出していた。先生、A先生、——それは僕にはこの頃で最も不快な言葉だった。僕はあらゆる罪悪を犯していることを信じていた。しかも彼等は何かの機会に僕を先生と呼びつづけていた。僕はそこに僕を嘲《あざけ》る何ものかを感じずにはいられなかった。何ものかを?——しかし僕の物質主義は神秘主義を拒絶せずにはいられなかった。僕はつい二、三箇月前にもある小さい同人雑誌にこういう言葉を発表していた。——「僕は芸術的良心を始め、どういう良心も持っていない。僕の持っているのは神経だけである」……

姉は三人の子供たちと一しょに露地の奥のバラックに避難していた。褐色の紙を貼ったバラックの中は外よりも寒いくらいだった。僕等は火鉢に手をかざしながら、いろいろのことを話し合った。体の逞《たくま》しい姉の夫は人一倍痩《や》せ細った僕を本能的に軽蔑《けいべつ》していた。のみならず僕の作品の不道徳であることを公言していた。僕はいつも冷やかにこういう彼を見おろしたまま、一度も打ちとけて話したことはなかった。しかし姉と話しているうちにだんだん彼も僕のように地獄に堕《お》ちていたことを悟り出した。彼は現に寝台車の中に幽霊を見たとかいうことだった。が、僕は巻煙草に火をつけ、努めて金のことばかり話しつづけた。

「何しろこういう際だしするから、何も彼《か》も売ってしまおうと思うの」

「それはそうだ。タイプライタアなどは幾らかになるだろう」

「ええ、それから画《え》などもあるし」

「次手《ついで》にNさん（姉の夫）の肖像画も売るか？　しかしあれは……」

僕はバラックの壁にかけた、額縁のない一枚のコンテ画をみると、迂闊《うかつ》に常談も言われないのを感じた。轢死した彼は汽車のために顔もすっかり肉塊になり、わずかにただ口髭《くちひげ》だけ残っていたとかいうことだった。この話は勿論話自身も薄気味悪いのに違いなかった。しかし彼の肖像画はどこも完全に描《か》いてあるものの、口髭だけはなぜかぼんやりしていた。僕は光線の加減かと思い、この一枚のコンテ画をいろいろの位置から眺めるようにした。

「何をしているの？」

「何でもないよ。……ただあの肖像画は口のまわりだけ、……」

姉はちょっと振り返りながら、何も気づかないように返事をした。

「髭だけ妙に薄いようでしょう」

僕の見たものは錯覚ではなかった。しかし錯覚ではないとすれば、——僕は午飯《ひるめし》の世話にならないうちに姉の家を出ることにした。

「まあ、善いでしょう」

「またあしたでも、……きょうは青山《あおやま》*まで出かけるのだから」

「ああ、あすこ？　まだ体の具合は悪いの？」

「やっぱり薬ばかり燕《の》んでいる、催眠薬だけでも大変だよ。ヴェロナアル、ノイロナアル、トリオナアル、ヌマアル……」

三十分ばかりたった後、僕はあるビルディングへはいり、昇降機《リフト》に乗って三階へのぼった。それからあるレストオランの硝子戸《ガラスど》を押してはいろうとした。が、硝子戸は動かなかった。のみならずそこには「定休日」と書いた漆塗《うるしぬ》りの札も下がっていた。僕はいよいよ不快になり、硝子戸の向こうのテエブルの上に林檎《りんご》やバナナを盛ったのを見たまま、もう一度往来へ出ることにした。すると会社員らしい男が二人何か快活にしゃべりながら、このビルディングにはいるために僕の肩をこすって行った。彼等の一人はその拍子に「イライラしてね」と言ったらしかった。

僕は往来に佇《たたず》んだなり、タクシイの通るのを待ち合せていた。タクシイは容易に通らなかった。のみならずたまに通ったのは必ず黄いろい車だった。（この黄いろいタクシイはなぜか僕に交通事故の面倒をかけるのを常としていた）そのうちに僕は縁起の好《い》い緑いろの車を見つけ、とにかく青山の墓地に近い精神病院へ出かけることにした。

「イライラする、――tantalizing――Tantalus*――Inferno……」

タンタルスは実際硝子戸越しに果物を眺めた僕自身だった。僕は二度も僕の目に浮んだダンテの地獄を詛《のろ》いながら、じっと運転手の背中を眺めていた。そのうちにまたあらゆるものの譃《うそ》であることを感じ出した。政治、実業、芸術、科学、――いずれも皆こういう僕にはこの恐しい人生を隠した雑色のエナメルにほかならなかった。僕はだんだん息苦しさを感じ、タクシイの窓をあけ放ったりした。が、何か心臓をしめられる感じは去らなかった。

緑いろのタクシイはやっと神宮前《じんぐうまえ》へ走りかかった。そこにはある精神病院へ曲る横町が一つあるはずだった。しかもそれもきょうだけはなぜか僕にはわからなかった。僕は電車の線路に沿い、何度もタクシイを往復させた後、とうとうあきらめておりることにした。

僕はやっとその横町を見つけ、ぬかるみの多い道を曲って行った。するといつか道を間違え、青山斎場の前へ出てしまった。それはかれこれ十年前《ぜん》にあった夏目《なつめ》先生の告別式*以来、一度も僕は門の前さえ通ったことのない建物だった。十年前の僕も幸福ではなかった。しかし少なくとも平和だった。僕は砂利を敷いた門の中を眺め、「漱石山房《そうせきさんぼう》」の芭蕉《ばしょう》を思い出しながら、何か僕の一生も一段落ついたことを感じない訣には行かなかった。のみならずこの墓地の前へ十年目に僕をつれて来た何ものかを感じない訣にも行かなかった。

ある精神病院の門を出た後、僕はまた自動車に乗り、前のホテルへ帰ることにした。が、このホテルの玄関へおりると、レエン・コオトを着た男が一人何か給仕と喧嘩《けんか》をしていた。給仕と？――いや、それは給仕ではない、緑いろの服を着た自動車掛りだった。

僕はこのホテルへはいることに何か不吉な心もちを感じ、さっさともとの道を引き返して行った。

僕の銀座通りへ出た時にはかれこれ日の暮も近づいていた。僕は両側に並んだ店や目まぐるしい人通りに一層憂鬱にならずにはいられなかった。殊に往来の人々の罪などというものを知らないように軽快に歩いているのは不快だった。僕は薄明るい外光に電灯の光のまじった中をどこまでも北へ歩いて行った。そのうちに僕の目を捉《とら》えたのは雑誌などを積み上げた本屋だった。僕はこの本屋の店へはいり、ぼんやりと何段かの書棚を見上げた。それから「希臘《ギリシャ》神話」という一冊の本へ目を通すことにした。黄いろい表紙をした「希臘神話」は子供のために書かれたものらしかった。けれども偶然僕の読んだ一行はたちまち僕を打ちのめした。

「一番偉いツォイス*の神でも復讐《ふくしゅう》の神にはかないません。……」

僕はこの本屋の店を後ろに人ごみの中を歩いて行った。いつか曲り出した僕の背中に絶えず僕をつけ狙っている復讐の神を感じながら。……

三　夜

僕は丸善の二階の書棚にストリンドベルグの「伝説」を見つけ、二、三頁ずつ目を通した。それは僕の経験と大差のないことを書いたものだった。のみならず黄いろい表紙をしていた。僕は「伝説」を書棚へ戻し、今度はほとんど手当り次第に厚い本を一冊引きずり出した。しかしこの本も挿し画の一枚に僕等人間と変りのない、目鼻のある歯車ばかり並べていた。（それはある独逸人《ドイツ》の集めた精神病者の画集だった）僕はいつか憂鬱の中に反抗的精神の起るのを感じ、やぶれかぶれになった賭博狂《とばくきょう》のようにいろいろの本を開いていった。が、なぜかどの本も必ず文章か挿し画かの中に多少の針を隠していた。どの本も？――僕は何度も読み返した「マダム・ボヴァリイ」を手にとった時さえ、畢竟《ひっきょう》僕自身も中産階級のムッシュウ・ボヴァリイにほかならないのを感じた。……

日の暮に近い丸善の二階には僕のほかに客もないらしかった。僕は電灯の光の中に書棚の間をさまよっていった。それから「宗教」という札を掲げた書棚の前に足を休め、緑いろの表紙をした一冊の本へ目を通した。この本は目次の第何章かに「恐しい四つの敵、――疑惑、恐怖、驕慢《きょうまん》、官能的欲望《よくぼう》」という言葉を並べていた。僕はこういう言葉を見るが早いか、一層反抗的精神の起るのを感じた。それ等の敵と呼ばれるものは少くとも僕には感受性や理智の異名にほかならなかった。が、伝統的精神もやはり近代的精神のようにやはり僕を不幸にするのはいよいよ僕にはたまらなかった。僕はこの本を手にしたまま、ふといつかペン・ネエムに用いた「寿陵余子《じゅりょうよし》*」という言葉を思い出した。それは邯鄲《かんたん》の歩みを学ばないうちに寿陵の歩みを忘れてしまい、蛇行匍匐《だこうほふく》して帰郷したという「韓非子《かんぴし》*」中の青年だった。今日の僕は誰の目にも「寿陵余子」であるのに違いなかった。しかしまだ地獄へ堕ちなかった僕もこのペン・ネエムを用いていたことは、――僕は大きい書棚を後ろに努めて妄想を払うようにし、ちょうど僕の向こうにあったポスタアの展覧室へはいって行った。が、そこにも一枚のポスタアの中には聖ジョオジ*らしい騎士が一人翼のある竜を刺し殺していた。しかもその騎士は兜《かぶと》の下に僕の敵の一人に近いしかめ面《つら》を半ば露《あらわ》していた。僕はまた「韓非子」の中の屠竜《とりゅう》の技《ぎ》*の話を思い出し、展覧室へ通りぬけずに幅の広い階段を下って行った。

　僕はもう夜になった日本橋《にほんばし》通りを歩きながら、屠竜という言葉を考えつづけた。それはまた僕の持っている硯《すずり》の銘にも違いなかった。この硯を僕に贈ったのはある若い事業家だった。彼はいろいろの事業に失敗した揚句、とうとう去年の暮に破産してしまった。僕は高い空を見上げ、無数の星の光の中にどのくらいこの地球の小さいかということを、――従ってどのくらい僕自身の小さいかということを考えようとした。しかし昼間は晴れていた空もいつかもうすっかり曇っていた。僕は突然何ものかの僕に敵意を持っているのを感じ、電車線路の向こうにあるカッフェへ避難することにした。

　それは「避難」に違いなかった。僕はこのカッフェの薔薇色《ばらいろ》の壁に何か平和に近いものを感じ、一番奥のテエブルの前にやっと楽々と腰をおろした。そこには幸い僕のほかに二、三人の客のあるだけだった。僕は一杯のココアを啜《すす》り、ふだんのように巻煙草をふかし出した。巻煙草の煙は薔薇色の壁へかすかに青い煙を立ちのぼらせて行った。この優しい色の調和もやはり僕には愉快だった。けれども僕はしばらくの後、僕の左の壁にかけたナポレオンの肖像画を見つけ、そろそろまた不安を感じ出した。ナポレオンはまだ学生だった時、彼の地理のノオト・ブックの最後に「セエント・ヘレナ、小さい島」と記していた。それはあるいは僕等の言うように偶然だったかも知れなかった。しかしナポレオン自身にさえ恐怖を呼び起こしたのは確かだった。……

僕はナポレオンを見つめたまま、僕自身の作品を考え出した。するとまず記憶に浮かんだのは「侏儒《しゅじゅ》の言葉」の中のアフォリズムだった。（殊に「人生は地獄よりも地獄的である」という言葉だった）それから「地獄変」の主人公、——良秀《よしひで》という画師の運命だった。それから……僕は巻煙草をふかしながら、こういう記憶から逃れるためにこのカッフェの中を眺めまわした。僕のここへ避難したのは五分もたたない前のことだった。しかしこのカッフェは短時間の間にすっかり容子《ようす》を改めていた。就中僕を不快にしたのはマホガニイまがいの椅子やテエブルの少しもあたりの薔薇色の壁と調和を保っていないことだった。僕はもう一度人目に見えない苦しみの中に落ちこむのを恐れ、銀貨を一枚投げ出すが早いか、匆々《そうそう》このカッフェを出ようとした。

「もし、もし、二十銭頂きますが、……」

僕の投げ出したのは銅貨だった。

僕は屈辱を感じながら、ひとり往来を歩いているうちにふと遠い松林の中にある僕の家を思い出した。それはある郊外にある僕の養父母の家ではない、ただ僕を中心にした家族のために借りた家だった。僕はかれこれ十年前にもこういう家に暮らしていた。しかしある事情のために軽率にも父母と同居し出した。同時にまた奴隷に、暴君に、力のない利己主義者に変り出した。……

前のホテルに帰ったのはもうかれこれ十時だった。ずっと長い途《みち》を歩いて来た僕は僕の部屋へ帰る力を失い、太い丸太の火を燃やした炉の前の椅子に腰をおろした。それから僕の計画していた長篇のことを考え出した。それは推古から明治に至る各時代の民を主人公にし、大体三十余りの短篇を時代順に連ねた長篇だった。僕は火の粉の舞い上がるのを見ながら、ふと宮城《きゅうじょう》の前にあるある銅像を思い出した。この銅像は甲冑《かっちゅう》を着、忠義の心そのもののように高だかと馬の上に跨《またが》っていた。しかし彼の敵だったのは、——

「譃《うそ》！」

僕はまた遠い過去から目近《まぢか》い現代へすべり落ちた。そこへ幸いにも来合せたのはある先輩の彫刻家だった。彼は不相変《あいかわらず》天鵞絨《びろうど》の服を着、短い山羊髯《やぎひげ》を反《そ》らせていた。僕は椅子から立ち上がり、彼のさし出した手を握った。（それは僕の習慣ではない、パリやベルリンに半生を送った彼の習慣に従ったのだった）が、彼の手は不思議にも爬虫類《はちゅうるい》の皮膚のように湿っていた。

「君はここに泊っているのですか？」

「ええ、……」

「仕事をしに？」

「ええ、仕事もしているのです」

彼はじっと僕の顔を見つめた。僕は彼の目の中に探偵に近い表情を感じた。

「どうです、僕の部屋へ話しに来ては？」

僕は挑戦的に話しかけた。（この勇気に乏しい癖にたちまち挑戦的態度をとるのは僕の悪癖の一つだった）すると彼は微笑しながら、「どこ、君の部屋は？」と尋ね返した。

僕等は親友のように肩を並べ、静かに話している外国人たちの中を僕の部屋へ帰って行った。彼は僕の部屋へ来ると、鏡を後ろにして腰をおろした。それからいろいろのことを話し出した。いろいろのことを？——しかし大抵は女の話だった。僕は罪を犯したために地獄に堕ちた一人に違いなかった。が、それだけに悪徳の話はいよいよ僕を憂鬱にした。僕は一時的清教徒になり、それ等の女を嘲《あざけ》り出した。

「S子さんの唇を見給え。あれは何人もの接吻《せっぷん》のために……」

僕はふと口を噤《つぐ》み、鏡の中に彼の後ろ姿を見つめた。彼はちょうど耳の下に黄いろい膏薬《こうやく》を貼りつけていた。

「何人もの接吻のために？」

「そんな人のように思いますがね」

彼は微笑して頷《うなず》いていた。僕は彼の内心では僕の秘密を知るために絶えず僕を注意しているのを感じた。けれどもやはり僕等の話は女のことを離れなかった。僕は彼を憎むよりも僕自身の気の弱いのを恥じ、いよいよ憂鬱にならずにはいられなかった。

やっと彼の帰った後、僕はベッドの上に転《ころが》ったまま、「暗夜行路」を読みはじめた。主人公の精神的闘争は一々僕には痛切だった。僕はこの主人公に比べると、どのくらい僕の阿呆《あほう》だったかを感じ、いつか涙を流していた。同時にまた涙は僕の気もちにいつか平和を与えていた。が、それも長いことではなかった。僕の右の目はもう一度半透明の歯車を感じ出した。歯車はやはりまわりながら、次第に数を殖《ふ》やしていった。僕は頭痛のはじまることを恐れ、枕もとに本を置いたまま、〇・八グラムのヴェロナアルを嚥《の》み、とにかくぐっすりと眠ることにした。

けれども僕は夢の中にあるプウルを眺めていた。そこにはまた男女の子供たちが何人も泳いだりもぐったりしていた。僕はこのプウルを後ろに向こうの松林へ歩いて行った。すると誰か後ろから「おとうさん」と僕に声をかけた。僕はちょっとふり返り、プウルの前に立った妻を見つけた。同時にまた烈《はげ》しい後悔を感じた。

「おとうさん、タオルは？」

「タオルはいらない。子供たちに気をつけるのだよ」

僕はまた歩みをつづけ出した。が、僕の歩いているのはいつかプラットフォオムに変っていた。それは田舎の停車場だったと見え、長い生け垣のあるプラットフォオムだった。そこにはまたHという大学生や年をとった女も佇《たたず》んでいた。彼等は僕の顔を見ると、僕の前に歩み寄り、口々に僕へ話しかけた。

「大火事でしたわね」

「僕もやっと逃げて来たの」

僕はこの年をとった女に何か見覚えのあるように感じた。のみならず彼女と話していることにある愉快な興奮を感じた。そこへ汽車は煙をあげながら、静かにプラットフォオムへ横づけになった。僕はひとりこの汽車に乗り、両側に白い布を垂《た》らした寝台の間を歩いて行った。するとある寝台の上にミイラに近い裸体の女が一人こちらを向いて横になっていた。それはまた僕の復讐の神、――ある狂人の娘に違いなかった。……

僕は目を醒《さま》すが早いか、思わずベッドを飛び下りていた。僕の部屋は不相変《あいかわらず》電灯の光に明るかった。が、どこかに翼の音や鼠のきしる音も聞えていた。僕は戸をあけて廊下へ出、前の炉の前へ急いで行った。それから椅子に腰をおろしたまま、覚束ない炎を眺め出した。そこへ白い服を着た給仕が一人焚《た》き木《ぎ》を加えに歩み寄った。

「何時？」

「三時半ぐらいでございます」

しかし向こうのロッビイの隅には亜米利加人らしい女が一人何か本を読みつづけた。彼女の着ているのは遠目に見ても緑いろのドレッスに違いなかった。僕は何か救われたのを感じ、じっと夜のあけるのを待つことにした。長年の病苦に悩み抜いた揚句、静かに死を待っている老人のように。……

四　まだ？

僕はこのホテルの部屋にやっと前の短篇を書き上げ、ある雑誌に送ることにした。もっとも僕の原稿料は一週間の滞在費にも足りないものだった。が、僕は僕の仕事を片づけたことに満足し、何か精神的強壮剤を求めるために銀座のある本屋へ出かけることにした。

冬の日の当ったアスファルトの上には紙屑《かみくず》が幾つもころがっていた。それらの紙屑は光の加減か、いずれも薔薇の花にそっくりだった。僕は何ものかの好意を感じ、その本屋の店へはいって行った。そこもまたふだんよりも小綺麗だった。ただ目金をかけた小娘が一人何か店員と話していたのは僕には気がかりにならないこともなかった。けれども僕は往来に落ちた紙屑の薔薇の花を思い出し、「アナトオル・フランスの対話集」*や「メリメエの書簡集」*を買うことにした。

僕は二冊の本を抱え、あるカッフェへはいって行った。それから一番奥のテエブルの前に珈琲《コーヒー》の来るのを待つことにした。僕の向こうには親子らしい男女が二人坐《すわ》っていた。その息子は僕よりも若かったものの、ほとんど僕にそっくりだった。のみならず彼等は恋人同志のように顔を近づけて話し合っていた。僕は彼等を見ているうちに少なくとも息子は性的にも母親に慰めを与えていることを意識しているのに気づき出した。それは僕にも覚えのある親和力の一例に違いなかった。同時にまた現世を地獄にするある意志の一例にも違いなかった。しかし、――僕はまた苦しみに陥るのを恐れ、ちょうど珈琲の来たのを幸い、「メリメエの書簡集」を読みはじめた。彼はこの書簡集の中にも彼の小説の中のように鋭いアフォリズムを閃《ひらめ》かせていた。それ等のアフォリズムは僕の気もちをいつか鉄のように巌畳《がんじょう》にし出した。（この影響を受け易いことも僕の弱点の一つだった）僕は一杯の珈琲を飲み了《おわ》った後、「何でも来い」という気になり、さっさとこのカッフェを後ろにして行った。

僕は往来を歩きながら、いろいろの飾り窓を覗《のぞ》いて行った。ある額縁屋の飾り窓はベエトオヴェンの肖像画を掲げていた。それは髪を逆立てた天才そのものらしい肖像画だった。僕はこのベエトオヴェンを滑稽に感ぜずにはいられなかった。……

そのうちにふと出合ったのは高等学校以来の旧友だった。この応用化学の大学教授は大きい中折れ鞄を抱え、片目だけまっ赤に血を流していた。

「どうした、君の目は？」

「これか？　これはただの結膜炎さ」

僕はふと十四、五年以来、いつも親和力を感じる度に僕の目も彼の目のように結膜炎を起すのを思い出した。が、何とも言わなかった。彼は僕の肩を叩《たた》き、僕等の友だちのことを話し出した。それから話をつづけたまま、あるカッフェへ僕をつれて行った。

「久しぶりだなあ。朱舜水《しゆしゆんすい》*の建碑式《けんぴしき》以来だろう」

彼は葉巻に火をつけた後、大理石のテエブル越しにこう僕に話しかけた。

「そうだ。あのシュシュン……」

僕はなぜか朱舜水という言葉を正確に発音出来なかった。それは日本語だっただけに僕をちょっと不安にした。しかし彼は無頓着《むとんじやく》にいろいろのことを話していった。Kという小説家のことを、彼の買ったブル・ドッグのことを、リュウイサイト*という毒瓦斯《どくガス》のことを。……

「君はちっとも書かないようだね。『点鬼簿《てんきぼ》』というのは読んだけれども。……あれは君の自叙伝かい？」

「うん、僕の自叙伝だ」

「あれはちょっと病的だったぜ。この頃は体《からだ》は善いのかい？」

「不相変《あいかわらず》薬ばかり嚥《の》んでいる始末だ」

「僕もこの頃は不眠症だがね」

「僕も？――どうして君は『僕も』と言うのだ？」

「だって君も不眠症だって言うじゃないか？　不眠症は危険だぜ。……」

彼は左だけ充血した目に微笑に近いものを浮かべていた。僕は返事をする前に「不眠症」のショウの発音を正確に出来ないのを感じ出した。

「気違いの息子には当り前だ」

僕は十分とたたないうちにひとりまた往来を歩いて行った。アスファルトの上に落ちた紙屑は時々僕等人間の顔のようにも見えないことはなかった。すると向こうから断髪にした女が一人通りかかった。彼女は遠目には美しかった。けれども目の前へ来たのを見ると、小皺《こじわ》のある上に醜い顔をしていた。のみならず妊娠しているらしかった。僕は思わず顔をそむけ、広い横町を曲って行った。が、しばらく歩いているうちに痔《じ》の痛みを感じ出した。それは僕には坐浴《ざよく》よりほかに癒《なお》すことの出来ない痛みだった。

「坐浴、――ベエトオヴェンもやはり坐浴をしていた。……」

坐浴に使う硫黄《いおう》の匂《にお》いはたちまち僕の鼻を襲い出した。しかし勿論往来にはどこにも硫黄は見えなかった。僕はもう一度紙屑の薔薇の花を思い出しながら、努めてしっかりと歩いて行った。

一時間ばかりたった後、僕は僕の部屋にとじこもったまま、窓の前の机に向かい、新らしい小説にとりかかっていた。ペンは僕にも不思議だったくらい、ずんずん原稿用紙の上を走って行った。しかしそれも二、三時間の後には誰か僕の目に見えないものに抑えられたようにとまってしまった。僕はやむを得ず机の前を離れ、あちこちと部屋の中を歩きまわった。僕の誇大妄想《こだいもうそう》はこういう時に最も著しかった。僕は野蛮な歓《よろこ》びの中に僕には両親もなければ妻子もない、ただ僕のペンから流れ出した命だけあるという気になっていた。

けれども僕は四、五分の後《のち》、電話に向かわなければならなかった。電話は何度返事をしても、ただ何か曖昧《あいまい》な言葉を繰り返して伝えるばかりだった。が、それはともかくもモオルと聞こえたのに違いなかった。僕はとうとう電話を離れ、もう一度部屋の中を歩き出した。しかしモオルという言葉だけは妙に気になってならなかった。

「モオル――Mole……」

モオルは鼹鼠《もぐらもち》という英語だった。この聯想《れんそう》も僕には愉快ではなかった。が、僕は二、三秒の後、Mole を la mort に綴《つづ》り直した。ラ・モオルは、――死という仏蘭西語はたちまち僕を不安にした。死は姉の夫に迫っていたように僕にも迫っているらしかった。

けれども僕は不安の中にも何か可笑《おか》しさを感じていた。のみならずいつか微笑していた。この可笑《おか》しさは何のために起るか？——それは僕自身にもわからなかった。僕は久しぶりに鏡の前に立ち、まともに僕の影と向い合った。僕の影も勿論微笑していた。僕はこの影を見つめているうちに第二の僕のことを思い出した。第二の僕、——独逸人の所謂《いわゆる》 Doppelgaenger＊は仕合せにも僕自身に見えたことはなかった。しかし亜米利加の映画俳優になったK君＊の夫人は第二の僕を帝劇の廊下に見かけていた。（僕は突然K君の夫人に「先達《せんだって》はつい御挨拶《あいさつ》もしませんで」と言われ、当惑したことを覚えている）それからもう故人になったある隻脚《かたあし》の翻訳家もやはり銀座のある煙草屋に第二の僕を見かけていた。死はあるいは僕よりも第二の僕に来るのかも知れなかった。もしまた僕に来たとしても、——僕は鏡に後ろを向け、窓の前の机へ帰って行った。

四角に凝灰岩を組んだ窓は枯芝や池を覗かせていた。僕はこの庭を眺めながら、遠い松林の中に焼いた何冊かのノオト・ブックや未完成の戯曲を思い出した。それからペンをとり上げると、もう一度新らしい小説を書きはじめた。

五　赤　光

日の光は僕を苦しめ出した。僕は実際鼹鼠のように窓の前へカアテンをおろし、昼間も電灯をともしたまま、せっせと前の小説をつづけていった。それから仕事に疲れると、テエヌの英吉利《イギリス》文学史をひろげ、詩人たちの生涯に目を通した。彼等はいずれも不幸だった。エリザベス朝の巨人*たちさえ、——一代の学者だったベン・ジョンソン*さえ彼の足の親指の上に羅馬《ローマ》とカルセエジ*との軍勢の戦いを始めるのを眺めたほど神経的疲労に陥っていた。僕はこういう彼等の不幸に残酷な悪意に充《み》ち満ちた歓びを感じずにはいられなかった。

ある東かぜの強い夜、（それは僕には善《い》い徴《しるし》だった）僕は地下室を抜けて往来へ出、ある老人*を尋ねることにした。彼はある聖書会社の屋根裏にたった一人小使いをしながら、祈禱《きとう》や読書に精進していた。僕等は火鉢に手をかざしながら、壁にかけた十字架の下にいろいろのことを話し合った。なぜ僕の母は発狂したか？　なぜ僕の父の事業は失敗したか？　なぜまた僕は罰せられたか？——それ等の秘密を知っている彼は妙に厳《おごそ》かな微笑を浮かべ、いつまでも僕の相手をした。のみならず時々短い言葉に人生のカリカテュアを描いたりした。僕はこの屋根裏の隠者を尊敬しない訣には行かなかった。しかし彼と話しているうちに彼もまた親和力のために動かされていることを発見した。——

「その植木屋の娘というのは器量も善いし、気立ても善いし、——それはわたしに優しくしてくれるのです」

「いくつ？」

「ことしで十八です」

それは彼には父らしい愛であるかも知れなかった。しかし僕は彼の目の中に情熱を感じずにはいられなかった。のみならず彼の勧めた林檎《りんご》はいつか黄ばんだ皮の上へ一角獣の姿を現していた。(僕は木目や珈琲茶碗《ぢゃわん》の亀裂《ひび》に度たび神話的動物を発見していた)一角獣は麒麟《きりん》に違いなかった。僕はある敵意のある批評家の僕を「九百十年代の麒麟児」と呼んだのを思い出し、この十字架のかかった屋根裏も安全地帯ではないことを感じた。

「いかがですか、この頃は?」

「不相変《あいかわらず》神経ばかり苛々《いらいら》してね」

「それは薬では駄目ですよ。信者になる気はありませんか?」

「もし僕でもなれるものなら……」

「何もむずかしいことはないのです。ただ神を信じ、神の子の基督《キリスト》を信じ、基督の行った奇蹟《きせき》を信じさえすれば……」

「悪魔を信じることは出来ますがね。……」

「ではなぜ神を信じないのです? もし影を信じるならば光も信じずにはいられないでしょう?」

「しかし光のない暗《やみ》もあるでしょう」

「光のない暗とは?」

僕は黙るよりほかはなかった。彼もまた僕のように暗の中を歩いていた。が、暗のある以上は光もあると信じていた。僕等の論理の異なるのはただこういう一点だけだった。しかしそれは少なくとも僕には越えられない溝に違いなかった。……

「けれども光は必ずあるのです。その証拠には奇蹟があるのですから。……奇蹟などというものは今でも度たび起こっているのですよ」

「それは悪魔の行なう奇蹟は。……」

「どうしてまた悪魔などというのです？」

僕はこの一、二年の間、僕自身の経験したことを彼に話したい誘惑を感じた。が、彼から妻子に伝わり、僕もまた母のように精神病院にはいることを恐れない訣にも行かなかった。

「あすこにあるのは？」

この逞《たくま》しい老人は古い書棚をふり返り、何か牧羊神《ぼくようじん》らしい表情を示した。

「ドストエフスキイ全集です。『罪と罰』はお読みですか？」

僕は勿論十年前にも四、五冊のドストエフスキイに親しんでいた。が、偶然（？）彼の言った『罪と罰』という言葉に感動し、この本を貸して貰った上、前のホテルへ帰ることにした。電灯の光に輝いた、人通りの多い往来はやはり僕には不快だった。殊に知り人に遇《あ》うことはとうてい堪えられないのに違いなかった。僕は努めて暗い往来を選び、盗人のように歩いて行った。

しかし僕はしばらくの後、いつか胃の痛みを感じ出した。この痛みを止めるものは一杯のウイスキイのあるだけだった。僕はあるバアを見つけ、その戸を押してはいろうとした。けれども狭いバアの中には煙草の煙の立ちこめた中に芸術家らしい青年たちが何人も群がって酒を飲んでいた。のみならず彼等のまん中には耳隠しに結った女が一人熱心にマンドリンを弾きつづけていた。僕はたちまち当惑を感じ、戸の中へはいらずに引き返した。するといつか僕の影の左右に揺れているのを発見した。しかも僕を照らしているのは無気味にも赤い光だった。僕は往来に立ちどまった。けれども僕の影は前のように絶えず左右に動いていた。僕は怯《お》ず怯ずふり返り、やっとこのバアの軒に吊《つ》った色硝子のランタアンを発見した。ランタアンは烈しい風のために徐《おもむ》ろに空中に動いていた。

……

僕の次にはいったのはある地下室のレストオランだった。僕はそこのバアの前に立ち、ウイスキイを一杯注文した。

「ウイスキイを？　Black and White ばかりでございますが、……」

僕は曹達水《ソオダすい》の中にウイスキイを入れ、黙って一口ずつ飲みはじめた。僕の隣には新聞記者らしい三十前後の男が二人何か小声に話していた。のみならず仏蘭西語を使っていた。僕は彼等に背中を向けたまま、全身に彼等の視線を感じた。それは実際電波のように僕の体にこたえるものだった。彼等は確かに僕の名を知り、僕の噂をしているらしかった。

「Bien……très mauvais……pourquoi?……」

「Pourquoi?……le diable est mort!……」

「Oui, oui……d'enfer……」

僕は銀貨を一枚投げ出し、(それは僕の持っている最後の一枚の銀貨だった) この地下室の外へのがれることにした。夜風の吹き渡る往来は多少胃の痛みの薄らいだ僕の神経を丈夫にした。僕はラスコルニコフを思い出し、何ごとも懺悔《ざんげ》したい欲望を感じた。が、それは僕自身のほかにも、――いや、僕の家族のほかにも悲劇を生じるのに違いなかった。のみならずこの欲望さえ真実かどうかは疑わしかった。もし僕の神経さえ常人のように丈夫になれば、――けれども僕はそのためにはどこかへ行かなければならなかった。マドリッドへ、リオへ、サマルカンドへ、……

そのうちにある店の軒に吊った、白い小型の看板は突然僕を不安にした。それは自動車のタイアアに翼のある商標を描いたものだった。僕はこの商標に人工の翼を手《た》よりにした古代の希臘《ギリシャ》人*を思い出した。彼は空中に舞い上がった揚句、太陽の光に翼を焼かれ、とうとう海中に溺死《できし》していた。マドリッドへ、リオへ、サマルカンドへ、――僕はこういう僕の夢を嘲笑《あざわら》わない訣には行かなかった。同時にまた復讐の神に追われたオレステス*を考えない訣にも行かなかった。

僕は運河に沿いながら、暗い往来を歩いて行った。そのうちにある郊外にある養父母の家を思い出した。養父母は勿論僕の帰るのを待ち暮らしているのに違いなかった。恐らくは僕の子供たちも、――しかし僕はそこへ帰ると、おのずから僕を束縛してしまうある力を恐れずにはいられなかった。運河は波立った水の上に達磨船《だるまぶね》を一艘《いっそう》横づけにしていた。そのまた達磨船は船の底から薄い光を洩《も》らしていた。そこにも何人かの男女の家族は生活しているのに違いなかった。やはり愛し合うために憎み合いながら。……が、僕はもう一度戦闘的精神を呼び起こし、ウイスキイの酔いを感じたまま、前のホテルへ帰ることにした。

僕はまた机に向かい、「メリメエの書簡集」を読みつづけた。それはまたいつの間にか僕に生活力を与えていた。しかし僕は晩年のメリメエの新教徒になっていたことを知ると、俄かに仮面のかげにあるメリメエの顔を感じ出した。彼もまたやはり僕等のように暗の中を歩いている一人だった。暗の中を？――「暗夜行路」はこういう僕には恐しい本に変りはじめた。僕は憂鬱を忘れるために「アナトオル・フランスの対話集」を読みはじめた。が、この近代の牧羊神もやはり十字架を荷《にな》っていた。……

一時間ばかりたった後、給仕は僕に一束の郵便物を渡しに顔を出した。それ等の一つはライプツィッヒの本屋から僕に「近代の日本の女」という小論文を書けというものだった。なぜ彼等は特に僕にこういう小論文を書かせるのであろう？　のみならずこの英語の手紙は「我々はちょうど日本画のように黒と白のほかに色彩のない女の肖像画でも満足である」という肉筆のP・S*を加えていた。僕はこういう一行に Black and White というウイスキイの名を思い出し、ずたずたにこの手紙を破ってしまった。それから今度は手当り次第に一つの手紙の封を切り、黄いろい書簡箋《しょかんせん》に目を通した。この手紙を書いたのは僕の知らない青年だった。しかし二、三行も読まないうちに「あなたの『地獄変』は……」という言葉は僕を苛立たせずには措かなかった。三番目に封を切った手紙は僕の甥《おい》*から来たものだった。僕はやっと一息つき、家事上の問題などを読んでいった。けれどもそれさえ最後へ来ると、いきなり僕を打ちのめした。

「歌集『赤光《しやつこう》』の再版を送りますから……」

赤光！　僕は何ものかの冷笑を感じ、僕の部屋の外へ避難することにした。廊下には誰も人かげはなかった。僕は片手に壁を抑え、やっとロッビイへ歩いて行った。それから椅子に腰をおろし、とにかく巻煙草に火を移すことにした。巻煙草はなぜかエエア・シップ*だった。（僕はこのホテルへ落ち着いてから、いつもスタア*ばかり吸うことにしていた）人工の翼はもう一度僕の目の前へ浮かび出した。僕は向うにいる給仕を呼び、スタアを二箱貰うことにした。しかし給仕を信用すれば、スタアだけは生憎《あいにく》品切れだった。

「エエア・シップならばございますが、……」

僕は頭《かぶり》を振ったまま、広いロッビイを眺めまわした。僕の向うには外国人が四、五人テエブルを囲んで話していた。しかも彼らの中の一人、――赤いワン・ピイスを着た女は小声に彼等と話しながら、時々僕を見ているらしかった。

「Mrs. Townshead……」

何か僕の目に見えないものはこう僕に囁《ささや》いていった。ミセス・タウンズヘッドなどという名は勿論僕の知らないものだった。たとい向こうにいる女の名にしても、――僕はまた椅子から立ち上がり、発狂することを恐れながら、僕の部屋へ帰ることにした。

僕は僕の部屋へ帰ると、すぐにある精神病院へ電話をかけるつもりだった。が、そこへはいることは僕には死ぬことに変わらなかった。僕はさんざんためらった後、この恐怖を紛らすために「罪と罰」を読みはじめた。しかし偶然開いた頁は「カラマゾフ兄弟」の一節だった。僕は本を間違えたのかと思い、本の表紙へ目を落した。「罪と罰」――本は「罪と罰」に違いなかった。僕はこの製本屋の綴《と》じ違えに、――そのまた綴じ違えた頁を開いたことに運命の指の動いているのを感じ、やむを得ずそこを読んでいった。けれども一頁も読まないうちに全身が震えるのを感じ出した。そこは悪魔に苦しめられるイヴァンを描いた一節だった。イヴァンを、ストリントベルグを、モオパスサンを、あるいはこの部屋にいる僕自身を。……

こういう僕を救うものはただ眠りのあるだけだった。しかし催眠剤はいつの間にか一包みも残らずになくなっていた。僕はとうてい眠らずに苦しみつづけるのに堪えなかった。が、絶望的な勇気を生じ、珈琲を持って来て貰った上、死にもの狂いにペンを動かすことにした。二枚、五枚、七枚、十枚、――原稿は見る見る出来上がっていった。僕はこの小説の世界を超自然の動物に満たしていた。のみならずその動物の一匹に僕自身の肖像画を描いていた。けれども疲労は徐ろに僕の頭を曇らせはじめた。僕はとうとう机の前を離れ、ベッドの上へ仰向《あおむ》けになった。それから四、五十分間は眠ったらしかった。しかしまた誰か僕の耳にこういう言葉を囁いたのを感じ、たちまち目を醒《さま》して立ち上がった。

「Le diable est mort」

凝灰岩の窓の外はいつか冷えびえと明けかかっていた。僕はちょうど戸の前に佇《たたず》み、誰もいない部屋の中を眺めまわした。すると向こうの窓硝子は斑《まだ》らに外気に曇った上に小さい風景を現わしていた。それは黄ばんだ松林の向こうに海のある風景に違いなかった。僕は怯ず怯ず窓の前へ近づき、この風景を造っているものは実は庭の枯芝や池だったことを発見した。けれども僕の錯覚はいつか僕の家に対する郷愁に近いものを呼び起こしていた。

僕は九時にでもなり次第、ある雑誌社へ電話をかけ、とにかく金の都合をした上、僕の家へ帰る決心をした。机の上に置いた鞄の中へ本や原稿を押しこみながら。

六　飛行機

僕は東海道線のある停車場からその奥のある避暑地へ自動車を飛ばした。運転手はなぜかこの寒さに古いレエン・コオトをひっかけていた。僕はこの暗合を無気味に思い、努めて彼を見ないように窓の外へ目をやることにした。すると低い松の生えた向こうに、——恐らくは古い街道に葬式が一列通るのをみつけた。白張りの提灯《ちょうちん》や竜灯はその中に加わってはいないらしかった。が、金銀の造花の蓮《はす》は静かに輿《こし》の前後に揺らいで行った。……

やっと僕の家へ帰った後、僕は妻子や催眠薬の力により、二、三日はかなり平和に暮らした。僕の二階は松林の上にかすかに海を覗かせていた。僕はこの二階の机に向かい、鳩の声を聞きながら、午前だけ仕事をすることにした。鳥は鳩や鴉《からす》のほかに雀《すずめ》も縁側へ舞いこんだりした。それもまた僕には愉快だった。「喜雀《きじやく》堂に入る」*——僕はペンを持ったまま、その度にこんな言葉を思い出した。

ある生暖かい曇天の午後、僕はある雑貨店へインクを買いに出かけて行った。するとその店に並んでいるのはセピア色のインクばかりだった。セピア色のインクはどのインクよりも僕を不快にするのを常としていた。僕はやむを得ずこの店を出、人通りの少ない往来をぶらぶらひとり歩いて行った。そこへ向こうから近眼らしい四十前後の外国人が一人肩を聳《そびや》かせて通りかかった。彼はここに住んでいる被害妄想狂の瑞典《スウェデン》人だった。しかも彼の名はストリントベルグだった。僕は彼とすれ違う時、肉体的に何かこたえるのを感じた。

この往来はわずかに二、三町だった。が、その二、三町を通るうちにちょうど半面だけ黒い犬は四度も僕の側を通って行った。僕は横町を曲りながら、ブラック・アンド・ホワイトのウイスキイを思い出した。のみならず今のストリントベルグのタイも黒と白だったのを思い出した。それは僕にはどうしても偶然であるとは考えられなかった。もし偶然でないとすれば、——僕は頭だけ歩いているように感じ、ちょっと往来に立ち止まった。道ばたには針金の柵《さく》の中にかすかに虹の色を帯びた硝子の鉢が一つ捨ててあった。この鉢はまた底のまわりに翼らしい模様を浮き上がらせていた。そこへ松の梢《こずえ》から雀が何羽も舞い下がって来た。が、この鉢のあたりへ来ると、どの雀も皆言い合わせたように一度に空中へ逃げのぼって行った。……

僕は妻の実家へ行き、庭先の籐椅子《とういす》に腰をおろした。庭の隅の金網の中には白いレグホン種の鶏が何羽も静かに歩いていた。それからまた僕の足もとには黒犬も一匹横になっていた。僕は誰にもわからない疑問を解こうとあせりながら、とにかく外見だけは冷やかに妻の母や弟*と世間話をした。

「静かですね、ここへ来ると」

「それはまだ東京よりもね」

「ここでもうるさいことはあるのですか?」

「だってここも世の中ですもの」

妻の母はこう言って笑っていた。実際この避暑地もまた「世の中」であるのに違いなかった。僕はわずかに一年ばかりの間にどのくらいここにも罪悪や悲劇の行われているかを知り悉《つく》していた。徐ろに患者を毒殺しようとした医者、養子夫婦の家に放火した老婆、妹の資産を奪おうとした弁護士、……それ等の人々の家を見ることは僕にはいつも人生の中に地獄を見ることに異ならなかった。

「この町には気違いが一人いますね」

「Hちゃんでしょう。あれは気違いじゃないのですよ。莫迦になってしまったのですよ」

「早発性痴呆《そうはつせいちほう》というやつですね。僕はあいつを見る度に気味が悪くってたまりません。あいつはこの間もどういう量見か、馬頭観世音《ばとうかんぜおん》の前にお時宜をしていました」

「気味が悪くなるなんて、……もっと強くならなければ駄目ですよ」

「兄さんは僕などよりも強いのだけれども、——」

無精髭《ぶしょうひげ》を伸ばした妻の弟も寝床の上に起き直ったまま、いつもの通り遠慮がちに僕等の話に加わり出した。

「強い中に弱いところもあるから。……」

「おやおや、それは困りましたね」

僕はこう言った妻の母を見、苦笑しない訣には行かなかった。すると弟も微笑しながら、遠い垣の外の松林を眺め、何かうっとりと話しつづけた。（この若い病後の弟は時々僕には肉体を脱した精神そのもののように見えるのだった）

「妙に人間離れをしているかと思えば、人間的欲望もずいぶん烈しいし、……」

「善人かと思えば、悪人でもあるしさ」

「いや、善悪というよりも何かもっと反対なものが、……」

「じゃ大人の中に子供もあるのだろう」

「そうでもない。僕にははっきりと言えないけれど、……電気の両極に似ているのかな。何しろ反対なものを一しょに持っている」

そこへ僕等を驚かしたのは、烈しい飛行機の響きだった。僕は思わず空を見上げ、松の梢に触れないばかりに舞い上がった飛行機を発見した。それは翼を黄いろに塗った、珍らしい単葉の飛行機だった。鶏や犬はこの響きに驚き、それぞれ八方へ逃げまわった。殊に犬は吠《ほ》え立てながら、尾を捲《ま》いて縁の下へはいってしまった。

「あの飛行機は落ちはしないか？」

「大丈夫。……兄さんは飛行機病という病気を知っている？」

僕は巻煙草に火をつけながら、「いや」という代りに頭《かぶり》を振った。

「ああいう飛行機に乗っている人は高空の空気ばかり吸っているものだから、だんだんこの地面の上の空気に堪えられないようになってしまうのだって。……」

妻の母の家を後ろにした後、僕は枝一つ動かさない松林の中を歩きながら、じりじり憂鬱になっていった。なぜあの飛行機はほかへ行かずに僕の頭の上を通ったのであろう？　なぜまたあのホテルは巻煙草のエエア・シップばかり売っていたのであろう？　僕はいろいろの疑問に苦しみ、人気《ひとげ》のない道を選《よ》って歩いて行った。

海は低い砂山の向うに一面に灰色に曇っていた。そのまた砂山にはブランコのないブランコ台が一つ突っ立っていた。僕はこのブランコ台を眺め、たちまち絞首台を思い出した。実際またブランコ台の上には鴉が二、三羽とまっていた。鴉は皆僕を見ても、飛び立つ気色さえ示さなかった。のみならずまん中にとまっていた鴉は大きい嘴《くちばし》を空へ挙げながら、確かに四たび声を出した。

僕は芝の枯れた砂土手に沿い、別荘の多い小みちを曲ることにした。この小みちの右側にはやはり高い松の中に二階のある木造の西洋家屋が一軒白じらと立っているはずだった。（僕の親友はこの家のことを「春のいる家」と称していた）が、この家の前へ通りかかると、そこにはコンクリイトの土台の上にバス・タッブが一つあるだけだった。火事――僕はすぐにこう考え、そちらを見ないように歩いて行った。すると自転車に乗った男が一人まっすぐに向こうから近づき出した。彼は焦茶《こげちゃ》いろの鳥打ち帽をかぶり、妙にじっと目を据えたまま、ハンドルの上へ身をかがめていた。僕はふと彼の顔に姉の夫の顔を感じ、彼の目の前へ来ないうちに横の小みちへはいることにした。しかしこの小みちのまん中にも腐った鼹鼠の死骸《しがい》が一つ腹を上にして転《ころ》がっていた。

何ものかの僕を狙っていることは一足毎に僕を不安にし出した。そこへ半透明な歯車も一つずつ僕の視野を遮り出した。僕はいよいよ最後の時の近づいたことを恐れながら、頸《くび》すじをまっ直《すぐ》にして歩いて行った。歯車は数の殖えるのにつれ、だんだん急にまわりはじめた。同時にまた右の松林はひっそりと枝をかわしたまま、ちょうど細かい切子硝子を透かして見るようになりはじめた。僕は動悸《どうき》の高まるのを感じ、何度も道ばたに立ち止まろうとした。けれども誰かに押されるように立ち止まることさえ容易ではなかった。……

三十分ばかりたった後、僕は僕の二階に仰向けになり、じっと目をつぶったまま、烈しい頭痛をこらえていた。すると僕の瞼《まぶた》の裏に銀色の羽根を鱗《うろこ》のように畳んだ翼が一つ見えはじめた。それは実際網膜の上にはっきりと映っているものだった。僕は目をあいて天井を見上げ、勿論何も天井にはそんなもののないことを確めた上、もう一度目をつぶることにした。しかしやはり銀色の翼はちゃんと暗い中に映っていた。僕はふとこの間乗った自動車のラディエエタア・キャップにも翼のついていたことを思い出した。……

そこへ誰か梯子《はしご》段《だん》を慌しく昇って来たかと思うと、すぐにまたばたばた駈《か》け下りて行った。僕はその誰かの妻だったことを知り、驚いて体を起すが早いか、ちょうど梯子段の前にある、薄暗い茶の間へ顔を出した。すると妻は突っ伏したまま、息切れをこらえているらしく見え、絶えず肩を震わしていた。

「どうした？」

「いえ、どうもしないのです。……」

妻はやっと顔を擡《もた》げ、無理に微笑して話しつづけた。

「どうもした訣ではないのですけれどもね、ただ何だかお父さんが死んでしまいそうな気がしたものですから。……」

それは僕の一生の中でも最も恐しい経験だった。――僕はもうこの先を書きつづける力を持っていない。こういう気もちの中に生きているのは何とも言われない苦痛である。誰か僕の眠っているうちにそっと絞め殺してくれるものはないか？

（昭和二年）
〔遺稿〕

闇中問答

一

ある声　お前は俺の思惑とは全然違った人間だった。
僕　それは僕の責任ではない。
ある声　しかしお前はその誤解にお前自身も協力している。
僕　僕は一度も協力したことはない。
ある声　しかしお前は風流を愛した、――あるいは愛したように装ったろう。
僕　僕は風流を愛している。
ある声　お前はどちらかを愛している？　風流か？　それとも一人の女か？
僕　僕はどちらも愛している。
ある声　（冷笑）それを矛盾とは思わないと見えるな。
僕　誰が矛盾と思うものか？　一人の女を愛するものは古瀬戸《こせと》の茶碗《ちゃわん》を愛さないかも知れない。しかしそれは古瀬戸の茶碗を愛する感覚を持たないからだ。
ある声　風流人はどちらかを選ばなければならぬ。

僕　僕は生憎《あいにく》風流人よりもずっと多慾《たよく》に生まれついている。しかし将来は一人の女よりも古瀬戸の茶碗を選ぶかも知れない。

ある声　ではお前は不徹底だ。

僕　もしそれを不徹底と言うならば、インフルエンザに罹《かか》った後も冷水摩擦をやっているものは誰よりも徹底しているだろう。

ある声　もう強がるのはやめにしてしまえ。お前は内心は弱っている。しかし当然お前の受ける社会的非難をはね返すためにそんなことを言っているだけだろう。

僕　僕は勿論《もちろん》そのつもりだ。第一考えてみるが善《い》い。はね返さなかったが最後、押しつぶされてしまう。

ある声　お前は何という図々《ずうずう》しい奴《やつ》だ。

僕　僕は少しも図々しくはない。僕の心臓は瑣細《ささい》なことにあっても氷のさわったようにひやひやとしている。

ある声　お前は多力者のつもりでいるな？

僕　もちろん僕は多力者の一人だ。しかし最大の多力者ではない。もし最大の多力者だったとすれば、あのゲエテという男のように安んじて偶像になっていたであろう。

ある声　ゲエテの恋愛は純潔だった。

僕　それは譃《うそ》だ。文芸史家の譃だ。ゲエテはちょうど三十五の年に突然伊太利《イタリィ》へ逃走している。そうだ。逃走というほかはない。あの秘密を知っているものはゲエテ自身を例外にすれば、シュタイン夫人*一人だけだろう。

ある声　お前の言うことは自己弁護だ。自己弁護ぐらい手易《たやす》いものはない。

僕　自己弁護は容易ではない。もし手易いものとすれば、弁護士という職業は成り立たないはずだ。

ある声　口巧者な横着ものめ！　誰もうお前を相手にしないぞ。

僕　僕はまだ僕に感激を与える樹木や水を持っている。それから和漢東西の本を三百冊以上持っている。

ある声　しかしお前は永久にお前の読者を失ってしまうぞ。

僕　僕は将来に読者を持っている。

ある声　将来の読者はパンをくれるか？

僕　現世《げんぜ》の読者さえ碌《ろく》にくれない。僕の最高の原稿料は一枚十円に限っていた。

ある声　しかしお前は資産を持っていたろう？

僕　僕の資産は本所にある猫の額ほどの地面だけだ。僕の月収は最高の時でも三百円を越えたことはない。

ある声　しかしお前は家を持っている。それから近代文芸読本*の……

僕　あの家の棟木《むなぎ》は僕には重たい。近代文芸読本の印税はいつでもお前に用立ててやる。僕の貰《もら》ったのは四、五百円だから。

ある声　しかしお前はあの読本の編者だ。それだけでもお前は恥じなければならぬ。

僕　何を僕に恥じろと言うのだ？
ある声　お前は教育家の仲間入りをした。
僕　それは譃だ。教育家こそ僕等の仲間入りをしている。僕はその仕事を取り戻したのだ。
ある声　お前はそれでも夏目先生の弟子か？
僕　僕は勿論夏目先生の弟子だ。お前は文墨に親しんだ漱石《そうせき》先生を知っているかも知れない。しかしあの気違いじみた天才の夏目先生を知らないだろう。
ある声　お前には思想というものはない。偶々《たまたま》あるのは矛盾だらけの思想だ。
僕　それは僕の進歩する証拠だ。阿呆《あほう》はいつまでも太陽は盥《たらい》よりも小さいと思っている。
ある声　お前の傲慢《ごうまん》はお前を殺すぞ。
僕　僕は時々こう思っている。――あるいは僕は畳の上では往生しない人間かも知れない。
ある声　お前は死を怖れないと見えるな？　な？
僕　僕は死ぬことを怖れている。が、死ぬことは困難ではない。僕は二、三度頸《くび》をくったものだ。しかし二十秒ばかり苦しんだ後はある快感さえ感じて来る。僕は死よりも不快なことに会えば、いつでも死ぬのにためらわないつもりだ。
ある声　ではなぜお前は死なないのだ？　お前は誰の目から見ても、法律上の罪人ではないか？
僕　僕はそれも承知している。ヴェルレエン*のように、ワグナア*のように、あるいはまた大いなるストリントベリイ*のように。
ある声　しかしお前は贖《あがな》わない。
僕　いや、僕は贖っている。苦しみにまさる贖いはない。
ある声　お前は仕方のない悪人だ。
僕　僕はむしろ善男子だ。もし悪人だったとすれば、僕のように苦しみはしない。のみならず必ず恋愛を利用し、女から金を絞るだろう。
ある声　ではお前は阿呆かも知れない。
僕　そうだ。僕は阿呆かも知れない。あの「痴人の懺悔《ざんげ》*」などという本は僕に近い阿呆の書いたものだ。
ある声　その上お前は世間見ずだ。
僕　世間知りを最上とすれば、実業家は何よりも高等だろう。
ある声　お前は恋愛を軽蔑《けいべつ》していた。しかし今になって見れば畢竟《ひっきょう》恋愛至上主義者だった。
僕　いや、僕は今日でも断じて恋愛至上主義者ではない。僕は詩人だ。芸術家だ。
ある声　しかしお前は恋愛のために父母妻子を抛《なげう》ったではないか？
僕　譃をつけ。僕はただ僕自身のために父母妻子を抛ったのだ。

ある声　ではお前はエゴイストだ。
僕　僕は生憎エゴイストではない。しかしエゴイストになりたいのだ。
ある声　お前は不幸にも近代のエゴ崇拝にかぶれている。
僕　それでこそ僕は近代人だ。
ある声　近代人は古人に若《し》かない。
僕　古人もまた一度は近代人だったのだ。
ある声　お前は妻子を憐《あわれ》まないのか？
僕　誰か憐まずにいられたものがあるか？　ゴオギャアンの手紙を読んで見ろ。
ある声　お前はお前のしたことをどこまでも是認するつもりだな。
僕　どこまでも是認しているとすれば、何もお前と問答などはしない。
ある声　ではやはり是認しずにいるか？
僕　僕はただあきらめている。
ある声　しかしお前の責任はどうする？
僕　四分の一は僕の遺伝、四分の一は僕の境遇、四分の一は僕の偶然、――僕の責任は四分の一だけだ。
ある声　お前はなんという下等な奴だ！
僕　誰でも僕くらいは下等だろう。
ある声　ではお前は悪魔主義者*だ。

僕　僕は生憎悪魔主義者ではない。殊に安全地帯の悪魔主義者には常に軽蔑を感じている。

ある声　（しばらく無言）とにかくお前は苦しんでいる。それだけは認めてやっても善い。

僕　いや、うっかり買い冠《かぶ》るな。僕はあるいは苦しんでいることに誇りを持っているかも知れない。のみならず「得れば失うを惧《おそ》る」は多力者のすることではないだろう。

ある声　お前はあるいは正直者かも知れない。しかしまたあるいは道化者かも知れない。

僕　僕もまたどちらかと思っている。

ある声　お前はいつもお前自身を現実主義者と信じていた。

僕　僕はそれほど理想主義者だったのだ。

ある声　お前はあるいは滅びるかも知れない。

僕　しかし僕を造ったものは第二の僕を造るだろう。

ある声　では勝手に苦しむが善い。俺はもうお前に別れるばかりだ。

僕　待て。どうかその前に聞かせて呉《く》れ。絶えず僕に問いかけるお前は、――目に見えないお前は何ものだ？

ある声　俺か？　俺は世界の夜明けにヤコブと力を争った天使だ。*

二

ある声　お前は感心に勇気を持っている。

僕　いや、僕は勇気を持っていない。もし勇気を持っているとすれば、僕は獅子《しし》の口に飛び込まずに獅子の食うのを待っていただろう。

ある声　しかしお前のしたことは人間らしさを具《そな》えている。

僕　最も人間らしいことは同時にまた動物らしいことだ。

ある声　お前のしたことは悪いことではない。お前はただ現代の社会制度のために苦しんでいるのだ。

僕　社会制度は変ったとしても、僕の行為は何人かの人を不幸にするのに極《きま》っている。

ある声　しかしお前は自殺しなかった。とにかくお前は力を持っている。

僕　僕は度たび自殺しようとした。殊に自然らしい死にかたをするために一日に蠅《はえ》を十四ずつ食った。蠅を細かにむしった上、のみこんでしまうのは何でもない。しかし嚙《か》みつぶすのはきたない気がした。

ある声　その代りにお前は偉大になるだろう。

僕　僕は偉大さなどを求めていない。欲しいのはただ平和だけだ。ワグネルの手紙を読んで見ろ。愛する妻と二、三人の子供と暮らしに困らない金さえあれば、偉大な芸術などは作らずとも満足すると書いている。ワグネルでさえこの通りだ。あの我の強いワグネルでさえ。
ある声　お前はとにかく苦しんでいる。お前は良心のない人間ではない。
僕　僕は良心などを持っていない。持っているのは神経ばかりだ。
ある声　お前の家庭生活は不幸だった。
僕　しかし僕の細君はいつも僕に忠実だった。
ある声　お前の悲劇は他の人々よりも逞《たくま》しい理智を持っていることだ。
僕　譃をつけ。僕の喜劇は他の人々よりも乏しい世間智を持っていることだ。
ある声　しかしお前は正直だ。お前は何ごとも露《あらわ》れないうちにお前の愛している女の夫へ一切の事情を打ち明けてしまった。
僕　それも譃だ。僕は打ち明けずにはいられない気もちになるまでは打ち明けなかった。
ある声　お前は詩人だ。芸術家だ。お前には何ごとも許されている。
僕　僕は詩人だ。芸術家だ。けれどもまた社会の一分子だ。僕の十字架を負うのは不思議ではない。それでもまだ軽過ぎるだろう。
ある声　お前はお前のエゴを忘れている。お前の個性を尊重し、俗悪な民衆を軽蔑しろ。
僕　僕はお前に言われずとも僕の個性を尊重している。しかし民衆を軽蔑しない。僕はいつかこう言った。——「玉は砕けても、瓦《かわら》は砕けない」* シェクスピイアや、ゲエテや近松門左衛門《ちかまつもんざえもん》はいつか一度は滅びるであろう。しかし彼等を生んだ胎は、――大いなる民衆は滅びない。あらゆる芸術は形を変えても、必ずそのうちから生まれるであろう。

ある声　お前の書いたものは独創的だ。

僕　いや、決して独創的ではない。第一誰が独創的だったのだ？　古今の天才の書いたものでもプロトタイプは至る所にある。就中《なかんずく》僕は度たび盗んだ。

ある声　しかしお前は教えてもいる。

僕　僕の教えたのは出来ないことだけだ。僕に出来ることだったとすれば、教えない前にしてしまったであろう。

ある声　お前は超人だと確信しろ。

僕　いや、僕は超人ではない。僕等は皆超人ではない。超人はただツァラトストラだけだ。しかもそのツァラトストラのどういう死を迎えたかはニイチェ自身も知らないのだ。

ある声　お前さえ社会を怖れるのか？

僕　誰が社会を怖れなかったか？

ある声　牢獄《ろうごく》に三年もいたワイルドを見ろ。ワイルドは「妄《みだ》りに自殺するのは社会に負けるのだ」と言っている。

僕　ワイルドは牢獄にいた時に何度も自殺を計っている。しかも自殺しなかったのはただその方法のなかったばかりだ。

ある声　お前は善悪を蹂躙《じゅうりん》してしまえ。
僕　僕は今後もいやが上にも善人になろうと思っている。
ある声　お前は余り単純過ぎる。
僕　いや、僕は複雑すぎるのだ。
ある声　しかしお前は安心しろ。お前の読者は絶えないだろう。
僕　それは著作権のなくなった後だ。
ある声　お前は愛のために苦しんでいるのだ。
僕　愛のために？　文学青年じみたお世辞は好《い》い加減にしろ。僕はただ情事に躓《つまず》いただけだ。
ある声　誰も情事には躓き易い。
僕　それは誰も金銭の慾《よく》に溺《おぼ》れ易いということだけだ。
ある声　お前は人生の十字架にかかっている。
僕　それは僕の自慢にはならない。情婦殺しや拐帯犯人も人生の十字架にかかっているのだ。
ある声　人生はそんなに暗いものではない。
僕　人生は「選ばれたる少数」を除けば、誰にも暗いのはわかっている。しかもまた「選ばれたる少数」とは阿呆と悪人との異名なのだ。
ある声　では勝手に苦しんでいろ。お前は俺を知っているか？　折角お前を慰めに来た俺を？

僕　お前は犬だ。昔あのファウストの部屋へ犬になってはいって行った。悪魔だ。

三

ある声　お前は何をしているのだ？

僕　僕はただ書いているのだ。

ある声　なぜお前は書いているのだ？

僕　ただ書かずにはいられないからだ。

ある声　では書け。死ぬまで書け。

僕　勿論、――第一そのほかに仕かたはない。

ある声　お前は存外落ち着いている。

僕　いや、少しも落ち着いてはいない。もし僕を知っている人々ならば、僕の苦しみを知っているだろう。

ある声　お前の微笑はどこへ行った？

僕　天上の神々へ帰ってしまった。人生に微笑を送るために第一には吊《つ》り合いの取れた性格、第二に金、第三に僕よりも逞しい神経を持っていなければならぬ。

ある声　しかしお前は気軽になったろう。

僕　うん、僕は気軽になった。その代りに裸の肩の上に一生の重荷を背負わなければならぬ。

ある声　お前はお前なりに生きるほかはない。あるいはまたお前なりに……

僕　そうだ。僕なりに死ぬほかはない。

ある声　お前は在来のお前とは違った、新らしいお前になるだろう。

僕　僕はいつでも僕自身だ。ただ皮は変るだろう。蛇の皮を脱ぎ変えるように。

ある声　お前は何もかも承知している。

僕　いや、僕は承知していない。僕の意識しているのは僕の魂の一部分だけだ。僕の意識していない部分は、――僕の魂のアフリカはどこまでも茫々《ぼうぼう》と広がっている。僕はそれを恐れているのだ。光の中には怪物は棲《す》まない。しかし無辺の闇の中には何かがまだ眠っている。

ある声　お前もまた俺の子供だった。

僕　誰だ、僕に接吻《せっぷん》したお前は？　いや、僕はお前を知っている。

ある声　では俺を誰だと思う？

僕　僕の平和を奪ったものだ。僕のエピキュリアニズムを破ったものだ。僕の、――いや、僕ばかりではない。昔支那《しな》の聖人の教えた中庸《ちゅうよう》の精神を失わせるものだ。お前の犠牲になったものは至る所に横たわっている。文学史の上にも、新聞記事の上にも。

ある声　それをお前は何と呼んでいる？

僕　僕は――僕は何と呼ぶかは知らない。しかし他人の言葉を借りれば、お前は僕等を超えた力だ。僕等を支配する Daimôn だ。
ある声　お前はお前自身を祝福しろ。俺は誰にでも話しには来ない。
僕　いや、僕は誰よりもお前の来るのを警戒するつもりだ。お前の来る所に平和はない。しかもお前はレントゲンのようにあらゆるものを滲透《しんとう》して来るのだ。
ある声　では今後も油断するな。
僕　勿論今後は油断しない。ただペンを持っている時には……
ある声　ペンを持っている時には来いと言うのだな。
僕　誰が来いと言うものか！　僕は群小作家の一人だ。また群小作家の一人になりたいと思っているものだ。平和はそのほかに得られるものではない。しかしペンを持っている時にはお前の俘《とりこ》になるかも知れない。
ある声　ではいつも気をつけていろよ。第一俺はお前の言葉を一々実行に移すかも知れない。ではさようなら。いつかまたお前に会いに来るから。
僕　（一人になる）芥川龍之介《あくたがわりゅうのすけ》！　芥川龍之介、お前の根をしっかりとおろせ。お前は風に吹かれている葦《あし》だ。空模様はいつ何時変るかも知れない。ただしっかり踏《ふ》んばっていろ。それはお前自身のためだ。同時にまたお前の子供たちのためだ。うぬ惚《ぼ》れるな。同時に卑屈にもなるな。これからお前はやり直すのだ。

（昭和二年）
〔遺稿〕

夢

わたしはすっかり疲れていた。肩や頸《くび》の凝るのは勿論《もちろん》、不眠症もかなり甚しかった。のみならず偶々《たまたま》眠ったと思うと、いろいろの夢を見がちだった。いつか誰かは「色彩のある夢は不健全な証拠だ」と話していた。が、わたしの見る夢は画家という職業も手伝うのか、大抵色彩のないことはなかった。わたしはある友だちと一しょにある場末のカッフェらしい硝子戸《ガラスど》の中へはいっていった。そのまた埃《ほこり》じみた硝子戸の外はちょうど柳の新芽をふいた汽車の踏み切りになっていた。わたしたちは隅のテエブルに坐《すわ》り、何か椀《わん》に入れた料理を食った。が、食ってしまって見ると、椀の底に残っているのは一寸ほどの蛇の頭だった。――そんな夢も色彩ははっきりしていた。

わたしの下宿は寒さの厳しい東京のある郊外にあった。わたしは憂鬱《ゆううつ》になって来ると、下宿の裏から土手の上にあがり、省線電車の線路を見おろしたりした。線路は油や金錆《かなさび》に染った砂利の上に何本も光っていた。それから向こうの土手の上には何か椎《しい》らしい木が一本斜めに枝を伸ばしていた。それは憂鬱そのものと言っても、少しも差し支えない景色だった。しかし銀座や浅草《あさくさ》よりもわたしの心もちにぴったりしていた。「毒を以て毒を制す」――わたしはひとり土手の上にしゃがみ、一本の煙草をふかしながら、時々そんなことを考えたりした。

わたしにも友だちはない訣《わけ》ではなかった。それはある年の若い金持ちの息子の洋画家だった。彼はわたしの元気のないのを見、旅行に出ることを勧めたりした。「金の工面などはどうにでもなる」――そうも親切に言ってくれたりした。が、たとい旅行に行っても、わたしの憂鬱の癒《なお》らないことはわたし自身誰よりも知り悉《つく》していた。現にわたしは三、四年前にもやはりこういう憂鬱に陥り、一時でも気を紛らせるためにはるばる長崎に旅行することにした。けれども長崎へ行って見ると、どの宿もわたしには気に入らなかった。のみならずやっと落ちついた宿も夜は大きい火取虫が何匹もひらひら舞いこんだりした。わたしはさんざん苦しんだ揚句、まだ一週間とたたないうちにもう一度東京へ帰ることにした。……

ある霜柱の残っている午後、わたしは為替《かわせ》をとりに行った帰りにふと制作慾《せいさくよく》を感じ出した。それは金のはいったためにモデルを使うことの出来るのも原因になっていたのに違いなかった。しかしまだそのほかにも何か発作的に制作慾の高まり出したのも確かだった。わたしは下宿へ帰らずにとりあえずMという家へ出かけ、十号ぐらいの人物を仕上げるためにモデルを一人雇うことにした。こういう決心は憂鬱の中にも久しぶりにわたしを元気にした。「この画《え》さえ仕上げれば死んでも善い」――そんな気も実際したものだった。

Mという家からよこしたモデルは顔は余り綺麗《きれい》ではなかった。が、体は――殊に胸は立派だったのに違いなかった。それからオオル・バックにした髪の毛も房ふさしていたのに違いなかった。わたしはこのモデルにも満足し、彼女を籐椅子《とういす》の上へ坐らせて見た後、早速仕事にとりかかることにした。裸になった彼女は花束の代りに英字新聞のしごいたのを持ち、ちょっと両足を組み合せたまま、頸を傾けているポオズをしていた。しかしわたしは画架に向うと、今更のように疲れていることを感じた。北に向いたわたしの部屋には火鉢の一つあるだけだった。わたしは勿論この火鉢に縁の焦げるほど炭火を起した。が、部屋はまだ十分に暖らなかった。彼女は籐椅子に腰かけたなり、時々両腿《りょうもも》の筋肉を反射的に震わせるようにした。わたしはブラッシュを動かしながら、その度に一々苛立《いらだ》たしさを感じた。それは彼女に対するよりもストオヴ一つ買うことの出来ないわたし自身に対する苛立たしさだった。同時にまたこういうことにも神経を使わずにはいられないわたし自身に対する苛立たしさだった。

「君の家《うち》はどこ？」

「あたしの家？　あたしの家は谷中三崎町《やなかさんさきちょう》」

「君一人で住んでいるの？」

「いいえ、お友だちと二人で借りているんです」

わたしはこんな話をしながら、静物を描いた古カンヴァスの上へ徐《おもむ》ろに色を加えていった。彼女は頸を傾けたまま、全然表情らしいものを示したことはなかった。のみならず彼女の言葉は勿論、彼女の声もまた一本調子だった。それはわたしには持って生まれた彼女の気質としか思われなかった。わたしはそこに気安さを感じ、時々彼女に時間外にもポオズをつづけて貰《もら》ったりした。けれども何かの拍子には目さえ動かさない彼女の姿にある妙な圧迫を感じることもない訣ではなかった。

わたしの制作は捗《はかど》らなかった。わたしは一日の仕事を終ると、大抵は絨氈《じゅうたん》の上にころがり、頸すじや頭を揉《も》んで見たり、ぼんやり部屋の中を眺めたりしていた。わたしの部屋には画架のほかに籐椅子の一脚あるだけだった。籐椅子は空気の湿度の加減か、時々誰も坐らないのに籐のきしむ音をさせることもあった。わたしはこういう時には無気味になり、早速どこかへ散歩へ出ることにしていた。しかし散歩に出るといっても、下宿の裏の土手伝いに寺の多い田舎町へ出るだけだった。

けれどもわたしは休みなしに毎日画架に向かっていた。モデルもまた毎日通って来ていた。そのうちにわたしは彼女の体に前よりも圧迫を感じ出した。それにはまた彼女の健康に対する羨《うらやま》しさもあったのに違いなかった。彼女は不相変《あいかわらず》無表情にじっと部屋の隅へ目をやったなり、薄赤い絨氈の上に横たわっていた。「この女は人間よりも動物に似ている」――わたしは画架にブラッシュをやりながら、時々そんなことを考えたりした。

ある生暖かい風の立った午後、わたしはやはり画架に向い、せっせとブラッシュを動かしていた。モデルはきょうはいつもよりは一層むっつりしているらしかった。わたしはいよいよ彼女の体に野蛮な力を感じ出した。のみならず彼女の腋《わき》の下や何かにある匂いも感じ出した。その匂いはちょっと黒色人種の皮膚の臭気に近いものだった。

「君はどこで生まれたの？」

「群馬県××町」

「××町？　機織《はたお》り場の多い町だったね」

「ええ」

「君は機を織らなかったの？」

「子供の時に織ったことがあります」

　わたしはこういう話の中にいつか彼女の乳首の大きくなり出したのに気づいていた。それはちょうどキャベツの芽のほぐれかかったのに近いものだった。わたしは勿論ふだんのように一心にブラッシュを動かしつづけた。が、彼女の乳首に――そのまた気味の悪い美しさに妙にこだわらずにはいられなかった。

　その晩も風はやまなかった。わたしはふと目をさまし、下宿の便所へ行こうとした。しかし意識がはっきりして見ると、障子だけはあけたものの、ずっとわたしの部屋の中を歩きまわっていたらしかった。わたしは思わず足をとめたまま、ぼんやりわたしの部屋の中に、――殊にわたしの足もとにある、薄赤い絨氈に目を落した。それから素足の指先にそっと絨氈を撫《な》でまわした。絨氈の与える触覚は存外毛皮に近いものだった。「この絨氈の裏は何色だったかしら？」――そんなこともわたしには気がかりだった。が、裏をまくって見ることは妙にわたしには恐しかった。わたしは便所へ行った後、匆々《そうそう》床へはいることにした。

わたしは翌日の仕事をすますと、いつもよりも一層がっかりした。と言ってわたしの部屋にいることは反ってわたしには落ち着かなかった。そこでやはり下宿の裏の土手の上へ出ることにした。あたりはもう暮れかかっていた。が、立ち木や電柱は光の乏しいのにも関らず、不思議にもはっきり浮き上がっていた。わたしは土手伝いに歩きながら、おお声に叫びたい誘惑を感じた。しかし勿論そんな誘惑は抑えなければならないのに違いなかった。わたしはちょうど頭だけ歩いているように感じながら、土手伝いにある見すぼらしい田舎町へ下りていった。

この田舎町は不相変人通りもほとんど見えなかった。しかし路《みち》ばたのある電柱に朝鮮牛が一匹繋《つな》いであった。朝鮮牛は頸をさしのべたまま、妙に女性的にうるんだ目にじっとわたしを見守っていた。それは何かわたしの来るのを待っているらしい表情だった。わたしはこういう朝鮮牛の表情に穏やかに戦を挑んでいるのを感じた。「あいつは屠殺《とさつ》者《しゃ》に向う時もああいう目をするのに違いない」――そんな気もわたしを不安にした。わたしはだんだん憂鬱《ゆううつ》になり、とうとうそこを通り過ぎずにある横町へ曲っていった。

それから二、三日たったある午後、わたしはまた画架に向いながら、一生懸命にブラッシュを使っていた。薄赤い絨氈の上に横たわったモデルはやはり眉毛《まゆげ》さえ動かさなかった。わたしはかれこれ半月の間、このモデルを前にしたまま、捗《はかど》らない制作をつづけていた。が、わたしたちの心もちは少しも互に打ち解けなかった。いや、むしろわたし自身には彼女の威圧を受けている感じの次第に強まるばかりだった。彼女は休憩時間にもシュミイズ一枚着たことはなかった。のみならずわたしの言葉にももの憂い返事をするだけだった。しかしきょうはどうしたのか、わたしに背中を向けたまま、(わたしはふと彼女の右の肩に黒子《ほくろ》のあることを発見した)絨氈の上に足を伸ばし、こうわたしに話しかけた。

「先生、この下宿へはいる路には細い石が何本も敷いてあるでしょう?」

「うん。……」

「あれは胞衣塚《えなづか》ですね」

「胞衣塚?」

「ええ、胞衣《ほうい》を埋めた標《しるし》に立てる石ですね」

「どうして?」

「ちゃんと字のあるのも見えますもの」

彼女は肩越しにわたしを眺め、ちらりと冷笑に近い表情を示した。

「誰でも胞衣をかぶって生まれて来るんですね?」

「つまらないことを言っている」

「だって胞衣をかぶって生まれて来ると思うと、……」

「?……」

「犬の子のような気もしますものね」

わたしはまた彼女を前に進まないブラッシュを動かし出した。進まない?――しかしそれは必ずしも気乗りのしないという訣ではなかった。わたしはいつも彼女の中に何か荒あらしい表現を求めているものを感じていた。が、この何かを表現することはわたしの力量には及ばなかった。のみならず表現することを避けたい気もちも動いていた。それはあるいは油画の具やブラッシュを使って表現することを避けたい気もちかも知れなかった。では何を使うかと言えば、——わたしはブラッシュを動かしながら、時々どこかの博物館にあった石棒や石剣を思い出したりした。

彼女の帰ってしまった後、わたしは薄暗い電灯の下に大きいゴオガンの画集をひろげ、一枚ずつタイティの画を眺めていった。そのうちにふと気づいて見ると、いつか何度も口のうちに「かくあるべしと思いしが」という文語体の言葉を繰り返していた。なぜそんな言葉を繰り返していたかは勿論わたしにはわからなかった。しかしわたしは無気味になり、女中に床をとらせた上、眠り薬を嚥《の》んで眠ることにした。

わたしの目を醒《さま》したのはかれこれ十時に近い頃だった。わたしはゆうべ暖かかったせいか、絨氈の上へのり出していた。が、それよりも気になったのは目の醒《さめ》る前に見た夢だった。わたしはこの部屋のまん中に立ち、片手に彼女を絞め殺そうとしていた。（しかもその夢であることははっきりわたし自身にもわかっていた）彼女はやや顔を仰向《あおむ》け、やはり何の表情もなしにだんだん目をつぶっていった。同時にまた彼女の乳房はまるまると綺麗にふくらんでいった。それはかすかに静脈を浮かせた、薄光のしている乳房だった。わたしは彼女を絞め殺すことに何のこだわりも感じなかった。いや、むしろ当然のことを仕遂げる快さに近いものを感じていた。彼女はとうとう目をつぶったまま、いかにも静かに死んだらしかった。――こういう夢から醒めたわたしは顔を洗って来たあと、濃い茶を二、三杯飲み干したりした。けれどもわたしの心もちは一層憂鬱になるばかりだった。わたしはわたしの心の底にも彼女を殺したいと思ったことはなかった。しかしわたしの意識の外には、――わたしは巻煙草をふかしながら、妙にわくわくする心もちを抑え、モデルの来るのを待ち暮らした。けれども彼女は一時になっても、わたしの部屋を尋ねなかった。この彼女を待っている間はわたしにはかなり苦しかった。わたしは一そ彼女を待たずに散歩に出ようかと思ったりした。が、散歩に出ることはそれ自身わたしには怖しかった。わたしの部屋の障子の外へ出る、――そんな何でもないことさえわたしの神経には堪えられなかった。

日の暮はだんだん迫り出した。わたしは部屋の中を歩みまわり、来るはずのないモデルを待ち暮らした。そのうちにわたしの思い出したのは十二、三年前の出来事だった。わたしは――まだ子供だったわたしはやはりこういう日の暮に線香花火に火をつけていた。それは勿論東京ではない。わたしの父母の住んでいた田舎の家の縁先だった。するとと誰かおお声に「おい、しっかりしろ」と言うものがあった。のみならず肩を揺すぶるものもあった。わたしは勿論縁先に腰をおろしているつもりだった。が、ぼんやり気がついて見ると、いつか家の後ろにある葱畠《ねぎばたけ》の前にしゃがんだまま、せっせと葱に火をつけていた。のみならずわたしのマッチの箱もいつかあらまし空になっていた。――わたしは巻煙草をふかしながら、わたしの生活にはわたし自身の少しも知らない時間のあることを考えない訣には行かなかった。こういう考えはわたしには不安よりもむしろ無気味だった。わたしはゆうべ夢の中に片手に彼女を絞め殺した。けれども夢の中でなかったとしたら、……

モデルは次の日もやって来なかった。わたしはとうとうMという家へ行き、彼女の安否を尋ねることにした。しかしMの主人もまた彼女のことは知らなかった。わたしはいよいよ不安になり、彼女の宿所を教えて貰った。彼女は彼女自身の言葉によれば谷中三崎町にいるはずだった。が、Mの主人の言葉によれば本郷東片町《ほんごうひがしかたまち》にいるはずだった。わたしは電灯のともりかかった頃に本郷東片町の彼女の宿へ辿《たど》り着いた。それはある横町にある、薄赤いペンキ塗りの西洋洗濯屋だった。硝子戸を立てた洗濯屋の店にはシャツ一枚になった職人が二人せっせとアイロンを動かしていた。わたしは格別急がずに店先の硝子戸をあけようとした。が、いつか硝子戸にわたしの頭をぶつけていた。この音には勿論職人たちをはじめ、わたし自身も驚かずにはいられなかった。

わたしは怯《お》ず怯ず店の中にはいり、職人たちの一人に声をかけた。

「……さんという人はいるでしょうか？」

「……さんはおとといから帰って来ません」

この言葉はわたしを不安にした。が、それ以上尋ねることはやはりわたしには考えものだった。わたしは何かあった場合に彼等に疑いをかけられない用心をする気もちも持ち合せていた。

「あの人は時々うちをあけると、一週間も帰って来ないんですから」

顔色の悪い職人の一人はアイロンの手を休めずにこういう言葉も加えたりした。わたしは彼の言葉の中にはっきり軽蔑に近いものを感じ、わたし自身に腹を立てながら、匆々《そうそう》この店を後ろにした。しかしそれはまだ善かった。わたしは割にしもた家の多い東片町の往来を歩いているうちにふといつか夢の中にこんなことに出合ったのを思い出した。ペンキ塗りの西洋洗濯屋も、顔色の悪い職人も、火を透かしたアイロンも――いや、彼女を尋ねて行ったことも確かにわたしには何箇月か前の（あるいはまた何年か前の）夢の中に見たのと変らなかった。のみならずわたしはその夢の中でもやはり洗濯屋を後ろにした後、こういう寂しい往来をたった一人歩いていたらしかった。それから、――それから先の夢の記憶は少しもわたしには残っていなかった。けれども今何か起れば、それもたちまちその夢の中の出来事になり兼ねない心もちもした。……

（昭和二年）

或阿呆の一生

僕はこの原稿を発表する可否は勿論《もちろん》、発表する時や機関も君に一任したいと思っている。

君はこの原稿の中に出て来る大抵の人物を知っているだろう。しかし僕は発表するとしても、インデキスをつけずに貰いたいと思っている。

僕は今最も不幸な幸福の中に暮らしている。しかし不思議にも後悔していない。ただ僕のごとき悪夫、悪子、悪親を持ったものたちをいかにも気の毒に感じている。ではさようなら。僕はこの原稿の中では少なくとも意識的には自己弁護をしなかったつもりだ。

最後に僕のこの原稿を特に君に托《たく》するのは君の恐らくは誰よりも僕を知っていると思うからだ。(都会人という僕の皮を剝《は》ぎさえすれば)どうかこの原稿の中に僕の阿呆《あほう》さ加減を笑ってくれ給え。

昭和二年六月二十日*

芥川龍之介

久米正雄君

一　時代

それはある本屋の二階だった。二十歳の彼は書棚にかけた西洋風の梯子《はしご》に登り、新しい本を探していた。モオパスサン、ボオドレエル、ストリントベリイ、イブセン、ショウ、トルストイ、……

そのうちに日の暮は迫り出した。しかし彼は熱心に本の背文字を読みつづけた。そこに並んでいるのは本というよりもむしろ世紀末それ自身だった。ニイチェ、ヴェルレエン、ゴンクウル兄弟、ダスタエフスキイ、ハウプトマン、フロオベエル、……

彼は薄暗がりと戦いながら、彼等の名前を数えていった。が、本はおのずからもの憂い影の中に沈みはじめた。彼はとうとう根気も尽き、西洋風の梯子を下りようとした。すると傘のない電灯が一つ、ちょうど彼の頭の上に突然ぽかりと火をともした。彼は梯子の上に佇《たたず》んだまま、本の間に動いている店員や客を見下した。彼らは妙に小さかった。のみならずいかにも見すぼらしかった。

「人生は一行のボオドレエルにも若《し》かない」

彼はしばらく梯子の上からこういう彼等を見渡していた。……

二　母

狂人たちは皆同じように鼠色《ねずみいろ》の着物を着せられていた。広い部屋はそのために一層憂《ゆう》鬱《うっ》に見えるらしかった。彼らの一人はオルガンに向い、熱心に讃美歌《さんびか》を弾きつづけていた。同時にまた彼等の一人はちょうど部屋のまん中に立ち、踊るというよりも跳ねまわっていた。

彼は血色の善《い》い医者と一しょにこういう光景を眺めていた。彼の母*も十年前には少しも彼等と変わらなかった。少しも、――彼は実際彼等の臭気に彼の母の臭気を感じた。

「じゃ行こうか?」

医者は彼の先に立ちながら、廊下伝いにある部屋へ行った。その部屋の隅にはアルコオルを満たした、大きい硝子《ガラス》の壺《つぼ》の中に脳髄《のうずい》が幾つも漬《つか》っていた。彼はある脳髄の上にかすかに白いものを発見した。それはちょうど卵の白味をちょっと滴《た》らしたのに近いものだった。彼は医者と立ち話をしながら、もう一度彼の母を思い出した。

「この脳髄を持っていた男は××電灯会社の技師だったがね。いつも自分を黒光りのする、大きいダイナモだと思っていたよ」

彼は医者の目を避けるために硝子窓の外を眺めていた。そこには空《あ》き罎《びん》の破片を植えた煉瓦塀《れんがべい》のほかに何もなかった。しかしそれは薄い苔《こけ》をまだらにぼんやりと白《し》らませていた。

三　家

彼はある郊外*の二階の部屋に寝起きしていた。それは地盤の緩いために妙に傾いた二階だった。

彼の伯母《おば》*はこの二階に度たび彼と喧嘩《けんか》をした。それは彼の養父母の仲裁を受けることもないことはなかった。しかし彼は彼の伯母に誰よりも愛を感じていた。一生独身だった彼の伯母はもう彼の二十歳の時にも六十に近い年よりだった。

彼はある郊外の二階に何度も互に愛し合うものは苦しめ合うのかを考えたりした。その間も何か気味の悪い二階の傾きを感じながら。

四　東京

隅田川《すみだがわ》はどんより曇っていた。彼は走っている小蒸汽の窓から向う島《むこうじま》の桜を眺めていた。花を盛った桜は彼の目には一列の襤褸《ぼろ》のように憂鬱だった。が、彼はその桜に、――江戸以来の向う島の桜にいつか彼自身を見出《みいだ》していた。

五　我

彼は彼の先輩*と一しょにあるカッフェの卓子《テエブル》に向い、絶えず巻煙草をふかしていた。彼は余り口をきかなかった。が、彼の先輩の言葉には熱心に耳を傾けていた。

「きょうは半日自動車に乗っていた」

「何か用があったのですか？」

彼の先輩は頬杖《ほおづえ》をしたまま、極めて無造作に返事をした。

「何、ただ乗っていたかったから」

その言葉は彼の知らない世界へ、——神々に近い「我」の世界へ彼自身を解放した。彼は何か痛みを感じた。が、同時にまた歓《よろこ》びも感じた。

そのカッフェは極《ごく》小さかった。しかしパンの神の額の下には赭《あか》い鉢に植えたゴムの樹が一本、肉の厚い葉をだらりと垂《た》らしていた。

六　病

彼は絶え間ない潮風の中に大きい英吉利《イギリス》語の辞書をひろげ、指先に言葉を探していた。

Talaria　翼の生えた靴、あるいはサンダアル。

Tale　話。

Talipot　東印度《インド》に産する椰子《やし》。幹は五十　呎《フイイト》より百呎の高さに至り、葉は傘、扇、帽等に用いらる。七十年に一度花を開く。……

彼の想像ははっきりとこの椰子の花を描き出した。すると彼は喉《のど》もとに今までに知らない痒《かゆ》さを感じ、思わず辞書の上へ啖《たん》を落した。啖を？——しかしそれは啖ではなかった。彼は短い命を思い、もう一度この椰子の花を想像した。この遠い海の向うに高だかと聳《そび》えている椰子の花を。

七　画《え》

彼は突然、――それは実際突然だった。彼はある本屋の店先に立ち、ゴオグの画集を見ているうちに突然画というものを了解した。勿論そのゴオグの画集は写真版だったのに違いなかった。が、彼は写真版の中にも鮮やかに浮かび上がる自然を感じた。

この画に対する情熱は彼の視野を新たにした。彼はいつか木の枝のうねりや女の頰の膨らみに絶え間ない注意を配り出した。

ある雨を持った秋の日の暮、彼はある郊外のガアドの下を通りかかった。ガアドの向うの土手の下には荷馬車が一台止まっていた。彼はそこを通りながら、誰か前にこの道を通ったもののあるのを感じ出した。誰か？――それは彼自身に今更問いかける必要もなかった。二十三歳の彼の心の中には耳を切った和蘭人《オランダじん》*が一人、長いパイプを啣《くわ》えたまま、この憂鬱な風景画の上へじっと鋭い目を注いでいた。……

八　火花

彼は雨に濡《ぬ》れたまま、アスファルトの上を踏んでいった。雨はかなり烈《はげ》しかった。彼は水沫《しぶき》の満ちた中にゴム引の外套《がいとう》の匂いを感じた。

すると目の前の架空線が一本、紫いろの火花を発していた。彼は妙に感動した。彼の上着のポケットは彼等の同人雑誌へ発表する彼の原稿を隠していた。彼は雨の中を歩きながら、もう一度後ろの架空線を見上げた。

架空線は不相変《あいかわらず》鋭い火花を放っていた。彼は人生を見渡しても、何も特に欲しいものはなかった。が、この紫色の火花だけは、――凄《すさ》まじい空中の火花だけは命と取り換えてもつかまえたかった。

九　死体

死体は皆親指に針金のついた札をぶら下げていた。そのまた札は名前だの年齢だのを記していた。彼の友だちは腰をかがめ、器用にメスを動かしながら、ある死体の顔の皮を剝《は》ぎはじめた。皮の下に広がっているのは美しい黄いろの脂肪だった。

彼はその死体を眺めていた。それは彼にはある短篇を、――王朝時代に背景を求めたある短篇を仕上げるために必要だったのに違いなかった。が、腐敗した杏《あんず》の匂いに近い死体の臭気は不快だった。彼の友だちは眉間《みけん》をひそめ、静かにメスを動かしていった。

「この頃は死体も不足してね」

彼の友だちはこう言っていた。すると彼はいつの間にか彼の答を用意していた。――「己《おれ》は死体に不足すれば、何の悪意もなしに人殺しをするがね」しかしもちろん彼の答は心の中にあっただけだった。

十　先　生*

彼は大きい槲《かし》の木の下に先生の本を読んでいた。槲の木は秋の日の光の中に一枚の葉さえ動かさなかった。どこか遠い空中に硝子の皿を垂《た》れた秤《はかり》が一つ、ちょうど平衡を保っている、――彼は先生の本を読みながら、こういう光景を感じていた。……

十一　夜明け

夜は次第に明けていった。彼はいつかある町の角に広い市場を見渡していた。市場に群がった人々や車はいずれも薔薇色《ばらいろ》に染まり出した。

彼は一本の巻煙草に火をつけ、静かに市場の中へ進んでいった。するとか細い黒犬が一匹、いきなり彼に吠《ほ》えかかった。が、彼は驚かなかった。のみならずその犬さえ愛していた。

市場のまん中には篠懸《すずかけ》が一本、四方へ枝をひろげていた。彼はその根もとに立ち、枝越しに高い空を見上げた。空にはちょうど彼の真上に星が一つ輝いていた。

それは彼の二十五の年、――先生に会った三月目だった。

十二　軍　港

潜航艇《せんこうてい》の内部は薄暗かった。彼は前後左右を蔽《おお》った機械の中に腰をかがめ、小さい目金を覗《のぞ》いていた。そのまた目金に映っているのは明るい軍港の風景だった。

「あすこに『金剛《こんごう》』も見えるでしょう」

ある海軍将校はこう彼に話しかけたりした。彼は四角いレンズの上に小さい軍艦を眺めながら、なぜかふと阿蘭陀芹《おらんだぜり》を思い出した。一人前三十銭のビイフ・ステエクの上にもかすかに匂っている阿蘭陀芹を。

三十三　先生の死*

彼は雨上がりの風の中にある新らしい停車場のプラットフォオムを歩いていた。空はまだ薄暗かった。プラットフォオムの向こうには、鉄道工夫が三、四人、一斉《いっせい》に鶴嘴《つるはし》を上下させながら、何か高い声にうたっていた。

雨上がりの風は工夫の唄《うた》や彼の感情を吹きちぎった。彼は巻煙草に火もつけずに歓びに近い苦しみを感じていた。「センセイキトク」の電報を外套のポケットへ押しこんだまま。……

そこへ向こうの松山のかげから午前六時の上り列車が一列、薄い煙を靡《なび》かせながら、うねるようにこちらへ近づきはじめた。

三十四　結　婚*

彼は結婚した翌日に「来匆々無駄費《きそうそうむだづか》いをしては困る」と彼の妻に小言を言った。しかしそれは彼の小言よりも彼の伯母の「言え」という小言だった。彼の妻は彼自身には勿論、彼の伯母にも詫《わ》びを言っていた。彼のために買って来た黄水仙《きずいせん》の鉢を前にしたまま。……

十五 彼等

彼らは平和に生活した。大きい芭蕉《ばしょう》の葉が広がったかげに。――彼等の家は東京から汽車でもたっぷり一時間かかるある海岸の町にあったから。*

十六 枕

彼は薔薇の葉の匂いのする懐疑主義を枕にしながら、アナトオル・フランスの本を読んでいた。が、いつかその枕の中にも半身半馬神のいることには気づかなかった。

十七 蝶

藻《も》の匂いの満ちた風の中に蝶《ちょう》が一羽ひらめいていた。彼はほんの一瞬間、乾いた彼の唇の上へこの蝶の翅《つばさ》の触れるのを感じた。が、彼の唇の上へいつか捺《なす》って行った翅の粉だけは数年後にもまだきらめいていた。

十八 月

彼はあるホテルの階段の途中に偶然彼女に遭遇した。彼女の顔はこういう昼にも月の光りの中にいるようだった。彼は彼女を見送りながら、(彼等は一面識もない間がらだった)今まで知らなかった寂しさを感じた。……

十九　人工の翼

彼はアナトオル・フランスから十八世紀の哲学者たちに移っていった。が、ルッソオには近づかなかった。それはあるいは彼自身の一面、――情熱に駆られ易い一面のルッソオに近いためかも知れなかった。彼は彼自身の他の一面、――冷やかな理智に富んだ一面に近い「カンディイド」*の哲学者に近づいていった。

人生は二十九歳の彼にはもう少しも明るくはなかった。が、ヴォルテエルはこういう彼に人工の翼を供給した。

彼はこの人工の翼をひろげ、易やすと空へ舞い上がった。同時にまた理智の光を浴びた人生の歓びや悲しみは彼の目の下へ沈んでいった。彼は見すぼらしい町々の上へ反語や微笑を落しながら、遮るもののない空中をまっ直《すぐ》に太陽へ登っていった。ちょうどこういう人工の翼を太陽の光りに焼かれたためにとうとう海へ落ちて死んだ昔の希臘《ギリシア》人も忘れたように。……

彼等夫妻は彼の養父母と一つ家に住むことになった。それは彼がある新聞社に入社*することになったためだった。彼は黄いろい紙に書いた一枚の契約書を力にしていた。が、その契約書は後になって見ると、新聞社は何の義務も負わずに彼ばかり義務を負うものだった。

三十 械《かせ》

三十一 狂人の娘

二台の人力車は人気《ひとげ》のない曇天の田舎道を走っていった。その道の海に向かっていることは潮風の来るのでも明らかだった。後の人力車に乗っていた彼は少しもこのランデ・ブウに興味のないことを怪しみながら、彼自身をここへ導いたものの何であるかを考えていた。それは決して恋愛ではなかった。もし恋愛でないとすれば、——彼はこの答を避けるために「とにかく我等は対等だ」と考えない訣には行かなかった。

前の人力車に乗っているのはある狂人の娘だった。のみならず彼女の妹は嫉妬《しっと》のために自殺していた。

「もうどうにも仕かたはない」

彼はもうこの狂人の娘に、——動物的本能ばかり強い彼女にある憎悪を感じていた。

二台の人力車はその間に磯臭《いそくさ》い墓地の外へ通りかかった。蠣殻《かきがら》のついた粗朶垣《そだがき》の中には石塔が幾つも黒《くろず》んでいた。彼はそれ等の石塔の向うにかすかにかがやいた海を眺め、何か急に彼女の夫を——彼女の心を捉《とら》えていない彼女の夫を軽蔑《けいべつ》し出した。……

二十二　或画家*

それはある雑誌の挿し画だった。が、一羽の雄鶏《おんどり》の墨画は著しい個性を示していた。彼はある友だちにこの画家のことを尋ねたりした。

一週間ばかりたった後、この画家は彼を訪問した。それは彼の一生のうちでも特に著しい事件だった。彼はこの画家の中に誰も知らない詩を発見した。のみならず彼自身も知らずにいた彼の魂を発見した。

ある薄ら寒い秋の日の暮、彼は一本の唐黍《からきび》にたちまちこの画家を思い出した。丈の高い唐黍は荒あらしい葉をよろったまま、盛り土の上には神経のように細ぼそと根を露《あらわ》していた。それはまた勿論傷つき易い彼の自画像にも違いなかった。しかしこういう発見は彼を憂鬱にするだけだった。

「もう遅い。しかしいざとなった時には……」

二十三　彼　女

ある広場の前は暮れかかっていた。彼はやや熱のある体にこの広場を歩いていった。大きいビルディングは幾棟もかすかに銀色に澄んだ空に窓々の電灯をきらめかせていた。

彼は道ばたに足を止め、彼女の来るのを待つことにした。五分ばかりたった後、彼女は何かやつれたように彼の方へ歩み寄った。が、彼の顔を見ると、「疲れたわ」と言って頬笑んだりした。彼等は肩を並べながら、薄明るい広場を歩いていった。それは彼等には始めてだった。彼は彼女と一しょにいるためには何を捨てても善い気もちだった。

彼等の自動車に乗った後、彼女はじっと彼の顔を見つめ、「あなたは後悔なさらない?」と言った。彼はきっぱり「後悔しない」と答えた。彼女は彼の手を抑え、「あたしは後悔しないけれども」と言った。彼女の顔はこういう時にも月の光の中にいるようだった。

二十四　出産

彼は襖側《ふすまぎわ》に佇《たたず》んだまま、白い手術着を着た産婆が一人、赤児《あかご》を洗うのを見下していた。赤児は石鹸《せっけん》の目にしみる度にいじらしい顰《しか》め顔《がお》を繰り返した。のみならず高い声に啼《な》きつづけた。彼は何か鼠の仔《こ》に近い赤児の匂いを感じながら、しみじみこう思わずにはいられなかった。――

「何のためにこいつも生まれて来たのだろう? この娑婆苦《しゃばく》の充《み》ち満ちた世界へ。――何のためにまたこいつも己のようなものを父にする運命を荷《にな》ったのだろう?」

しかもそれは彼の妻が最初に出産した男の子だった。

二十五　ストリントベリイ

彼は部屋の戸口に立ち、柘榴《ざくろ》の花のさいた月明りの中に薄汚い支那《しな》人が何人か、麻雀戯《マアジアン》をしているのを眺めていた。それから部屋の中へひき返すと、背の低いランプの下に「痴人の告白」を読みはじめた。が、二頁も読まないうちにいつか苦笑を洩《も》らしていた。――ストリントベリイもまた情人だった伯爵夫人へ送る手紙の中に彼と大差のない譃《うそ》を書いている。……

二十六　古代

彩色の剝《は》げた仏たちや天人や馬や蓮《はす》の華はほとんど彼を圧倒した。彼はそれ等を見上げたまま、あらゆることを忘れていた。狂人の娘の手を脱した彼自身の幸運さえ。……

二十七　スパルタ式訓練

彼は彼の友だちとある裏町を歩いていた。そこへ幌《ほろ》をかけた人力車が一台、まっ直《すぐ》に向こうから近づいて来た。しかもその上に乗っているのは意外にも昨夜《ゆうべ》の彼女だった。彼女の顔はこういう昼にも月の光の中にいるようだった。彼等は彼の友だちの手前、勿論挨拶《あいさつ》さえ交《かわ》さなかった。

「美人ですね」

彼の友だちはこんなことを言った。彼は往来の突き当りにある春の山を眺めたまま、少しもためらわずに返事をした。

「ええ、中々美人ですね」

二十八　殺人

田舎道は日の光りの中に牛の糞《ふん》の臭気を漂わせていた。彼は汗を拭《ぬぐ》いながら、爪先《つまさ》き上がりの道を登っていった。道の両側に熟した麦は香《かん》ばしい匂いを放っていた。

「殺せ、殺せ。……」

彼はいつか口の中にこういう言葉を繰り返していた。誰を？——それは彼には明らかだった。彼はいかにも卑屈らしい五分刈の男を思い出していた。

すると黄ばんだ麦の向うに羅馬《ロオマ》カトリック教の伽藍《がらん》が一宇、いつの間にか円屋根を現し出した。……

二十九　形

それは鉄の銚子《ちょうし》だった。彼はこの糸目のついた銚子にいつか「形」の美を教えられていた。

三十　雨

彼は大きいベッドの上に彼女といろいろの話をしていた。寝室の窓の外は雨ふりだった。浜木棉《はまゆう》の花はこの雨の中にいつか腐って行くらしかった。彼女の顔は不相変月の光の中にいるようだった。が、彼女と話していることは彼には退屈でないこともなかった。彼は腹這《はらば》いになったまま、静かに一本の巻煙草に火をつけ、彼女といっしょに日を暮すのも七年になっていることを思い出した。

「おれはこの女を愛しているだろうか？」

彼は彼自身にこう質問した。この答は彼自身を見守りつけた彼自身にも意外だった。

「おれは未《いま》だに愛している」

三十一　大地震

それはどこか熟し切った杏の匂いに近いものだった。彼は焼けあとを歩きながら、かすかにこの匂いを感じ、炎天に腐った死骸《しがい》の匂いも存外悪くないと思ったりした。が、死骸の重なり重なった池の前に立って見ると、「酸鼻」という言葉も感覚的に決して誇張でないことを発見した。殊に彼を動かしたのは十二、三歳の子供の死骸だった。彼はこの死骸を眺め、何か羨《うらや》ましさに近いものを感じた。「神々に愛せらるるものは夭折《ようせつ》す」――こういう言葉なども思い出した。彼の姉や異母弟*はいずれも家を焼かれていた。しかし彼の姉の夫*は偽証罪を犯したために執行猶予中の体だった。……

「誰も彼《か》も死んでしまえば善い」

彼は焼け跡に佇んだまま、しみじみこう思わずにはいられなかった。

三十二　喧嘩

彼は彼の異母弟と取り組み合いの喧嘩をした。彼の弟は彼のために圧迫を受け易いのに違いなかった。同時にまた彼も彼の弟のために自由を失っているのに違いなかった。彼の親戚《しんせき》は彼の弟に「彼を見慣《なら》え」と言いつづけていた。しかしそれは彼自身には手足を縛られるのも同じことだった。彼等は取り組み合ったまま、とうとう縁先へ転げて行った。縁先の庭には百日紅《さるすべり》が一本、——彼は未だに覚えている。——雨を持った空の下に赤光りに花を盛り上げていた。

三十三　英雄

彼はヴォルテエルの家の窓からいつか高い山を見上げていた。氷河の懸った山の上には禿鷹《はげたか》の影さえ見えなかった。が、背の低い露西亜《ロシア》人が一人、執拗《しつよう》に山道を登りつづけていた。

ヴォルテエルの家も夜になった後、彼は明るいランプの下にこういう傾向詩を書いたりした。あの山道を登って行った露西亜人*の姿を思い出しながら。……

——誰よりも十戒を守った君は

誰よりも十戒を破った君だ。
誰よりも民衆を愛した君は
誰よりも民衆を軽蔑した君だ。
誰よりも理想に燃え上った君は
誰よりも現実を知っていた君だ。
君は僕らの東洋が生んだ
草花の匂いのする電気機関車だ。――

三十四　色彩

三十歳の彼はいつの間にかある空き地を愛していた。そこにはただ苔の生えた上に煉瓦や瓦《かわら》の欠片《かけら》などが幾つも散らかっているだけだった。が、それは彼の目にはセザンヌの風景画と変わりはなかった。

彼はふと七、八年前の彼の情熱を思い出した。同時にまた彼の七、八年前には色彩を知らなかったのを発見した。

三十五　道化人形

彼はいつ死んでも悔いないように烈しい生活をするつもりだった。が、不相変養父母や伯母に遠慮がちな生活をつづけていた。それは彼の生活に明暗の両面を造り出した。彼はある洋服屋の店に道化人形の立っているのを見、どのくらい彼も道化人形に近いかということを考えたりした。が、意識の外の彼自身は、――言わば第二の彼自身はとうにこういう心もちをある短篇*の中に盛りこんでいた。

三十六　倦《けん》怠《たい》

彼はある大学生と芒原《すすきはら》の中を歩いていた。

「君たちはまだ生活欲を盛んに持っているだろうね？」

「ええ、――だってあなたでも……」

「ところが僕は持っていないんだよ。制作欲だけは持っているけれども」

それは彼の真情だった。彼は実際いつの間にか生活に興味を失っていた。

「制作欲もやっぱり生活欲でしょう」

彼は何とも答えなかった。芒原はいつか赤い穂の上にはっきりと噴火山を露《あらわ》し出した。彼はこの噴火山に何か羨《せん》望《ぼう》に近いものを感じた。しかしそれは彼自身にもなぜということはわからなかった。……

三十七　越し人

彼は彼と才力の上にも格闘出来る女に遭遇した。が、「越し人」等の抒情詩《じよじようし》を作り、わずかにこの危機を脱出した。それは何か木の幹に凍った、かがやかしい雪を落すように切ない心もちのするものだった。

風に舞ひたるすげ笠《がさ》の
何かは道に落ちざらん
わが名はいかで惜しむべき
惜しむは君が名のみとよ。

三十八　復《ふく》讐《しゆう》

それは木の芽の中にあるあるホテルの露台だった。彼はそこに画を描きながら、一人の少年を遊ばせていた。七年前に絶縁した狂人の娘の一人息子と。

狂人の娘は巻煙草に火をつけ、彼等の遊ぶのを眺めていた。彼は重苦しい心もちの中に汽車や飛行機を描きつづけた。少年は幸いにも彼の子ではなかった。が、彼を「おじさん」と呼ぶのは彼には何よりも苦しかった。

少年のどこかへ行った後、狂人の娘は巻煙草を吸いながら、媚《こ》びるように彼に話しかけた。

「あの子はあなたに似ていやしない？」

「似ていません。第一……」

「だって胎教ということもあるでしょう」

彼は黙って目を反らした。が、彼の心の底にはこういう彼女を絞め殺したい、残虐な欲望さえない訣ではなかった。……

三十九　鏡

彼はあるカッフェの隅に彼の友だちと話していた。彼の友だちは焼林檎《りんご》を食い、この頃の寒さの話などをした。彼はこういう話の中に急に矛盾を感じ出した。

「君はまだ独身だったね」

「いや、もう来月結婚する」

彼は思わず黙ってしまった。カッフェの壁に嵌《は》めこんだ鏡は無数の彼自身を映していた。冷えびえと、何か脅《おびや》かすように。……

四十　問答

なぜお前は現代の社会制度を攻撃するか？

資本主義の生んだ悪を見ているから。

悪を？　おれはお前は善悪の差を認めていないと思っていた。ではお前の生活は？

——彼はこう天使と問答した。もっとも誰にも恥ずるところのないシルクハットをかぶった天使と。……

四十一　病

彼は不眠症に襲われ出した。のみならず体力も衰えはじめた。何人かの医者は彼の病にそれぞれ二、三の診断を下した。——胃酸過多、胃アトニイ、乾性肋膜炎《かんせいろくまくえん》、神経衰弱、蔓性《まんせい》結膜炎、脳疲労、……

しかし彼は彼自身彼の病源を承知していた。それは彼自身を恥じると共に彼等を恐れる心もちだった。彼等を、——彼の軽蔑していた社会を！

ある雪曇りに曇った午後、彼はあるカッフェの隅に火のついた葉巻を啣《くわ》えたまま、向こうの蓄音機から流れて来る音楽に耳を傾けていた。それは彼の心もちに妙にしみ渡る音楽だった。彼はその音楽の了《おわ》るのを待ち、蓄音機の前へ歩み寄ってレコオドの貼り札を検《しら》べることにした。

Magic Flute——Mozart
彼は咄嗟《とっさ》に了解した。十戒を破ったモッツアルトはやはり苦しんだのに違いなかった。しかしよもや彼のように、……彼は頭《かしら》を垂れたまま、静かに彼の卓子《テエブル》へ帰っていった。

四十二　神々の笑い声

三十五歳の彼は春の日の当たった松林の中を歩いていた。二、三年前に彼自身の書いた「神々は不幸にも我々のように自殺出来ない*」という言葉を思い出しながら。……

四十三　夜

夜はもう一度迫り出した。荒れ模様の海は薄明りの中に絶えず水沫《しぶき》を打ち上げていた。彼はこういう空の下に彼の妻と二度目の結婚をした。それは彼等には歓びだった。が、同時にまた苦しみだった。三人の子は彼等と一しょに沖の稲妻を眺めていた。彼の妻は一人の子を抱き、涙をこらえているらしかった。

「あすこに船が一つ見えるね？」

「ええ」

「檣《ほばしら》の二つに折れた船が」

四十四　死

彼はひとり寝ているのを幸い、窓格子に帯をかけて縊死《いし》しようとした。が帯に頸《くび》を入れて見ると、俄かに死を恐れ出した。それは何も死ぬ刹那《せつな》の苦しみのために恐れたのではなかった。彼は二度目には懐中時計を持ち、試みに縊死を計ることにした。するとちょっと苦しかった後、何もかもぼんやりなりはじめた。そこを一度通り越しさえすれば、死にはいってしまうのに違いなかった。彼は時計の針を検べ、彼の苦しみを感じたのは一分二十何秒かだったのを発見した。窓格子の外はまっ暗だった。しかしその暗《やみ》の中に荒あらしい鶏の声もしていた。

四十五　Divan*

Divan はもう一度彼の心に新しい力を与えようとした。それは彼の知らずにいた「東洋的なゲエテ」だった。彼はあらゆる善悪の彼岸に悠々と立っているゲエテを見、絶望に近い羨ましさを感じた。詩人ゲエテは彼の目には詩人クリストよりも偉大だった。この詩人の心の中にはアクロポリスやゴルゴタのほかにアラビアの薔薇さえ花をひらいていた。もしこの詩人の足あとを辿《たど》る多少の力を持っていたらば、——彼はディヴァンを読み了り、恐しい感動の静まった後、しみじみ生活的宦官《かんがん》に生まれた彼自身を軽蔑せずにはいられなかった。

四十六　譃

彼の姉の夫の自殺は俄かに彼を打ちのめした。彼は今度は姉の一家の面倒も見なければならなかった。彼の将来は少なくとも彼には日の暮のように薄暗かった。彼は彼の精神的破産に冷笑に近いものを感じながら、（彼の悪徳や弱点は一つ残らず彼にはわかっていた）不相変いろいろの本を読みつづけた。しかしルッソオの懺悔録《ざんげろく》さえ英雄的な譃に充ち満ちていた。殊に「新生《しんせい》」に至っては、――彼は「新生」の主人公ほど老獪《ろうかい》な偽善者に出会ったことはなかった。が、フランソア・ヴィヨン*だけは彼の心にしみ透《とお》った。彼は何篇かの詩の中に「美しい牡《おす》」を発見した。

紋罪を待っているヴィヨンの姿は彼の夢の中にも現れたりした。彼は何度もヴィヨンのように人生のどん底に落ちようとした。が、彼の境遇や肉体的エネルギイ*はこういうことを許す訣はなかった。彼はだんだん衰えていった。ちょうど昔スウィフトの見た、木末から枯れて来る立ち木のように。……

四十七　火あそび

彼女はかがやかしい顔をしていた。それはちょうど朝日の光の薄氷《うすらひ》にさしているようだった。彼は彼女に好意を持っていた。しかし恋愛は感じていなかった。のみならず彼女の体には指一つ触らずにいたのだった。

「死にたがっていらっしゃるのですってね」

「ええ。――いえ、死にたがっているよりも生きることに飽きているのです」

彼らはこういう問答から一しょに死ぬことを約束した。

「プラトニック・スウィサイドですね」

「ダブル・プラトニック・スウィサイド」

彼は彼自身の落ち着いているのを不思議に思わずにはいられなかった。

四十八　死

彼は彼女とは死ななかった。ただ未だに彼女の体に指一つ触っていないことは彼には何か満足だった。彼女は何ごともなかったように時々彼と話したりした。のみならず彼に彼女の持っていた青酸加里《せいさんかり》を一罎《びん》渡し、「これさえあればお互に力強いでしょう」とも言ったりした。

それは実際彼の心を丈夫にしたのに違いなかった。彼はひとり籐椅子《とういす》に坐《すわ》り、椎《しい》の若葉を眺めながら、度々死の彼に与える平和を考えずにはいられなかった。

四十九　剥製の白鳥

彼は最後の力を尽くし、彼の自叙伝を書いて見ようとした。が、それは彼自身には存外容易に出来なかった。それは彼の自尊心や懐疑主義や利害の打算の未だに残っているためだった。彼はこういう彼自身を軽蔑せずにはいられなかった。しかしまた一面には「誰でも一皮剥《む》いて見れば同じことだ」とも思わずにはいられなかった。「詩と真実と*」という本の名前は彼にはあらゆる自叙伝の名前のようにも考えられがちだった。のみならず文芸上の作品に必ずしも誰も動かされないのは彼にははっきりわかっていた。彼の作品の訴えるものは彼に近い生涯を送った彼に近い人々のほかにあるはずはない。——

こういう気も彼には働いていた。彼はそのために手短かに彼の「詩と真実と」を書いてみることにした。

彼は「或阿呆の一生」を書き上げた後、偶然ある古道具屋の店に剥製《はくせい》の白鳥のあるのを見つけた。それは頸を挙げて立っていたものの、黄ばんだ羽根さえ虫に食われていた。彼は彼の一生を思い、涙や冷笑のこみ上げるのを感じた。彼の前にあるものはただ発狂か自殺かだけだった。彼は日の暮の往来をたった一人歩きながら、徐《おもむ》ろに彼を滅しに来る運命を待つことに決心した。

五十　俘《とりこ》

彼の友だち*の一人は発狂した。彼はこの友だちにいつもある親しみを感じていた。それは彼にはこの友だちの孤独の、——軽快な仮面の下にある孤独の人一倍身にしみてわかるためだった。彼はこの友だちの発狂した後、二、三度この友だちを訪問した。

「君や僕は悪鬼につかれているんだね。世紀末の悪鬼というやつにねえ」

この友だちは声をひそめながら、こんなことを彼に話したりした。が、それから二、三日後にはある温泉宿へ出かける途中、薔薇の花さえ食っていたということだった。彼はこの友だちの入院した後、いつか彼のこの友だちに贈ったテラコッタの半身像を思い出した。それはこの友だちの愛した「検察官」の作者の半身像だった。彼はゴオゴリイも狂死したのを思い、何か彼等を支配している力を感じずにはいられなかった。

彼はすっかり疲れ切った揚句、ふとラディゲ*の臨終の言葉を読み、もう一度神々の笑い声を感じた。それは「神の兵卒たちは己をつかまえに来る」という言葉だった。彼は彼の迷信や彼の感傷主義と闘おうとした。しかしどういう闘いも肉体的に彼には不可能だった。「世紀末の悪鬼」は実際彼を虐《さいな》んでいるのに違いなかった。彼は神を力にした中世紀の人々に羨しさを感じた。しかし神を信ずることは――神の愛を信ずることはとうてい彼には出来なかった。あのコクトオさえ信じた神を！

五十一　敗北

彼はペンを執る手も震え出した。のみならず涎《よだれ》さえ流れ出した。彼の頭は〇・八のヴェロナアルを用いて覚めた後のほかは一度もはっきりしたことはなかった。しかもはっきりしているのはやっと半時間か一時間だった。彼はただ薄暗い中にその日暮らしの生活をしていた。いわば刃のこぼれてしまった、細い剣を杖《つえ》にしながら。

（昭和二年六月）

〔遺稿〕

本所両国

「大溝《おおどぶ》」

僕は本所界隈《かいわい》のことをスケッチしろという社命*を受け、同じ社のO君といっしょに久しぶりに本所へ出かけて行った。今その印象記を書くのに当たり、本所両国《りょうごく》と題したのはあるいは意味を成していないかもしれない。しかしなぜか両国は本所区のうちにあるものの、本所以外の土地の空気も漂っていることは確かである。そこでO君とも相談の上、ちょっと電車の方向板じみた本所両国という題を用いることにした。――

僕は生まれてから二十歳ごろまでずっと本所に住んでいた者である。明治二、三十年代の本所は今日のような工業地ではない。江戸二百年の文明に疲れた生活上の落伍者《らくごしゃ》が比較的大ぜい住んでいた町である。したがってどこを歩いてみても、日本橋《にほんばし》や京橋《きょうばし》のように大商店の並んだ往来などはなかった。もしその中に少しでもにぎやかな通りを求めるとすれば、それはわずかに両国から亀沢町《かめさわちょう》に至る元町《もとまち》通りか、あるいは二《に》の橋《はし》から亀沢町に至る二つ目通りくらいなものだったであろう。もちろんそのほかに石原《いしわら》通りや法恩寺橋《ほうおんじばし》通りにも低い瓦屋根《かわらやね》の商店は軒を並べていたのに違いない。しかし広い「お竹《たけ》倉《ぐら》」＊をはじめ、「伊達様《だてさま》」「津軽様《つがるさま》」などという大名屋敷はまだ確かに本所の上へ封建時代の影を投げかけていた。……

　ことに僕の住んでいたのは「お竹倉」に近い小泉町《こいずみちょう》である。「お竹倉」は僕の中学時代にもう両国停車場や陸軍被服廠《ひふくしょう》＊に変わってしまった。しかし僕の小学時代にはまだ「大溝」に囲まれた、雑木林や竹藪《たけやぶ》の多い封建時代の「お竹倉」だった。「大溝」とはその名の示す通り、少なくとも一間半あまりの溝のことである。この溝は僕の知っているころにはもう黒い泥水をどろりと淀《よど》ませているばかりだった。（僕はそこへ金魚にやる孑孑《ぼうふら》を掬《すく》いに行ったことをきのうのように覚えている）しかし「御維新」以前には溝よりも堀に近かったのであろう。僕の叔父《おじ》は十何歳かの時に年にも似合わない大小を差し、この溝の前にしゃがんだまま、長い釣竿《つりざお》をのばしていた。すると誰か叔父の刀にぴしりと鞘《さや》当てをしかけた者があった。叔父はもちろんむっとして肩越しに相手を振り返ってみた。僕の一家一族の内にもこの叔父ほど負けぬ気の強かった者はない。こういう叔父はこの時にも相手によっては売られた喧嘩《けんか》を買うぐらいの勇気は持っていたのであろう。が、相手は誰かと思うと、朱鞘の大小を閂差《かんぬきざ》しに差した身の丈抜群の侍だった。しかも誰にも恐れられていた「新徴組《しんちょうぐみ》」の一人に違いなかった。かれは叔父を尻目《しりめ》にかけながら、にやにや笑って歩いていた。叔父は彼を一目みたぎり、二度と長い釣竿の先から目をあげずにいたとかいうことである。

　僕は小学時代にも「大溝」の側を通るたびにこの叔父の話を思い出した。叔父は「御維新」以前には新刀無念流《しんとうむねん》の剣客だった。（叔父が安房上総《あわかずさ》へ武者修業に出かけ、二刀流の剣客と仕合いをした話もやはり僕を喜ばせたものである）それから「御維新」前後には彰義隊《しょうぎたい》に加わる志を持っていた。最後に僕の知っているころには年とった猫背の測量技師だった。）「大溝」は今日の本所にはない。叔父もまた大正の末年《ばつねん》に食道癌を病んで死んでしまった。本所の印象記の一節にこういうことを加えるのはあるいは私事に及びすぎるであろう。しかし僕はO君といっしょに両国橋を渡りながら、大川《おおかわ》の向こうに立ち並んだ無数のバラックを眺めた時には実際烈《はげ》しい流転の相に驚かないわけにはゆかなかった。僕の「大溝」を思い出したり、そのまた「大溝」に釣をしていた叔父を思い出したりすることも必ずしも偶然ではないのである。

両　国

両国の鉄橋は震災前と変わらないといっても差支えない。ただ鉄の欄干の一部はみすぼらしい木造に変わっていた。この鉄橋のできたのはまだ僕の小学時代である。しかし櫛形《くしがた》の鉄橋には懐古の情も起こってこない。僕は昔の両国橋に――狭い木造の両国橋にいまだに愛惜《あいじゃく》を感じている。それは僕の記憶によれば、今日よりも下流にかかっていた。僕は時々この橋を渡り、浪《なみ》の荒い「百本杭《ひゃっぽんぐい》」*や芦《あし》の茂った中洲《なかず》を眺めたりした。中洲に茂った芦はもちろん、「百本杭」も今は残っていない。「百本杭」もその名の示す通り、河岸に近い水の中に何本も立っていた乱杭である。昔の芝居は殺し場などに多田《ただ》の薬師*

の石切り場といっしょにたびたびこの人通りの少ない「百本杭」の河岸を使っていた。僕は夜は「百本杭」の河岸を歩いたかどうかは覚えていない。が、朝は何度もそこに群がる釣師の連中を眺めに行った。O君は僕のこういうのを聞き、大川でも魚の釣れたことに多少の驚嘆を洩《も》らしていた。一度も釣竿を持ったことのない僕は「百本杭」で釣れた魚の何と何だったかを知っていない。しかしある夏の夜明けにこの河岸へ出かけてみると、いつも多い釣師の連中は一人もそこに来ていなかった。その代りに杭の間には坊主頭の土左衛門《どざえもん》が一人俯向《うつむ》けに浪に揺すられていた。……

両国橋の袂《たもと》にある表忠碑《ひょうちゅうひ》*も昔に変わらなかった。表忠碑を書いたのは日露役の陸軍総司令官大山巌《おおやまいわお》侯爵である。日露役の始まったのは僕の中学へはいりたてだった。明治二十五年に生まれた僕はもちろん日清役のことを覚えていない。しかし北清《ほくしん》事変*の時には大平《だいへい》という広小路《ひろこうじ》（両国）の絵草紙屋へ行き、石版刷りの戦争の絵を時々一枚ずつ買ったものである。それらの絵には義和団《ぎわだん》の匪徒《ひと》やイギリス兵などは斃《たお》れていても、日本兵は一人も斃れていなかった。僕はもうその時にもやはり日本兵も一人くらいは死んでいるのに違いないと思ったりした。しかし日露役の起こった時には徹頭徹尾ロシアぐらい悪い国はないと信じていた。僕のリアリズムは年とともに発達するわけにはゆかなかったのであろう。もっともそれは僕の知人なども出征していたためもあるかもしれない。この知人は南山《なんざん》*の戦いに鉄条網にかかって戦死してしまった。鉄条網という言葉は今日では誰も知らない者はない。けれども日露役の起こった時には全然在来の辞書にない、新しい言葉の一つだったのである。僕は大きい表忠碑を眺め、いまさらのように二十年前の日本を考えずにはいられなかった。同時にまたちょっと表忠碑にも時代錯誤に近いものを感じないわけにはゆかなかった。

この表忠碑の後ろには確か両国劇場という芝居小屋のできるはずになっていた。現に僕は震災前にも落成しない芝居小屋の煉瓦壁《れんがべい》を見たことを覚えている。けれども今は薄ぎたない亜鉛《トタン》葺《ぶ》きのバラックのほかに何も芝居小屋らしいものは見えなかった。もっとも僕は両国の鉄橋に愛惜を持っていないようにこの煉瓦建ての芝居小屋にも格別の愛惜を持っていない。両国橋の木造だったころには駒止《こまど》め橋《ばし》もこの辺に残っていた。のみならず井生村楼《いぶむらろう》*や二州楼《にしゆうろう》という料理屋も両国橋の両側に並んでいた。そのほかに鮨屋《すしや》の与平、鰻屋《うなぎや》の須崎屋《すさきや》、牛肉のほかにも冬になると猪《しし》や猿《さる》を食わせる豊田屋《とよだや》、それから回向院《えこういん》の表門に近い横町にあった「坊主軍鶏《ぼうずしゃも》」――こういちいち数え立ててみると、本所でも名高い食い物屋はたいていこの界隈に集まっていたらしい。

「富士見の渡し」

僕らは両国橋の袂を左へ切れ、大川に沿って歩いていった。「百本杭」のないことは前にも書いた通りである。しかし「伊達様」は残っているかもしれない。僕はまだ幼稚園時代からこの「伊達様」の中にある和霊《にぎたま》神社*のお神楽《かぐら》を見に行ったものである。なんでも母などの話によれば、女中の背中におぶさったまま、熱心にお神楽をみているうちに「うんこ」をしてしまったこともあったらしい。しかしどこを眺めても、亜鉛葺きのバラックのほかに「伊達様」らしい屋敷は見えなかった。「伊達様」の庭には木犀《もくせい》が一本秋ごとに花を盛っていたものである。僕はその薄甘い匂いを子供心にも愛していた。あの木犀も震災の時にもちろん灰になってしまったことであろう。

流転の相の僕を脅かすのは「伊達様」の見えなかったことばかりではない。僕は確かこの近所にあった「富士見《ふじみ》の渡し」を思い出した。が、渡し場らしい小屋はどこにも見えない。僕はちょうど道ばたに芋を洗っていた三十前後の男に渡し場の有無をたずねてみることにした。しかし彼は「富士見の渡し」という名前を知っていないのはもちろん、渡し場のあったことさえ知らないらしかった。「富士見の渡し」はこの河岸から「明治病院」の裏手に当たる向こう河岸へ通っていた。そのまた向こう河岸は掘割りになり、そこに時々どこかの家《うち》の家鴨《あひる》なども泳いでいたものである。僕は中学へはいったのちもある親戚《しんせき》を尋ねるためにたびたび「富士見の渡し」を渡っていった。その親戚は三遊派《さんゆうは》の「五りん」とかいうもののお上さんだった。僕の家へ何かの拍子に円朝《えんちょう》の息子の出入したりしたのもこういう親戚のあったためであろう。僕はまたその家の近所に今村次郎《いまむらじろう》*という標札を見付け、この名高い速記者（種々の講談の）に敬意を感じたことを覚えている。――

僕は講談というものを寄席《よせ》ではほとんど聞いたことはない。僕の知っている講釈師は先代の邑井《むらい》吉瓶《きっぺい》*だけである。（もっとも典山《てんざん》*とか伯山《はくざん》*とかあるいはまた伯龍《はくりゅう》*とかいう新時代の芸術家を知らないわけではない）したがって僕は講談を知るためにたいてい今村次郎氏の速記本に依《よ》った。しかし落語は家族たちといっしょに相生町《あいおいちょう》の広瀬だの米沢町《よねざわちょう》（日本橋区）の立花家だのへ聞きに行ったものである。ことにたびたび行ったのは相生町の広瀬だった。が、どういう落語を聞いたかはあいにくはっきりと覚えていない。ただ吉田国五郎の人形芝居を見たことだけはいまだにありありと覚えている。しかも僕の見た人形芝居はたいてい小幡小平次《こばたこへいじ》＊とか累《かさね》とかいう怪談物だった。僕は近ごろ大阪へ行き、久しぶりに文楽を見物した。けれども今日の文楽は僕の昔見た人形芝居よりも軽業じみたけれんを使っていない。吉田国五郎の人形芝居は例えば清玄《せいげん》＊の庵室《あんしつ》などでも、血だらけな清玄の幽霊は大夫《たゆう》の見台が二つに割れると、その中から姿を現わしたものである。寄席の広瀬も焼けてしまったであろう。今村次郎氏も明治病院の裏手に――僕は正直に白状すれば、今村次郎氏の現存しているかどうかも知らないものの一人である。

そのうちに僕は震災前と――というよりもむしろ二十年前と少しも変らないものを発見した。それは両国駅の引込み線を抑えた、三尺に足りない草土手である。僕は実際この草土手に「国亡びて山河在り」という詠嘆を感じずにはいられなかった。しかしこの小さい草土手にこういう詠嘆を感じるのはそれ自身僕には情けなかった。

「お竹倉」

僕の知人は震災のために何人もこの界隈に斃れている。僕の妻の親戚などは男女九人の家族中、やっと命を全うしたのは二十《はたち》前後の息子だけだった。それも火の粉を防ぐために戸板をかざして立っていたのを旋風のために捲《ま》き上げられ、安田《やすだ》家の庭*の池の側へ落ちてどうにか息を吹き返したのである。それからまた僕の家へ毎日のように遊びに来た「お条さん」という人などは命だけは助かったものの、一時は発狂したのも同様だった。（「お条さん」は髪の毛の薄いためにどこへも片づかずにいる人だった。しかし髪の毛を生やすために蝙蝠《こうもり》の血などを頭へ塗っていた）最後に僕の通っていた江東《こうとう》小学校の校長さんは両眼とも明を失った上、前年にはたった一人の息子を失い、震災の年にはご夫婦とも焼け死んでしまったとかいうことだった。僕も本所に住んでいたとすれば、おそらくはやはりこの界隈に火事を避けていたことであろう。したがってまた僕はもちろん、僕の家族も彼らのように非業の最後を遂げていたかもしれない。僕は高い褐色の本所会館を眺めながらこんなことをO君と話し合ったりした。

「しかし両国橋を渡った人はたいてい助かっていたのでしょう」

「両国橋を渡った人はね。……それでも元町通りには高圧線の落ちたのに触れて死んだ人もあったということですよ」

「とにかく東京じゅうでも被服廠*ほど大勢焼け死んだところはなかったのでしょう」

こういう種々の悲劇のあったのはいずれも昔の「お竹倉」の跡である。僕の知っていたころの「お竹倉」はだいたい「御維新」前と変わらなかったものの、もう総武《そうぶ》鉄道会社の敷地のうちに加えられていた。僕はこの鉄道会社の社長の次男の友だちだったから、みだりに人を入れなかった「お竹倉」の中へも遊びに行った。そこは前にも言ったように雑木林や竹藪のある、町中には珍しい野原だった。のみならず古い橋のかかった掘割りさえ大川に通じていた。僕は時々空気銃を肩にし、その竹藪や雑木林の中に半日を暮らしたものである。溝板《どぶいた》の上に育った僕に自然の美しさを教えたものは何よりも先に「お竹倉」だったであろう。僕は中学を卒業する前に英訳の「猟人日記」を拾い読みしながら、何度も「お竹倉」の中の景色を――「とりかぶと」の花の咲いた藪の陰や大きい昼の月のかかった雑木林の梢《こずえ》を思い出したりした。「お竹倉」はもちろんそのころにはいかめしい陸軍被服廠や両国駅に変わっていた。けれども震災後の今日を思えば、――「卻《かえ》って拝州《へいしゅう》を望めば是《これ》故郷＊」と支那《しな》人の歌ったのも偶然ではない。

総武鉄道の工事の始まったのはまだ僕の小学時代だったであろう。その以前の「お竹倉」は夜は「本所の七不思議」を思い出さずにはいられないほどもの寂しかったのに違いない。夜は？――いや、昼間さえ僕は「お竹倉」の中を歩きながら、「おいてき堀」や「片葉《かたは》の芦《あし》」はどこかこのあたりにあるものと信じないわけにはゆかなかった。現に夜学に通う途中、「お竹倉」の向こうに莫迦囃《ばかばや》しを聞き、てっきりあれは「狸囃《たぬきばや》し」に違いないと思ったことを覚えている。それはおそらくは小学時代の僕一人の恐怖ではなかったのであろう。なんでも総武鉄道の工事中にそこへ通っていた線路工夫の一人は宵闇の中に幽霊を見、気絶してしまったとかいうことだった。

「大川端《おおかわばた》」

本所会館は震災前の安田家の跡に建ったのであろう。安田家は確かに花崗石《かこうせき》を使ったルネサンス式の建築だった。僕は椎の木などの茂った中にこの建築の立っていたのに明治時代そのものを感じている。が、セセッション式の本所会館は「牛乳ディ」とかいうもののために植込みのある玄関の前に大きいポスタアを掲げたり、宣伝用の自動車を並べたりしていた。僕の水泳を習いに行った「日本游泳《ゆうえい》協会」はちょうどこの河岸にあったものである。僕はいつか何かの本に三代将軍家光《いえみつ》は水泳を習いに日本橋へ出かけたということを発見し、滑稽《こっけい》に近い今昔の感を催さないわけにはゆかなかった。しかし僕らの大川へ水泳を習いに行ったということも後世には不可解に感じられるであろう。現に今でもO君などは「この川でも泳いだりしたものですかね」と少なからず驚嘆していた。

僕はまたこの河岸にも昔に変わらないものを発見した。それは——あいにくなんの木かはちょっと僕には見当もつかない。が、とにかく新芽を吹いた昔の並み木の一本である。僕の覚えている柳の木は一本も今では残っていない。けれどもこの木だけは何かの拍子に火事にも焼かれずに立っているのであろう。僕はほとんどこの木の幹に手を触れてみたい誘惑を感じた。のみならずその木の根元には子供を連れたお婆さんが二人曇天の大川を眺めながら、花見か何かにでも来ているように稲荷鮨《いなりずし》を食べて話し合っていた。

本所会館の隣にあるのは建築中の同愛《どうあい》病院である。高い鉄の櫓《やぐら》だの、何階建てかのコンクリイトの壁だの、ことに砂利を運ぶ人夫だのは確かに僕を威圧するものだった。同時にまた工業地になった、「本所の玄関」という感じを打ち込まなければ措かないものだった。僕は半裸体の工夫が一人、汗に体を輝かせながら、シャベルを動かしているのを見、本所全体もこの工夫のように烈しい生活をしていることを感じた。この界隈の家々の上に五月幟《こがつのぼり》の翻っていたのは僕の小学時代の話である。今では、――誰も五月幟よりは新しい日本の年中行事になったメイ・デイを思い出すのに違いない。

僕は昔この辺にあった「御蔵橋《おくらばし》」を渡り、たびたび友綱《ともづな》の家の側にあったある友達の家《うち》へ遊びに行った。彼もまた海軍の将校になったのち、二、三年前に故人になっている。しかし僕の思い出したのは必ずしも彼のことばかりではない。彼の住んでいた家のあたり、……瓦屋根の間に樹木の見える横町のことも思い出したのである。そこは僕の住んでいた元町通りに比べると、はるかに人通りも少なければ「しもた家」もほとんど門並みだった。「椎《しい》の木松浦《きまつうら》*」のあった昔はしばらく問わず、「江戸の横網鶯《うぐいす》の鳴く*」と北原白秋《きたはらはくしゅう》氏の歌った本所さえ今ではもう「歴史的大川端」に変わってしまったと言うほかはない。いかに万法を流転するとはいえ、こういう変化の絶え間ない都会は世界じゅうにも珍しいであろう。

僕らはいつか工事場らしい板囲いの前に通りかかった。そこにも労働者が二、三人、せっせと槌《つち》を動かしながら、大きい花崗石を削っていた。のみならず工事中の鉄橋さえ泥濁りに濁った大川の上へ長々と橋梁《はしげた》を横たえていた。僕はこの橋の名前はもちろん、この橋のできる話も聞いたことはなかった。震災は僕らの後ろにある「富士見の渡し」を滅してしまった。が、その代りに僕らの前に新しい鉄橋を造ろうとしている。……

「これはなんという橋ですか？」

麦藁帽《むぎわらぼう》を冠《かぶ》った労働者の一人はやはり槌を動かしたまま、ちょっと僕の顔を見上げ、存外親切に返事をした。

「これですか？　これは蔵前橋《くらまえばし》です」

「一銭蒸汽*」

僕らはそこから引き返して川蒸気の客になるために横網の浮き桟橋へおりていった。昔はこの川蒸汽も一銭蒸汽と呼んだものである。今はもう賃銭も一銭ではない。しかし五銭出しさえすれば、何区でもかってに行かれるのである。けれども屋根のある浮き桟橋は——震災はもちろんこの浮き桟橋も炎にして空へ立ち昇らせたのであろう。が、一見したところは明治時代に変わっていない。僕らはベンチに腰をおろし、一本の巻き煙草に火をつけながら、川蒸汽の来るのを待つことにした。

「石垣にはもう苔が生えていますね。もっとも震災以来四、五年になるが、……」

僕はふとこんなことを言い、O君のために笑われたりした。

「苔の生えるのはあたりまえであります」

大川は前にも書いたように一面に泥濁りに濁っている。それから大きい浚渫船《しゅんせつせん》が一艘《いっそう》起重機を擡《もた》げた向こう河岸ももちろん「首尾の松」*や土蔵の多い昔の「一番堀」や「二番堀」ではない。最後に川の上を通る船も今では小蒸汽や達磨船《だるまぶね》である。五大力《ごだいりき》、高瀬船、伝馬《てんま》、荷足《にた》り、田船などという大小の和船もいつの間にか流転の力に押し流されたのであろう。僕はO君と話しながら、「沅湘《げんしょう》日夜東に流れて去る」*という支那《しな》人の詩を思い出した。こういう大都会の中の川は沅湘のように悠々と時代を超越していることはできない。現世は実に大川さえ刻々に工業化しているのである。

　しかしこの浮き桟橋の上に川蒸気を待っている人々はたいてい大川よりも保守的である。僕は巻き煙草をふかしながら、唐桟柄《とうざんがら》の着物を着た男や銀杏《いちょう》返しに結った女を眺め、何か矛盾に近いものを感じないわけにはゆかなかった。同時にまた明治時代にめぐり合ったある懐しみに近いものを感じないわけにはゆかなかった。そこへ下流から漕《こ》いで来たのは久しぶりに見る五大力である。艫《へさき》の高い五大力の上には鉢巻をした船頭が一人一丈余りの櫓《ろ》を押していた。それからお上さんらしい女が一人ご亭主に負けずに竿を差していた。こういう水上生活者の夫婦ぐらい妙に僕らにも抒情詩《じょじょうし》めいた心もちを起こさせるものは少ないかもしれない。僕はこの五大力を見送りながら、――そのまた五大力の上にいる四、五歳の男の子を見送りながら、いくぶんか彼らの幸福を羨《うらや》みたい気さえ起こしていた。

　両国橋をくぐって来た川蒸汽はやっと浮き桟橋へ横着けになった。「隅田《すみだ》丸《まる》三十号」（？）――僕はあるいはこの小蒸汽に何度も前に乗っているのであろう。とにかくこれも明治時代に変わっていないことは確かである。川蒸汽の中は満員だった上、立っている客も少なくない。僕らはやむを得ず舟ばたに立ち、薄日の光に照らされた両岸の景色を見ていくことにした。もっとも船ばたに立っていたのは僕ら二人に限ったわけではない。僕らの前には夏外套《なつがいとう》を着た、顋髯《あごひげ》の長い老人さえやはり船ばたに立っていたのである。

川蒸汽は静かに動き出した。すると大勢の客の中にたちまち「毎度おやかましゅうございますが」と甲高い声を出しはじめたのは絵葉書や雑誌を売る商人である。これもまた昔に変わっていない。もし少しでも変わっているとすれば、「何ごとも活動ばやりの世の中でございますから」などという言葉を挟んでいることであろう。僕はまだ小学時代からこういう商人の売っているものを一度も買った覚えはない。が、天窓越しに彼の姿を見おろし、ふと僕の小学時代に伯母といっしょに川蒸汽へ乗った時のことを思い出した。

乗り継ぎ「一銭蒸汽」

僕らはその時にどこへ行ったのか、とにかく伯母だけは長命寺《ちょうめいじ》*の桜餅《さくらもち》を一籠膝《かごひざ》にしていた。すると男女の客が二人、僕らの顔を尻目にかけながら、「何か匂いますね」「うん、糞臭《くそくさ》いな」などと話しはじめた。長命寺の桜餅を糞臭いとは、――僕はいまだに生意気にもこの二人を田舎者めと軽蔑《けいべつ》したことを覚えている。長命寺にも震災以来一度も足を入れたことはない。それから長命寺の桜餅は、――もちろん今でも昔のように評判のいいことは確かである。しかし餡《あん》や皮にあった野趣だけはいつか失われてしまった。

川蒸汽は蔵前橋の下をくぐり、厩橋《うまやばし》へまっすぐに進んで行った。そこへ向こうから僕らの乗ったのとあまり変わらない川蒸気が一艘やはり浪を蹴《け》って近づき出した。が、七、八間隔ててすれ違ったのを見ると、この川蒸気の後部には甲板の上に天幕《テント》を張り、ちゃんと大川の両岸の景色を見渡せる設備も整っていた。こういう古風な川蒸汽もまためまぐるしい時代の影響を蒙《こうむ》らないわけにはゆかないらしい。そのあとへ向こうから走って来たのはお客や芸者を乗せたモオタアボオトである。屋根船や船宿を知っている老人たちはさだめしこのモオタアボオトに苦々しい顔をすることであろう。僕は江戸趣味に随喜する者ではない。したがってまたモオタアボオトを無風流と思う者ではない。しかし僕の小学時代に大川に浪を立てるものは「一銭蒸汽」のあるだけだった。僕は渡し舟に乗るたびに「一銭蒸汽」のほかに利根川《とねがわ》通いの外輪船のあるだけだった。あるいはその浪の来ることを、――このうねうねした浪のために舟の揺れることを恐れたものである。しかし今日の大川の上に大小の浪を残すものはいちいち数えるのに耐えないであろう。

僕は船端に立ったまま、鼠色に輝いた川の上を見渡し、確か広重《ひろしげ》も描いていた河童《かっぱ》のことを思い出した。河童は明治時代には、――少なくとも「御維新」前後には大根河岸《だいこんがし》の川にさえ出没していた。僕の母の話に依れば、観世新路《かんぜじんみち》*に住んでいたある男やもめの植木屋とかは子供のおしめを洗っているうちに大根河岸の川の河童に腋《わき》の下をくすぐられたということである。（観世新路に植木屋の住んでいたことさえ僕らにはもう不思議である）まして大川にいた河童の数は決して少なくはなかったであろう。いや、必ずしも河童ばかりではない。僕の父の友人の一人は夜網を打ちに出ていたところ、何か舳《とも》へ上がったのを見ると、甲羅だけでも盥《たらい》ほどあるすっぽんだったなどと話していた。僕はもちろんこういう話をことごとく事実とは思っていない。けれども明治時代――あるいは明治時代以前の人々はこれらの怪物を目撃するほどこの町中を流れる川に詩的恐怖を持っていたのであろう。

「今ではもう河童もいないでしょう」

「こう泥だの油だの一面に流れているのではね。――しかしこの橋の下あたりには年を取った河童の夫婦が二匹いまだに住んでいるかもしれません」

川蒸汽は僕らの話のうちに厩橋の下へはいっていった。薄暗い橋の下だけは浪の色もさすがに蒼《あお》んでいた。僕は昔は渡し舟へ乗ると、――いや、時には橋を渡る時さえ、磯《いそ》臭《くさ》い匂いのしたことを思い出した。しかし今日の大川の水はなんの匂いも持っていない。もしまた持っているとすれば、ただ泥臭い匂いだけであろう。……

「あの橋は今度できる駒形橋《こまかたばし》ですね？」

O君はあいにく僕の問いに答えることはできなかった。駒形は僕の小学時代にはたいてい「コマカタ」と呼んでいたものである。が、それもとうの昔に「コマガタ」と発音するようになってしまった。「君は今駒形あたりほととぎす*」を作った遊女もあるいは

「コマカタ」と澄んだ音を「ほととぎす」の声に響かせたかったかもしれない。支那《しな》人は「文章は千古の事*」と言った。が、文章もおのずから匂《にお》いを失ってしまうことは大川の水に変わらないのである。

柳島

僕らは川蒸汽を下りて吾妻橋《あずまばし》の袂へ出、そこへ来合わせた円タクに乗って柳島《やなぎしま》へ向かうことにした。この吾妻橋から柳島へ至る電車道は前後に二、三度しか通った覚えはない。まして電車の通らない前には一度も通ったことはなかったであろう。一度も？——もし一度でも通ったとすれば、それは僕の小学時代に業平橋《なりひらばし》かどこかにあったかなり大きい寺へ葬式に行った時だけである。僕はその葬式の帰りに確か父に「御維新」前の本所の話をしてもらった。父は往来の左右を見ながら、「昔はここいらは原ばかりだった」とか「なんとか様の裏の田には鶴が下りたものだ」とか話していた。しかしそれらの話の中でも最も僕を動かしたものは「御維新」前には行き倒れとか首縊《くびくく》りとかの死骸《しがい》を早桶《はやおけ》に入れ、そのまた早桶を葭簀《よしず》に包んだ上、白張りの提灯《ちょうちん》を一本立てて原の中に据えておくという話だった。僕は草原の中に立った白張りの提灯を想像し、何か気味の悪い美しさを感じた。しかもかれこれ真夜中になると、その早桶のおのずからごろりと転げるというに至っては、——明治時代の本所はたとい草原には乏しかったにもせよ、おそらくまだこのあたりは多少いわゆる「御朱引《ごしゅび》き外《そと》*」の面かげをとどめていたのであろう。しかし今はどこを見ても、ただ電柱やバラックの押し合いへし合いしているだけである。僕は泥のはねかかったタクシイの窓越しに往来を見ながら、金銭を武器にする修羅界の空気を憂鬱《ゆううつ》に感じるばかりだった。

僕らは「橋本《はしもと》」*の前で円タクをおり、水のどす黒い掘割り伝いに亀井戸《かめいど》の天神様へ行ってみることにした。名高い柳島の「橋本」も今は食堂に変わっている。もっともこの家は焼けずにすんだらしい。現に古風な家の一部や荒れ果てた庭なども残っている。けれども磨《す》り硝子《ガラス》へ緑いろに「食堂」と書いた軒灯は少なくとも僕にははかなかった。僕はもちろん「橋本」の料理を云々《うんぬん》するほどの通人ではない。のみならず「橋本」へ来たことさえあるかないかわからないくらいである。が、五代目菊五郎《きくごろう》の最初の脳溢血《のういっけつ》を起こしたのは確かこの「橋本」の二階だったであろう。

掘割りを隔てた妙見《みようけん》様*も今ではもうすっかり裸になっている。それから掘割りに沿うた往来も、——僕は中学時代に蕪村《ぶそん》句集を読み、「君行くや柳緑に路長し」という句に出合った時、この往来にあった柳を思い出さずにはいられなかった。しかし今僕らの歩いているのは有田《ありた》ドラッグ*や愛聖館*の並んだ、せせこましいなりににぎやかな往来である。近ごろ私娼《ししょう》の多いとかいうのもおそらくはこの往来の裏あたりであろう。僕は浅草《あさくさ》千束町《せんぞくまち》にまだ私娼の多かったころの夜の景色を覚えている。それは窓ごとに火《ほ》かげのさした十二階*の聳《そび》えているためにほとんど壮厳な気のするものだった。が、この往来はどちらへ抜けても、ボオドレエル的色彩などは全然見つからないのに違いない。たといデカダンスの詩人だったとしても、僕は決してこういう町裏を徘徊《はいかい》する気にはならなかったであろう。けれども明治時代の諷刺《ふうし》詩人、斎藤緑雨《さいとうりょくう》*は十二階に悪趣味そのものを見出《みいだ》していた。すると明日の詩人たちは有田ドラッグや愛聖館にも彼ら自身の「悪の花」を――あるいはまた「善の花」を歌い上げることになるかもしれない。

萩寺*あたり

僕はろくでもないことを考えながら、ふと愛聖館の掲示板を見上げた。するとそこに書いてあるのは確かこういう言葉だった。

「神様はこんなにたくさんの人間をお造りになりました。ですから人間を愛していらっしゃいます」

産児制限論者はもちろん、現世の人々はこういう言葉に微笑しないわけにはゆかないであろう。人口過剰に苦しんでいる僕らはこんなにたくさんの人間のいることを神の愛の証拠と思うことはできない。いや、むしろ全能の主の憎しみの証拠とさえ思われるであろう。しかし本所のある場末の小学生を教育している僕の旧友の言葉に依れば、少なくともその界隈に住んでいる人々は子供の数の多い家ほどかえって暮らしも楽だということである。それはまたどの家の子供もとにかく十か十一になると、それぞれ子供なりに一日の賃金を稼いで来るからだということである。愛聖館の掲示板にこういう言葉を書いた人はあるいはこの事実を知らなかったかもしれない。が、確かにこういう言葉は現世の本所のある場末に生活している人々の気もちを代弁することになっているであろう。もっとも子供の多いほど暮らしも楽だということは子供自身には仕合わせかどうか、多少の疑問のあることは事実である。

それから僕らは通りがかりにちょっと萩寺《はぎでら》を見物した。萩寺も突っかい棒はしてあるものの、幸い震災に焼けずにすんだらしい。けれども萩の四、五株しかない上、落合直《おちあいなお》文《ぶみ》*先生の石碑を前にした古池の水も渇《か》れ渇《が》れになっているのは哀れだった。ただこの古池に臨んだ茶室だけは昔よりもいっそうもの寂《さ》びている。僕は萩寺の門を出ながら、昔は本所の猿江《さるえ》にあった僕の家の菩提寺《ぼだいじ》を思い出した。この寺にはなんでも司馬江漢《しばこうかん》*や小《こ》林平八郎《ばやしへいはちろう》*の墓のほかに名高い浦里時次郎《うらざとときじろう》*の比翼塚《ひよくづか》も残っていたものである。僕の司馬江漢を知ったのはもちろんあまり古いことではない。しかし義士の討入りの夜に両刀を揮《ふる》って闘った振《ふ》り袖《そで》姿の小林平八郎は小学時代の僕らには実に英雄そのものだった。それから浦里時次郎も、——僕はあらゆる東京人のように芝居には悪縁の深いものである。したがってやはり小学時代から浦里時次郎を尊敬していた。（けれども正直に白状すれば、はじめて浦里時次郎を舞台の上に見物した時、僕の恋愛を感じたものは浦里よりもむしろ禿《かむろ》だった）この寺は——慈眼寺《じげんじ》という日蓮《にちれん》宗の寺は震災よりも何年か前に染井《そめい》の墓地のあたりに移転している。彼らの墓も寺といっしょにさだめし同じ土地に移転しているであろう。が、あのじめじめした猿江の墓地はいまだに僕の記憶に残っている。なかんずく薄い水苔のついた小林平八郎の墓の前に曼珠沙華《まんじゅしゃげ》の赤々と咲いていた景色は明治時代の本所以外に見ることのできないものだったかもしれない。

萩寺の先にある電柱（?）は「亀井戸天神近道」というペンキ塗りの道標を示していた。僕らはその横町を曲がり、侍合やカフエの軒を並べた、狭苦しい往来を歩いて行った。が、肝腎《かんじん》の天神様へは容易に出ることもできなかった。すると道ばたに女の子が一人メリンスの袂を翻しながら、傍若無人にゴム毬《まり》をついていた。

「天神様へはどう行きますか?」

「あっち」

女の子は僕らに返事をしたのち、聞こえよがしにこんなことを言った。

「みんな天神様のことばかり訊《き》くのね」

僕はちょっと忌々しさを感じ、このいかにもこましゃくれた十ばかりの女の子を振り返った。しかし彼女は側目《わきめ》も振らずに（しかも僕に見られていることをはっきり承知していながら）やはり毬をつき続けていた。実際支那人《しなじん》の言ったように「変わらざるものよりしてこれを見れば*」何ごとも変わらないのに違いない。僕もまた僕の小学時代には鉄面皮にも生薬屋へ行って「半紙をください」などと言ったものだった。


「天神様」

僕らは門並みの待合の間をやっと「天神様」の裏門へ辿《たど》りついた。するとその門の中には夏外套を着た男が一人、何か滔々《とうとう》としゃべりながら、「お立ち合い」の人々へ小さい法律書を売りつけていた。僕は彼の雄弁に辟易《へきえき》せずにはいられなかった。が、この人ごみを通りこすと、今度は背広を着た男が一人最新化学応用の目薬というものを売りつけていた。この「天神様」の裏の広場も僕の小学時代にはなかったものである。しかし広場のできたのちにもここにかかる見世物小屋は活《い》き人形や「からくり」ばかりだった。

「こっちは法律、向こうは化学――ですね」

「亀井戸も科学の世界になったのでしょう」

　僕らはこんなことを話し合いながら、久しぶりに「天神様」へお詣《まい》りに行った。「天神様」の拝殿は仕合わせにも昔に変わっていない。いや、昔に変わっていないのは筆塚や石の牛*も同じことである。僕は僕の小学時代に古い筆を何本も筆塚へ納めたことを思い出した。（が、僕の字は何年たっても、いっこう上達する容子はない）それからまた石の牛の額へ銭を投げてのせることに苦心したことも思い出した。こういう時に投げる銭は今のように一銭銅貨ではない。たいていは五厘銭《りんせん》か寛永通宝《かんえいつうほう》である。そのまた穴銭の中の文銭《ぶんせん》*を集め、いわゆる「文銭の指環《ゆびわ》」を拵《こしら》えたのも何年前の流行であろう。僕らは拝殿の前へ立ち止まり、ちょっと帽をとってお時宜《じぎ》をした。

「太鼓橋も昔の通りですか？」

「ええ、――しかしこんなに小さかったかな」

「子供の時に大きいと思ったものは存外あとでは小さいものですね」

「それは太鼓橋ばかりじゃないかもしれない」

僕らは暖簾《のれん》をかけた掛け茶屋越しにどんより水光のする池を見ながら、やっと短い花房を垂した藤棚《ふじだな》の下を歩いていった。この掛け茶屋や藤棚もやはり昔に変わっていない。しかし木の下や池のほとりに古人の句碑の立っているのは僕には何か時代錯誤を感じさせないわけにはゆかなかった。江戸時代に興った「風流」は江戸時代といっしょに滅んでしまった。ただ僕らの明治時代はまだどこかに二百年間の「風流」の匂いを残していた。けれども今は目のあたりに、——O君はにやにや笑いながら、おそらくは君自身は無意識に僕にこの矛盾を指し示した。

「カルシウム煎餅《せんべい》も売っていますね」

「ああ、あの大きい句碑の前にね。——それでもまだ張り子の亀の子は売っている」

僕らは、「天神様」の外へ出たのち、「船橋屋《ふなばしや》」の葛餅《くずもち》*を食う相談をした。が、本所に疎遠になった僕には「船橋屋」も容易に見つからなかった。僕はやむを得ず荒物屋の前に水を撒《ま》いていたお上さんに田舎者らしい質問をした。それから花柳病《かりゅうびょう》の医院の前をやっとまた船橋屋へ辿り着いた。船橋屋も家は新たになったものの、だいたいは昔に変わっていない。僕らは縁台に腰をおろし、鴨居《かもい》の上にかけ並べた日本アルプスの写真を見ながら、葛餅を一盆ずつ食うことにした。

「安いものですね。十銭とは」

O君は大いに感心していた。しかし僕の中学時代には葛餅も一盆三銭だった。僕は僕の友だちといっしょに江東梅園*などへ遠足に行った帰りにたびたびこの葛餅を食ったものである。江東梅園も臥竜梅《がりゅうばい》といっしょに滅びてしまっているであろう。水田や榛《はん》の木のあった亀井戸はこういう梅の名所だったために南画らしい趣を具《そな》えていた。が、今は船橋屋の前も広い新開の往来の向こうに二階建ての商店が何軒も軒を並べている。……

錦糸堀《きんしぼり》

僕は天神橋の袂からまた円タクに乗ることにした。この界隈はどこを見ても、——僕はもう今昔の変化を云々するのにも退屈した。僕の目に触れるものは半ば出来上がった小公園*である。あるいは亜鉛塀を続《めぐら》した工場である。あるいはまたみすぼらしいバラックである。斎藤茂吉《さいとうもきち》氏は何かの機会に「ものの行きとどまらめやも*」と歌い上げた。しかし今日の本所は「ものの行き」を現わしていない。そこにあるものは震災のために生じた「ものの飛び」に近いものである。僕は昔この辺に糧秣廠《りょうまつしょう》のあったことを思い出し、さらにその糧秣廠に火事のあったことを思い出し、如露亦如電《にょろやくにょでん》*という言葉の必ずしも誇張でないことを感じた。

僕の通っていた第三中学校も鉄筋コンクリイトに変わっている。僕はこの中学校へ五年の間通いつづけた。当時の校舎も震災のために灰になってしまったのであろう。が、僕の中学時代には鼠色のペンキを塗った二階建ての木造だった。それから校舎のまわりにはポプラアが何本かそよいでいた。(この界隈は土の痩《や》せているためにポプラア以外の木は育ちにくかったのである)僕はそこへ通っているうちに英語や数学を覚えたほかにもいかに僕ら人間の情けないものであるかを経験した。こういうのは僕の先生たちや友だちの悪口を言っているのではない。僕ら人間というものにはもちろん僕のこともはいっているのである。たとえば僕らはある友だちをいじめ、彼を砂の中に生き埋めにした。僕らの彼をいじめたのは格別理由のあったわけではない。もしまた理由らしいものを挙げるとすれば、ただ彼の生意気だった、――あるいは彼は彼自身を容易に曲げようとしなかったからである。僕はもう五、六年前、久しぶりに彼とこの話をし、この小事件も彼の心に暗い影を落としているのを感じた。彼は今は揚子江《ようすこう》の岸に相変わらず孤独に暮らしている。……

こういう僕の友だちといっしょに僕の記憶に浮かんでくるのは僕らを教えた先生たちである。僕はこの「繁昌記《はんじょうき》」*の中にいちいちそんな記憶を加えるつもりはない。けれどもただ一人この機会にスケッチしておきたいのは山田《やまだ》先生である。山田先生は第三中学校の剣道部というものの先生だった。先生の剣道は封建時代の剣客にまさるとも劣らなかったであろう。なんでも先生に学んだ一人は武徳会《ぶとくかい》*の大会に出、相手の小手へ竹刀《しない》を入れると、あまり気合いの烈しかったために相手の腕を一打ちに折ってしまったとかいうことだった。が、僕の伝えたいのは先生の剣道のことばかりではない。先生はまた食物を減じ、仙人に成る道も修行していた。のみならず明治時代に不老不死の術に通じた、正真紛れ《しょうじんまぎ》のない仙人の住んでいることを確信していた。僕は不幸にも先生のように仙人に敬意を感じていない。しかし先生の鍛煉《たんれん》にはいつも敬意を感じている。先生はある時博物学教室へ行き、そこにあったコップの昇汞水《しょうこうすい》を水と思って飲み干してしまった。それを知った博物学の先生は驚いて医者を迎えにやった。医者はもちろんやって来るが早いか、先生に吐剤《とざい》を飲ませようとした。けれども先生は吐剤ということを知ると、自若してこういう返事をした。

「山田次郎吉《じろきち》は六十を越しても、また人様のいられる前でへどを吐くほど耄碌《もうろく》はしませぬ。どうか車を一台お呼びください」

先生はなんとかいう法を行ない、とうとう医者にもかからずにしまった。僕はこの三、四年の間は誰からも先生の噂を聞かない。あの面長の山田先生はあるいはもう列仙伝《れっせんでん》中*の人々といっしょに遊んでいるのであろう。しかし僕は相変わらず埃臭《ほこりくさ》い空気の中に、――僕らをのせた円タクは僕のそんなことを考えているうちに江東橋を渡って走っていった。

緑町《みどりちょう》、亀沢町

江東橋を渡った向こうもやはりバラックばかりである。僕は円タクの窓越しに赤錆《あかさび》をふいた亜鉛屋根だのペンキ塗りの板目《はめ》だのを見ながら、確か明治四十三年にあった大水のことを思い出した。今日の本所は火事には会っても、洪水に会うことはないであろう。が、その時の大水は僕の記憶に残っているのではいちばん水嵩《みずかさ》の高いものだった。江東橋界隈の人々の第三中学校へ避難したのもやはりこの大水のあった時である。僕は江東橋を越えるのにも一面に漲《みなぎ》った泥水の中を泳いで行かなければならなかった。

「実際その時は大変でしたよ。もっとも僕の家などは床の上へ水は来なかったけれども」

「では浅い所もあったのですね？」

「緑町二丁目——かな。なんでもあの辺は膝くらいまででしたがね。僕はSという友だちといっしょにその露地の奥にいるもう一人の友だちを見舞いに行ったんです。するとSという友だちが溝の中へ落ちてしまってね。……」

「ああ、水が出ていたから、溝のあることがわからなかったんですね」

「ええ、——しかしSのやつは膝まで水の上に出ていたんです。それがあっと言う拍子にかなり深い溝だったとみえ、水の上に出ているのは首だけになってしまったんでしょう。僕は思わず笑ってしまってね」

僕らをのせた円タクはこういう僕らの話のうちに寿座《ことぶきざ》*の前を通り過ぎた。画《え》看板《かんばん》を掲げた寿座はあまり昔と変わらないらしかった。僕の父の話によれば、この辺、——二つ目通りから先は「津軽様」の屋敷だった。「御維新」前のある年の正月、父は川向こうへ年始に行き、帰りに両国橋を渡って来ると、少しも見知らない若侍が一人偶然父と道づれになった。彼もちゃんと大小をさし、鷹《たか》の羽《は》の紋のついた上下《かみしも》を着ていた。父は彼と話しているうちにいつか僕の家を通り過ぎてしまった。のみならずふと気づいた時には「津軽様」の溝の中へ転げこんでいた。同時にまた若侍はいつかどこかへ見えなくなって来た。父は泥まみれになったまま、僕の家へ帰ってきた。なんでも父の刀は鞘走《さやばし》った拍子にさかさまに溝の中に立ったということである。それから若侍に化けた狐は（父はいまだにこの若侍を狐だったと信じている）刀の光に恐れたためにやっと逃げ出したのだということである。実際狐の化けたかどうかは僕にはどちらでも差支えない。僕はただ父の口からこういう話を聞かされるたびにいつも昔の本所のいかに寂しかったかを想像していた。

僕らは亀沢町の角で円タクをおり、元町通りを両国へ歩いていった。菓子屋の寿徳庵《じゅとくあん》は昔のようにやはり繁昌《はんじょう》しているらしい。しかしその向こうの質屋の店は安田銀行に変わっている。この質屋の「利いちゃん」も僕の小学時代の友だちだった。僕はいつか遊び時間に僕らの家にあるものを自慢し合ったことを覚えている。僕の友だちは僕のように年とった小役人の息子ばかりではない。が、誰も「利いちゃん」の言葉には驚嘆せずにはいられなかった。

「僕の家の土蔵の中には大砲《おおづつ》万右衛門《まんえもん》の化粧廻《けしょうまわ》しもある」

大砲は僕らの小学時代に、――常陸山《ひたちやま》や梅ヶ谷《うめがたに》の大関だった時代に横綱を張った相撲《すもう》だった。

相生町

本所警察署もいつの間にかコンクリイトの建物に変わっている。僕の記憶にある警察署は古い赤煉瓦の建物だった。僕はこの警察署長の息子も僕の友だちだったのを覚えている。それから警察署の隣にある蝙蝠傘屋《こうもりがさや》も——傘屋の木島さんは今日でも僕のことを覚えていてくれるであろうか？　いや、木島さん一人ではない。僕はこの界隈に住んでいた大勢の友だちを覚えている。しかし僕の友だちは長い年月の流れるのにつれ、もう全然僕などとは縁のない暮らしをしているであろう。僕は四、五年前の簡閲点呼《かんえつてんこ》＊に大紙屋の岡本《おかもと》さんといっしょになった。僕の知っていた大紙屋は封建時代に変わりのない土蔵造りの紙屋である。そのまた薄暗い店の中には番頭や小僧が何人も忙しそうに歩きまわっていた。が、岡本さんの話によれば、今では店の組織も変わり、海外へ紙を輸出するのにもいろいろ計画を立てているらしい。

「この辺もすっかり変わっていますか？」

「昔からある店もありますけれども、……町全体の落ち着かなさかげんはね」

僕はその大紙屋のあった「馬車通り」（「馬車通り」というのは四つ目あたりへ通うガタ馬車のあったためである）のぬかるみを思い出した。しかしまだ明治時代にはそこにも大紙屋のあったように封建時代の影の落ちた何軒かの「しにせ」は残っていた。僕はこの馬車通りにあった「魚善《うおぜん》」という肴屋《さかなや》を覚えている。それからまた樋口《ひぐち》さんという門構えの医者を覚えている。最後にこの樋口さんの近所にピストル強盗清水定吉《しみずさだきち》＊の住んでいたことを覚えている。明治時代もあらゆる時代のように何人かの犯罪的天才を造り出した。ピストル強盗も稲妻《いなずま》強盗＊や五寸釘《くぎ》の虎吉《とらきち》＊といっしょにこういう天才たちの一人だったであろう。僕は彼の按摩《あんま》になって警官の目をくらませていたり、彼の家の壁をがんどう返しにして出没を自在にしていたことにロマン趣味を感じずにはいられなかった。これらの犯罪的天才はたいていは小説の主人公になり、さらにまたいわゆる壮士芝居の劇中人物になったものである。僕はこういう壮士芝居の中に「大悪僧」とかいうものを見、一場一場の血なまぐささに夜もろくろく眠られなかった。もっともこの「大悪僧」はあるいはピストル強盗のように実在の人物ではなかったかもしれない。

僕らはいつか埃《ほこり》の色をした国技館《こくぎかん》の前へ通りかかった。国技館はちょうど日光《にっこう》の東照宮《とうしょうぐう》の模型か何かを見世物にしているところらしかった。僕の通っていた江東小学校はちょうどここに建っていたものである。現に残っている大銀杏も江東小学校の運動場の隅に、――というよりも附属幼稚園の運動場の隅に枝をのばしていた。当時の小学校の校長の震災のために死んだことは前に書いた通りである。が、僕はつい近ごろやはり当時から在職していたT先生にお目にかかり、女生徒に裁縫を教えていたある女の先生も割《わ》り下水《げすい》に近い京極子爵家（？）の溝の中に死んだことを知ったりした。この先生は着物は腐れ、体は骨になっているものの、貯金帳だけはちゃんと残っていたためにやっと誰だかわかったそうである。T先生の話によれば、僕らを教えた先生たちはたいていは本所にいないらしい。僕は比留間《ひるま》先生に張り倒されたことを覚えている。それから宗《そう》先生に後頭部を突かれたことを覚えている。それから葉若先生に、――けれども僕の覚えているのは体罰を受けたことばかりではない。僕はまたこの小学校の中にいろいろの喜劇のあったことも覚えている。ことに大島という僕の親友のちゃんと机に向かったまま、いつかうんこをしていたのは喜劇中の喜劇だった。しかしこの大島敏夫《としお》も——花や歌を愛していた江東小学校の秀才も二十《はたち》前後に故人になっている。……

国技館の隣に回向院《えこういん》のあることはたいてい誰でも知っているであろう。いわゆる本場所の相撲もまた国技館のできない前には回向院の境内に蓆張《むしろば》りの小屋をかけていたものである。僕らはこの義士の打ち入り以来、名高い回向院を見るために国技館の横を曲がっていった。が、それもここへ来る前にひそかに僕の予期していたようにすっかり昔に変わっていた。

回向院

今日の回向院はバラックである。いかに金の紋を打った亜鉛葺きの屋根は反っていても、硝子戸を立てた本堂はバラックというほかにしかたはない。僕らは読経の声を聞きながら、やはり僕には昔馴染《なじ》みの鼠小僧《ねずみこぞう》の墓を見物に行った。墓の前には今日でも乞食《こじき》が三、四人集まっていた。が、そんなことはどうでもよい。それよりも僕を驚かしたのは膃肭獣《おっとせい》供養塔*というものの立っていたことである。僕はぼんやりこの石碑を見上げ、何かその奥の鼠小僧の墓に同情しないわけにはゆかなかった。

鼠小僧治郎太夫《じろだゆう》の墓は建て札も示している通り、震災の火事にも滅びなかった。赤い提灯や蠟燭《ろうそく》や教覚速善居士《きょうかくそくぜんこじ》の額もだいたい昔の通りである。もっとも今は墓の石を欠かれない用心のしてあるばかりではない。墓の前の柱にちゃんと「ご用のおかたにはお守り石をさし上げます」と書いた、小さい紙札も貼りつけてある。僕らはこの墓を後ろにし、今度はまた墓地の奥に、——国技館の後ろにある京伝《きようでん》*の墓を尋ねて行った。

この墓地も僕にはなつかしかった。僕は僕の友だちといっしょにたびたびいたずらに石塔を倒し、寺男や坊さんに追いかけられたものである。もっとも昔は樹木も茂り、一口に墓地というよりも卵塔場という気のしたものだった。が、今は墓石はもちろん、墓を繞《めぐ》った鉄柵にもすさまじい火の痕《あと》は残っている。僕は「水子塚《みずこづか》*」の前を曲がり、京伝の墓の前へ辿り着いた。京伝の墓も京山《きようざん》*の墓といっしょにやはり昔に変わっていない。ただそれらの墓の前に柿《かき》か何かの若木が一本、ひょろりと枝をのばしたまま、若葉を開いているのは哀れだった。

僕らは回向院の表門を出、これもバラックになった坊主軍鶏を見ながら、一つ目の橋へ歩いていった。僕の記憶を信ずるとすれば、この一つ目の橋のあたりは大正時代にもいくぶんか広重らしい画趣を持っていたものである。しかしもう今日ではどこにもそんな景色は残っていない。僕らは無慙《むざん》にもひろげられた路《みち》を向こう両国へ引き返しながら、偶然「泰《たい》ちゃん」の家の前を通りかかった。「泰ちゃん」は下駄屋《げたや》の息子である。僕は僕の小学時代にも作文は多少上手だった。が、僕の作文は、——と言うよりも僕らの作文は、たいていはいわゆる美文だった。「富士の峰《みね》白くかりがね池の面《おもて》に下り、空仰げば月麗しく、余《よ》が影法師黒し」——これは僕の作文ではない。二、三年前に故人になった僕の小学時代の友だちの一人、——清水昌彦《まさひこ》君の作文である。「泰ちゃん」はこういう作文の中にひとり教科書の匂いのない、活《い》き活《い》きした口語文を作っていた。それはなんでも「虹《にじ》」という作文題の出た時である。僕は内心僕の作文の一番になることを信じていた。が、先生の一番にしたのは「泰ちゃん」——下駄屋「伊勢甚《いせじん》」の息子木村泰助《たいすけ》君の作文だった。「泰ちゃん」は先生の命令を受け、彼自身の作文を朗読した。それはおそらくは誰よりも僕を動かさずにはおかなかった。僕はもちろん「泰ちゃん」のためにみごとに敗北を受けたことを感じた。同時にまた「泰ちゃん」の描いた「虹」にありありと夕立ちの通り過ぎたのを感じた。僕を動かした文章は東西に亙《わた》って少なくはない。しかしまず僕を動かしたのはこの「泰ちゃん」の作文である。運命は僕を売文の徒にした。もし「泰ちゃん」も僕のようにペンを執っていたとすれば、「大東京繁昌記《はんじょうき》*」の読者はこの「本所両国」よりもあるいは数等美しい印象記を読んでいたかもしれない。けれども「泰ちゃん」はどうしているであろう？　僕は幾つも下駄の並んだ飾り窓の前に佇んだまま、そっと店の中へ目を移した。店の中には「泰ちゃん」のお母さんらしい人が一人坐《すわ》っている。が、木村泰助君はあいにくどこにも見えなかった。……

方丈記《ほうじょうき》

僕「今日は本所へ行って来ましたよ」

父「本所もすっかり変わったたな」

母「うちの近所はどうなっているえ？」
僕「どうなっているって、……釣竿屋の石井さんにうちを売ったでしょう。あの石井さんのあるだけですね。ああ、それから提灯屋もあった。……」
伯母《おば》「あすこには洗湯もあったでしょう」
僕「今でも常磐湯《ときわゆ》という洗湯はありますよ」
伯母「常磐湯と言ったかしら」
妻「あたしのいた辺も変わったでしょうね？」
僕「変わらないのは石河岸だけだよ」
妻「あすこにあった、大きい柳は？」
僕「柳などはもちろん焼けてしまったさ」
母「お前のまだ小さかったころには電車も通っていなかったんだからね」
父「上野《うえの》と新橋《しんばし》との間さえ鉄道馬車があっただけなんだから。――鉄道馬車と言うたびに思い出すのは……」
僕「僕の小便をしてしまった話でしょう。満員の鉄道馬車に乗ったまま。……」
伯母「そうそう、赤いフランネルのズボン下をはいて、……」
父「なに、あの鉄道馬車会社の神戸《かんべ》さんのことさ。神戸さんもこの間死んでしまったな」
僕「東京電灯の神戸さんでしょう。へええ、神戸さんを知っているんですか？」

父「知っているとも。大倉《おおくら》さんなども知っていたもんだ」
僕「大倉喜《き》八郎《はちろう》をね……」
父「僕もあの時分にどうかすれば、……」
僕「もうそれだけでたくさんですよ」
伯母「そうだね。この上損でもされていた日には……」（笑う）
僕「『榛《はん》の木《き》馬場』*あたりはかたなしですね」
父「あすこには葛飾北斎《かつしかほくさい》が住んでいたことがある」
僕「『割り下水』*もやっぱり変わってしまいましたよ」
母「あすこには悪御家人がたくさんいてね」
僕「僕の覚えている時分でも何かそんな気のする所でしたね」
妻「お鶴《つる》さんの家はどうなったでしょう？」
僕「お鶴さん？　ああ、あの藍問屋《あいどんや》の娘さんか？」
妻「ええ、兄さんの好きだった人」
僕「あの家どうだったかな。兄さんのためにも見て来るんだっけ。もっとも前は通ったんだけれども」
伯母「あたしは地震の年以来一度も行ったことはないんだから、――行っても驚くだろうけれども」
僕「それは驚くだけですよ。伯母さんには見当もつかないかもしれない」

父「なにしろ変わりも変わったからね。そら、昔は夕がたになると、みんな門を細目にあけて往来を見ていたもんだろう？」
母「法界節《ほうかいぶし》や何かの帰って来るのをね」
伯母「あの時分は蝙蝠もたくさんいたでしょう」
僕「今は雀さえ飛んでいませんよ。僕は実際無常を感じてね。……それでも一度行ってごらんなさい。まだずんずん変わろうとしているから」
妻「わたしは一度子供たちに亀井戸の太鼓橋を見せてやりたい」
父「臥竜梅はもうなくなったんだろうな？」
僕「ええ、あれはもうとうに。……さあ、これから驚いたということを十五回*だけ書かなければならない」
妻「驚いた、驚いたと書いていればいいのに」（笑う）
僕「そのほかに何も書けるもんか。もし何か書けるとすれば、……そうだ。このポケット本の中にちゃんともう誰か書き尽くしている。――『玉敷《たましき》の都の中に、棟《むね》を並べ甍《いらか》を争へる、尊《たか》き卑《いや》しき人の住居《すまひ》は、代々《よよ》を経てつきせぬものなれど、これをまことかと尋ぬれば、昔ありし家は稀《まれ》なり。……いにしへ見し人は、二、三十人が中に、僅《わづか》に一人二人なり。朝《あした》に死し、夕べに生まるるならひ、ただ水の泡にぞ似たりける。知らず、生まれ死ぬる人、何方《いづかた》より来《きた》りて、何方へか去る』……」
母「なんだえ、それは？『お文様《ふみさま》*』のようじゃないか？」

僕「これですか？　これは『方丈記』ですよ。僕などよりもちょっと偉かった鴨《かも》の長《ちよう》明《めい》という人の書いた本ですよ」

（昭和二年五月）

機関車を見ながら

……わたしの子供たちは、機関車の真似をしている。もっとも動かずにいる機関車ではない。手をふったり、「しゅっしゅっ」と言ったり、進行中の機関車の真似をしている。これはわたしの子供たちに限ったことではないであろう。ではなぜ機関車の真似をするか？　それはもちろん機関車に何か威力を感じるからである。あるいは彼ら自身も機関車のように激しい生命を持ちたいからである。こういう要求を持っているのは子供たちばかりに限っていない。大人たちもやはり同じことである。

ただ大人たちの機関車は言葉通りの機関車ではない。しかしそれぞれ突進し、しかも軌道の上を走ることもやはり機関車と同じことである。この軌道はあるいは金銭であり、あるいはまた名誉であり、最後にあるいは女人であろう。我々は子供と大人とを問わず、我々の自由に突進したい欲望を持ち、その欲望を持つところにおのずから自由を失っている。それは少しも逆説ではない。逆説的な人生の事実である。が、我々自身の中にある無数の我々の祖先たちや一時代の一国の社会的約束は多少こういう要求に歯どめをかけないことはない。しかしこういう要求は太古以来我々のうちに潜んでいる。……

わたしは高い土手の上に立ち、子供たちと機関車の走るのを見ながら、こんなことを思わずにはいられなかった。土手の向こうには土手がまた一つあり、そこにはなかば枯れかかった椎《しい》の木が一本斜めになっていた。あの機関車――3271号はムッソリニである。ムッソリニの走る軌道はあるいは光に満ちているであろう。しかしどの軌道もその最後に一度も機関車の通らない、さびた二、三尺のあることを思えば、ムッソリニの一生もおそらくは我々の一生のように老いてはどうすることもできないかもしれない。のみならず――

のみならず我々はどこまでも突進したい欲望を持ち、同時にまた軌道を走っている。この矛盾はいいかげんに見のがすことはできない。我々の悲劇と呼ぶものは正にそこに発生している。マクベスはもちろん小春治兵衛《こはるじへえ》*もやはりついに機関車である。小春治兵衛は、マクベスのように強い性格を持っていないかもしれない。しかし彼らの恋愛のためにやはりがむしゃらに突進している。（紅毛人《こうもうじん》たちの悲劇論はここでは不幸にも通用しない。悲劇を作るものは人生である。美学者の作るわけではない）この悲劇を第三者の目に移せば、あらゆる動機のはっきりしないために（あらゆる動機のはっきりすることは悲劇中の人物にも望めないかもしれない）ただいたずらに突進し、いたずらに停止、――あるいは顚覆《てんぷく》するのを見るだけである。したがって喜劇になってしまう。すなわち喜劇は第三者の同情を通過しない悲劇である。畢竟《ひっきょう》我々は大小を問わず、いずれも機関車に変りはない。わたしはその古風な機関車――煙突の高い3236号にわたし自身を感じている。トランス・テエブル*の上に乗っておもむろに位置を換えている3236号に。

しかし一時代の一国の社会や我々の祖先はそれらの機関車にどのくらい歯どめをかけるであろう？　わたしはそこに歯どめを感じるとともにエンジンを、――石炭を、――燃え上がる火を感じないわけにもゆかないのである。我々は我々自身ではない。実はやはり機関車のように長い歴史を重ねてきたものである。のみならず無数のピストンや歯車の集まっているものである。しかも我々を走らせる軌道は、機関車にはわかっていないように我々自身にもわかっていない。この軌道もおそらくはトンネルや鉄橋に通じていることであろう。あらゆる解放はこの軌道のために絶対に我々には禁じられている。こういう事実は恐ろしいかもしれない。が、いかに考えてみても事実に相違ないことは確かである。

もし機関手さえしっかりしていれば、――それさえ機関車の自由にはならない。ある機関手をある機関車へ乗らせるのは気まぐれな神々の意志によるのである。ただたいていの機関車はとにかく全然さびはてるまで走ることを断念しない。あらゆる機関車の外見上の荘厳はそこにかがやいているであろう。ちょうど油を塗った鉄のように。……

我々はいずれも機関車である。我々の仕事は空の中に煙や火花を投げあげるほかはない。土手の下を歩いている人々もこの煙や火花により、機関車の走っているのを知るであろう。あるいはとうに走っていってしまった機関車のあるのを知るであろう。煙や火花は電気機関車にすれば、ただその響きに置き換えてもよい。「人は皆無、仕事は全部」というフロオベエルの言葉＊はこのためにわたしを動かすのである。宗教家、芸術家、社会運動家、——あらゆる機関車は彼らの軌道により、必然にどこかへ突進しなければならぬ。もっと早く、——そのほかに彼らのすることはない。

我々の機関車を見るたびにおのずから我々自身を感ずるのは必ずしもわたしに限ったことではない。斎藤緑雨は箱根《はこね》の山を越える機関車の「ナンダ、コンナ山、ナンダ、コンナ山」と叫ぶことを記している。しかし碓氷峠《うすいとうげ》を下る機関車はさらに歓《よろこ》びに満ちているのであろう。彼はいつも軽快に「タカポコ高崎《たかさき》タカポコ高崎」と歌っているのである。前者を悲劇的機関車とすれば後者は喜劇的機関車かもしれない。

（昭和二年七月）

凶

大正十二年の冬（?）、僕はどこからかタクシイに乗り、本郷《ほんごう》通りを一高《いちこう》の横から藍《あい》染橋《ぞめばし》へ下ろうとしていた。あの通りははなはだ街灯の少ない、いつも真暗な往来である。そこにやはり自動車が一台、僕のタクシイの前を走っていた。僕は巻き煙草を啣《くわ》えながら、もちろんその車に気もとめなかった。しかしだんだん近寄って見ると、――僕のタクシイのヘッド・ライトがぼんやりその車を照らしたのを見ると、それは金色の唐艸《からくさ》をつけた、葬式に使う自動車だった。

大正十三年の夏、僕は室生《むろう》犀星《さいせい》と軽井《かるい》沢《ざわ》の小みちを歩いていた。山砂もしっとりと湿気を含んだ、いかにももの静かな夕暮れだった。僕は室生と話しながら、ふと僕らの頭の上を眺めた。頭の上には澄み渡った空に黒ぐろとアカシヤが枝を張っていた。のみならずそのまた枝の間に人の脚が二本ぶら下がっていた。僕は「あっ」と言って走り出した。室生もまた僕のあとから「どうした？　どうした？」と言って追いかけて来た。僕はちょっと羞《はず》かしかったから、なんとか言って護摩《ごま》化《か》してしまった。

大正十四年の夏、僕は菊池寛《きくちひろし》、久米正雄《くめまさお》、植村宗一《うえむらそういち》＊、中山太陽堂《なかやまたいようどう》社長＊などと築地《つきじ》の待合に食事をしていた。僕は床柱の前に坐《すわ》り、僕の右には久米正雄、僕の左には菊池寛、

――という順序に坐っていたのである。そのうちに僕は何かの拍子に餉台《ちゃぶだい》の上の麦酒罎《ビイルびん》を眺めた。するとその麦酒罎には人の顔が一つ映っていた。それは僕の顔にそっくりだった。しかし何も麦酒罎は僕の顔を映していたわけではない。その証拠には実在の僕は目を開いていたのにもかかわらず、幻の僕は目をつぶった上、やや仰向《あおむ》いていたのである。僕は傍にいた芸者を顧み、「妙な顔が映っている」と言った。芸者は始めは常談にしていた。けれども僕の座に坐るが早いか、「あら、ほんとうに見えるわ」と言った。菊池や久米もかわるがわる僕の座に来て坐って見ては、「うん、見えるね」などと言い合っていた。それは久米の発見によれば、麦酒罎の向こうに置いてある杯洗や何かの反射だった。しかし僕はなんとなしに凶を感ぜずにはいられなかった。

大正十五年の正月十日、僕はやはりタクシイに乗り、本郷通りを一高の横から藍染橋へ下ろうとしていた。するとあの唐艸をつけた、葬式に使う自動車が一台、もう一度僕のタクシイの前にぼんやりと後ろを現わし出した。僕はまだその時までは前に挙げた幾つかの現象を聯絡《れんらく》のあるものとは思わなかった。しかしこの自動車を見た時、――ことにその中の棺《ひつぎ》を見た時、何ものか僕に冥々《めいめい》の裡《うち》にある警告を与えている、――そんなことをはっきり感じたのだった。

（大正十五年四月十三日鵠沼《くげぬま》にて浄書）

〔遺稿〕

鵠沼雑記

僕は鵠沼の東屋《あずまや》*の二階にじっと仰向《あおむ》けに寝ころんでいた。そのまた僕の枕もとには妻と伯母《おば》とが差し向かいに庭の向こうの海を見ていた。僕は目をつぶったまま、「今に雨がふるぞ」と言った。妻や伯母はとり合わなかった。ことに妻は「このお天気に」と言った。しかし二分とたたないうちに珍しい大雨になってしまった。

×

僕は全然人かげのない松の中の路《みち》を散歩していた。僕の前には白犬が一匹、尻《しり》を振り振り歩いていった。僕はその犬の睾丸《こうがん》を見、薄赤い色に冷たさを感じた。犬はその路の曲がり角へ来ると、急に僕をふり返った。それから確かににやりと笑った。

×

僕は路ばたの砂の中に雨蛙が一匹もがいているのを見つけた。その時あいつは自動車が来たら、どうするつもりだろうと考えた。しかしそれは自動車などのはいるはずのない小みちだった。しかし僕は不安になり、路ばたに茂った草の中へ杖《つえ》の先で雨蛙をはね飛ばした。

×

僕は風向きに従って一様に曲がった松の中に白い洋館のあるのを見つけた。すると洋館も歪《ゆが》んでいた。僕は僕の目のせいだと思った。しかし何度見直しても、やはり洋館は歪んでいた。これは不気味でならなかった。

×

僕は風呂《ふろ》へはいりに行った。かれこれ午後の十一時だった。風呂場の流しには青年が一人、手拭《てぬぐい》を使わずに顔を洗っていた。それは毛を抜いた鶏のように痩《や》せ衰えた青年だった。僕は急に不快になり、僕の部屋へ引き返した。すると僕の部屋の中に腹巻が一つぬいであった。僕は驚いて帯をといてみたら、やはり僕の腹巻だった。

（以上東屋にいるうち）

×

僕は夢を見ているうちはふだんの通りの僕である。ゆうべ（七月十九日）は佐佐木茂《ささきも》索《さく》君と馬車に乗って歩きながら、麦藁帽《むぎわらぼう》をかぶった馭者《ぎよしや》に北京《ペキン》の物価などを尋ねていた。しかしはっきり目がさめてから二十分ばかりたつうちにいつか憂鬱《ゆううつ》になってしまう。ただ灰色の天幕《テント》の裂け目から明るい風景が見えるように時々ふだんの心もちになる。どうも僕は頭からじりじり参ってくるのらしい。

×

僕はやはり散歩しているうちに白い水着を着た子供に遇《あ》った。子供は小さい竹の皮を兎のように耳につけていた。僕は五、六間離れているうちから、その鋭い竹の皮の先が妙に恐ろしくてならなかった。その恐怖は子供とすれ違ったのちも、しばらくの間はつづいていた。

×

僕はぼんやり煙草を吸いながら、不快なことばかり考えていた。僕の前の次の間にはここへ来て雇った女中が一人、こちらへは背中を見せたまま、おむつを畳んでいるらしかった。僕はふと「そのおむつには毛虫がたかっているぞ」と言った。どうしてそんなことを言ったかは僕自身にもわからなかった。すると女中は頓狂《とんきょう》な調子で「あら、ほんとうにたかっている」と言った。

×

僕はバタの缶をあけながら、軽井沢の夏を思い出した。その拍子に頸《くび》すじがちくりとした。僕は驚いてふり返った。すると軽井沢にたくさんいる馬蝿《うまばえ》が一匹飛んでいった。それもこのあたりの馬蝿ではない。ちょうど軽井沢の馬蝿のように緑色の目をした馬蝿だった。

×

僕はこのごろ空の曇った、風の強い日ほど恐ろしいものはない。あたりの風景は敵意を持ってじりじり僕に迫るような気がする。そのくせ前に恐ろしかった犬や神鳴《かみなり》はなんともない。僕はおととい（七月十八日）も二、三四の犬が吠《ほ》え立てる中を歩いていった。しかし松風が高まり出すと、昼でも頭から蒲団《ふとん》をかぶるか、妻のいる次の間へ避難してしまう。

×

僕はひとり散歩しているうちに歯医者の札を出した家を見つけた。が、二、三日たったのち、妻とそこを通ってみると、そんな家は見えなかった。僕は「確かにあった」と言い、妻は「確かになかった」と言った。それから妻の母に尋ねてみた。するとやはり「ありません」と言った。しかし僕はどうしても、確かにあったと思っている。その札は歯と本字を書き、イシャと片仮名を書いてあったから、珍しいだけでも見違えではない。

（以上家を借りてから）

（大正十五年七月二十日）

〔遺稿〕

遺　書

或旧友へ送る手記

誰もまだ自殺者自身の心理をありのままに書いたものはない。それは自殺者の自尊心やあるいは彼自身に対する心理的興味の不足によるものであろう。僕は君に送る最後の手紙の中に、はっきりこの心理を伝えたいと思っている。もっとも僕の自殺する動機は特に君に伝えずともいい。レニエ*は彼の短篇の中にある自殺者を描いている。この短篇の主人公は何のために自殺するかを彼自身も知っていない。君は新聞の三面記事などに生活難とか、病苦とか、あるいはまた精神的苦痛とか、いろいろの自殺の動機を発見するであろう。しかし僕の経験によれば、それは動機の全部ではない。のみならずたいていは動機に至る道程を示しているだけである。自殺者はたいていレニエの描いたように何のために自殺するかを知らないであろう。それは我々の行為するように複雑な動機を含んでいる。が、少なくとも僕の場合はただぼんやりした不安である。何か僕の将来に対するただぼんやりした不安である。君はあるいは僕の言葉を信用することはできないであろう。しかし十年間の僕の経験は僕に近い人々の僕に近い境遇にいない限り、僕の言葉は風の中の歌のように消えることを教えている。したがって僕は君を咎《とが》めない。……

僕はこの二年ばかりの間は死ぬことばかり考えつづけた。僕のしみじみした心もちになってマインレンデルを読んだのもこの間である。マインレンデルは抽象的な言葉に巧みに死に向かう道程を描いているのに違いない。が、僕はもっと具体的に同じことを描きたいと思っている。家族たちに対する同情などはこういう欲望の前にはなんでもない。これもまた君には、Inhuman の言葉を与えずには措《お》かないであろう。けれどももし非人間的とすれば、僕は一面には非人間的である。

僕は何ごとも正直に書かなければならぬ義務を持っている。(僕は僕の将来に対するぼんやりした不安も解剖した。それは僕の「阿呆《あほう》の一生」の中にだいたいは尽くしているつもりである。ただ僕に対する社会的条件、——僕の上に影を投げた封建時代のことだけは故意にその中にも書かなかった。なぜまた故意に書かなかったと言えば、我々人間は今日でも多少は封建時代の影の中にいるからである。僕はそこにある舞台のほかに背景や照明や登場人物の——たいていは僕の所作を書こうとした。のみならず社会的条件などはその社会的条件の中にいる僕自身に判然とわかるかどうかも疑わないわけにはゆかないであろう)——僕の第一に考えたことはどうすれば苦しまずに死ぬかということだった。縊死《いし》はもちろんこの目的に最も合する手段である。が、僕は僕自身の縊死している姿を想像し、ぜいたくにも美的嫌悪を感じた。(僕はある女人を愛した時も彼女の文字の下手だったために急に愛を失ったのを覚えている）溺死《できし》もまた水泳のできる僕にはとうてい目的を達するはずはない。のみならず万一成就するとしても縊死よりも苦痛は多いわけである。轢死《れきし》も僕には何よりも先に美的嫌悪を与えずにはいなかった。ピストルやナイフを用うる死は僕の手の震えるために失敗する可能性を持っている。ビルディングの上から飛び下りるのもやはり見苦しいのに相違ない。僕はこれらの事情により、薬品を用いて死ぬことにした。薬品を用いて死ぬことは縊死することよりも苦しいであろう。しかし縊死することよりも美的嫌悪を与えないほかに蘇生《そせい》する危険のない利益を持っている。ただこの薬品を求めることはもちろん僕には容易ではない。僕は内心自殺することに定め、あらゆる機会を利用してこの薬品を手に入れようとした。同時にまた毒物学の知識を得ようとした。

それから僕の考えたのは僕の自殺する場所である。僕の家族たちは僕の死後には僕の遺産に手《た》よらなければならぬ。僕の遺産は百坪の土地と僕の家と僕の著作権と僕の貯金二千円のあるだけである。僕は僕の自殺したために僕の家の売れないことを苦にした。したがって別荘の一つもあるブルジョアたちに羨《うらやま》しさを感じた。君はこういう僕の言葉にあるおかしさを感じるであろう。僕もまた今は僕自身の言葉にあるおかしさを感じている。が、このことを考えた時には事実上しみじみ不便を感じた。この不便はとうてい避けるわけにゆかない。僕はただ家族たちのほかにできるだけ死体を見られないように自殺したいと思っている。

しかし僕は手段を定めたのちも半ばは生に執着していた。したがって死に飛び入るためのスプリング・ボオドを必要とした。（僕は紅毛人たちの信ずるように自殺することを罪悪とは思っていない。仏陀《ぶつだ》は現に阿含経《あごんきょう》*の中に彼の弟子の自殺を肯定している。曲学阿世《きょくがくあせい》の徒はこの肯定にも「やむを得ない」場合のほかはなどと言うであろう。しかし第三者の目から見て「やむを得ない」場合というのはみすみすより悲惨に死なければならぬ非常の変の時にあるものではない。誰でも皆自殺するのは彼自身に「やむを得ない場合」だけに行なうのである。その前に敢然と自殺するものはむしろ勇気に富んでいなければならぬ）このスプリング・ボオドの役に立つものはなんと言っても女人である。クライスト*は彼の自殺する前にたびたび彼の友だちに（男の）途《みち》づれになることを勧誘した。またラシイヌもモリエエルやボアロオ*といっしょにセエヌ河に投身しようとしている。しかし僕は不幸にもこういう友だちを持っていない。ただ僕の知っている女人は僕といっしょに死のうとした。が、それは僕らのためにはできない相談になってしまった。そのうちに僕のスプリング・ボオドなしに死に得る自信を生じた。それは誰もいっしょに死ぬもののないことに絶望したために起こったためではない。むしろしだいに感傷的になった僕はたとい死別するにもしろ、僕の妻を劬《いたわ》りたいと思ったからである。同時にまた僕一人自殺することは二人いっしょに自殺するよりも容易であることを知ったからである。そこにはまた僕の自殺する時を自由に選ぶことのできるという便宜もあったのに違いない。

最後に僕の工夫したのは家族たちに気づかれないように巧みに自殺することである。これは数箇月準備したのち、とにかくある自信に到達した。（それらの細部に亙《わた》ることは僕に好意を持っている人々のために書くわけにはゆかない。もっともここに書いたにしろ、法律上の自殺幇助罪《ほうじょざい》（このくらいこっけいな罪名はない。もしこの法律を適用すれば、どのくらい犯罪人の数を殖《ふ》やすことであろう。薬局や銃砲店や剃刀屋《かみそりや》はたとい「知らない」と言ったにもせよ、我々人間の言葉や表情に我々の意志の現われる限り、多少の嫌疑を受けなければならぬ。のみならず社会や法律はそれら自身自殺幇助罪を構成している。最後にこの犯罪人たちはたいていはいかにもの優しい心臓を持っていることであろう。）を構成しないことは確かである）僕はひややかにこの準備を終わり、今はただ死と遊んでいる。この先の僕の心もちはたいていマインレンデルの言葉に近いであろう。

我々人間は人間獣であるために動物的に死を怖れている。いわゆる生活力というものは実は動物力の異名に過ぎない。僕もまた人間獣の一匹である。しかし食色《しょくしょく》にも倦《あ》いたところを見ると、しだいに動物力を失っているであろう。僕の今住んでいるのは氷のように透み渡った、病的な神経の世界である。僕はゆうべある売笑婦といっしょに彼女の賃金（！）の話をし、しみじみ「生きるために生きている」我々人間の哀れさを感じた。もしみずから甘んじて永久の眠りにはいることができれば、我々自身のために幸福でないまでも平和であるには違いない。しかし僕のいつ敢然と自殺できるかは疑問である。

ただ自然はこういう僕にはいつもよりもいっそう美しい。君は自然の美しいのを愛し、しかも自殺しようとする僕の矛盾を笑うであろう。けれども自然の美しいのは僕の末期の目に映るからである。僕は他人よりも見、愛し、かつまた理解した、それだけは苦しみを重ねた中にも多少僕には満足である。どうかこの手紙は僕の死後にも何年かは公表せずにおいてくれたまえ。僕はあるいは病死のように自殺しないとも限らないのである。

附記。僕はエンペドクレス*の伝を読み、みずから神としたい欲望のいかに古いものかを感じた。僕の手記は意識している限り、みずから神としないものである。いや、みずから大凡下《だいぼんげ》の一人としているものである。君はあの菩提樹《ぼだいじゅ》の下に「エトナ*のエンペドクレス」を論じ合った二十年前を覚えているであろう。僕はあの時代にはみずから神にしたい一人だった。

（昭和二年七月）

侏儒の言葉

「侏儒《しゅじゅ》の言葉」＊の序

「侏儒の言葉」は必ずしもわたしの思想を伝えるものではない。唯わたしの思想の変化を時々窺《うかが》わせるのに過ぎぬものである。一本の草よりも一すじの蔓草《つるくさ》、——しかもその蔓草は幾すじも蔓を伸ばしているかも知れない。

星

太陽の下に新しきことなし＊とは古人の道破した言葉である。しかし新しいことのないのは独り太陽の下ばかりではない。

天文学者の説によれば、ヘラクレス星群を発した光は我々の地球へ達するのに三万六千年を要するそうである。が、ヘラクレス星群といえども、永久に輝いていることは出来ない。いつか一度は冷灰のように、美しい光を失ってしまう。のみならず死はどこへ行っても常に生を孕《はら》んでいる。光を失ったヘラクレス星群も無辺の天をさまよう内に、都合の好《い》い機会を得さえすれば、一団の星雲と変化するであろう。そうすればまた新しい星は続々とそこに生まれるのである。

宇宙の大に比べれば、太陽も一点の燐火《りんか》に過ぎない。況《いわん》や我々の地球をやである。しかし遠い宇宙の極、銀河のほとりに起っていることも、実はこの泥団*の上に起っていることと変りはない。生死は運動の方則のもとに、絶えず循環しているのである。そういうことを考えると、天上に散在する無数の星にも多少の同情を禁じ得ない。いや、明滅する星の光は我々と同じ感情を表わしているようにも思われるのである。この点でも詩人は何ものよりも先に高々と真理をうたい上げた。

真砂《まさご》なす数なき星のその中に吾《われ》に向ひて光る星あり

しかし星も我々のように流転を閲《けみ》するということは――とにかく退屈でないことはあるまい。

鼻

クレオパトラの鼻が曲っていたとすれば、世界の歴史はそのために一変していたかも知れないとは名高いパスカルの警句である。しかし恋人というものは滅多に実相を見るものではない。いや、我々の自己欺瞞《ぎまん》は一たび恋愛に陥ったが最後、最も完全に行われるのである。

アントニイもそういう例に洩《も》れず、クレオパトラの鼻が曲っていたとすれば、努めてそれを見まいとしたであろう。また見ずにはいられない場合もその短所を補うべき何か他の長所を探したであろう。何か他の長所と言えば、天下に我々の恋人ぐらい、無数の長所を具《そな》えた女性は一人もいないのに相違ない。アントニイもきっと我々同様、クレオパトラの眼とか脣《くちびる》とかに、あり余る償いを見出《みいだ》したであろう。その上また例の「彼女の心」！　実際我々の愛する女性は古往今来飽き飽きするほど、素ばらしい心の持ち主である。のみならず彼女の服装とか、あるいは彼女の財産とか、あるいはまた彼女の社会的地位とか、――それらも長所にならないことはない。さらに甚しい場合を挙げれば、以前或《ある》名士に愛されたという事実乃至《ないし》風評さえ、長所の一つに数えられるのである。しかもあのクレオパトラは豪奢《ごうしゃ》と神秘とに充《み》ち満ちたエジプトの最後の女王ではないか？　香の煙の立ち昇る中に、冠の珠玉でも光らせながら、蓮《はす》の花か何か弄《もてあそ》んでいれば、多少の鼻の曲りなどは何人《なんぴと》の眼にも触れなかったであろう。況やアントニイの眼をやである。

こういう我々の自己欺瞞はひとり恋愛に限ったことではない。我々は多少の相違さえ除けば、大抵我々の欲するままに、いろいろ実相を塗り変えている。たとえば歯科医の看板にしても、それが我々の眼にはいるのは看板の存在そのものよりも看板のあることを欲する心、――牽《ひ》いては我々の歯痛ではないか？　勿論《もちろん》我々の歯痛などは世界の歴史には没交渉であろう。しかしこういう自己欺瞞は民心を知りたがる政治家にも、敵状を知りたがる軍人にも、あるいはまた財況を知りたがる実業家にも同じようにきっと起るのである。わたしはこれを修正すべき理智の存在を否みはしない。同時にまた百般の人事を統《す》べる「偶然」の存在も認めるものである。が、あらゆる熱情は理性の存在を忘れ易い。「偶然」はいわば神意である。すると我々の自己欺瞞は世界の歴史を左右すべき、最も永久な力かも知れない。

つまり二千余年の歴史は眇《びょう》たる一クレオパトラの鼻の如何《いかん》に依《よ》ったのではない。むしろ地上に遍満した我々の愚昧《ぐまい》に依ったのである。晒《わら》うべき、――しかし壮厳な我々の愚昧に依ったのである。

修　身

道徳は便宜の異名である。「左側《さそく》通行」と似たものである。

×

道徳の与えたる恩恵は時間と労力との節約である。道徳の与える損害は完全なる良心の麻痺《まひ》である。

×

妄《みだり》に道徳に反するものは経済の念に乏しいものである。妄に道徳に屈するものは臆《おく》病《びょう》ものか怠けものである。

×

我々を支配する道徳は資本主義に毒された封建時代の道徳である。我々はほとんど損害のほかに、何の恩恵にも浴していない。

×

強者は道徳を蹂躙《じゅうりん》するであろう。弱者はまた道徳に愛撫《あいぶ》されるであろう。道徳の迫害を受けるものは常に強弱の中間者である。

×

道徳は常に古着である。

×

良心は我々の口髭《くちひげ》のように年齢と共に生ずるものではない。我々は良心を得るためにも若干の訓練を要するのである。

×

一国民の九割強は一生良心を持たぬものである。

×

我々の悲劇は年少のため、あるいは訓練の足りないため、まだ良心を捉《とら》え得ぬ前に、破廉恥漢の非難を受けることである。

我々の喜劇は年少のため、あるいは訓練の足りないため、破廉恥漢の非難を受けた後に、やっと良心を捉えることである。

×

良心とは厳粛なる趣味である。

良心は道徳を造るかも知れぬ。しかし道徳はいまだかつて、良心の良の字も造ったことはない。

×

良心もあらゆる趣味のように、病的なる愛好者を持っている。そういう愛好者は十中八、九、聡明《そうめい》なる貴族か富豪かである。

好悪

わたしは古い酒を愛するように、古い快楽説*を愛するものである。我々の行為を決するものは善でもなければ悪でもない。ただ我々の好悪である。あるいは我々の快不快である。そうとしかわたしには考えられない。

ではなぜ我々は極寒の天にも、将《まさ》に溺《おぼ》れんとする幼児を見る時、進んで水に入るのであるか？　救うことを快とするからである。では水に入る不快を避け、幼児を救う快を取るのは何の尺度に依ったのであろう？　より大きい快を選んだのである。しかし肉体的快不快と精神的快不快とは同一の尺度に依らぬ筈《はず》である。いや、この二つの快不快は全然相容《あいい》れぬものではない。むしろ鹹水《かんすい》と淡水とのように、一つに融《と》け合っているものである。現に精神的教養を受けない京阪《けいはん》辺の紳士諸君はすっぽんの汁を啜《すす》った後、鰻《うなぎ》を菜に飯を食うさえ、無上の快に数えているではないか？　かつまた水や寒気などにも肉体的享楽の存することは寒中水泳の示すところである。なおこの間の消息を疑うものはマソヒズムの場合を考えるが好《よ》い。あの呪うべきマソヒズムはこういう肉体的快不快の外見上の倒錯に常習的傾向の加わったものである。わたしの信ずるところによれば、あるいは柱頭の苦行*を喜び、あるいは火裏《かり》の殉教を愛した基督《キリスト》教の聖人たちは大抵マソヒズムに罹《かか》っていたらしい。

我々の行為を決するものは昔の希臘《ギリシャ》人の言った通り、好悪のほかにないのである。我々は人生の泉から、最大の味を汲《く》み取らねばならぬ。「パリサイの徒の如く、悲しき面もちをなすこと勿《なか》れ」耶蘇《ヤソ》さえすでにそう言ったではないか。賢人とは畢竟《ひっきょう》荊棘《けいきょく》の路《みち》にも、薔薇《ばら》の花を咲かせるもののことである。

侏儒の祈り

わたしはこの綵衣《さいい》を纏《まと》い、この筋斗《きんと》*の戯《ぎ》を献じ、この太平を楽しんでいれば不足のない侏儒でございます。どうかわたしの願いをおかなえ下さいまし。

どうか一粒の米すらないほど、貧乏にして下さいますな。どうかまた熊掌《ゆうしょう》にさえ飽き足りるほど、富裕にもして下さいますな。

どうか採桑《さいそう》の農婦すら嫌うようにして下さいますな。どうかまた後宮の麗人さえ愛するようにもして下さいますな。

どうか菽麦《しゅくばく》*すら弁ぜぬほど、愚昧にして下さいますな。どうかまた雲気さえ察するほど、聡明にもして下さいますな。

とりわけどうか勇ましい英雄にして下さいますな。わたしは現に時とすると、攀《よ》じ難い峰の頂を窮め、越え難い海の浪《なみ》を渡り――いわば不可能を可能にする夢を見ることがございます。そういう夢を見ている時ほど、空恐しいことはございません。わたしは竜と闘うように、この夢と闘うのに苦しんで居ります。どうか英雄とならぬように――英雄の志を起さぬように力のないわたしをお守り下さいまし。

わたしはこの春酒に酔い、この金縷《きんる》の歌を誦《じゅ》し、この好日を喜んでいれば不足のない侏儒でございます。

自由意志と宿命と

とにかく宿命を信ずれば、罪悪なるものの存在しないために懲罰という意味も失われるから、罪人に対する我々の態度は寛大になるのに相違ない。同時にまた自由意志を信ずれば責任の観念を生ずるために、良心の麻痺を免れるから、我々自身に対する我々の態度は厳粛になるのに相違ない。ではいずれに従おうとするのか？

わたしは恬然《てんぜん》と答えたい。半ばは自由意志を信じ、半ばは宿命を信ずべきである。あるいは半ばは自由意志を疑い、半ばは宿命を疑うべきである。なぜと言えば我々は我々に負わされた宿命により、我々の妻を娶《めと》ったではないか？　同時にまた我々は我々に恵まれた自由意志により、必ずしも妻の注文通り、羽織や帯を買ってやらぬではないか？

自由意志と宿命とに関らず、神と悪魔、美と醜、勇敢と怯懦《きょうだ》、理性と信仰、――その他あらゆる天秤《てんびん》の両端にはこういう態度をとるべきである。古人はこの態度を中庸《ちゅうよう》と呼んだ。中庸とは英吉利《イギリス》の good sense である。わたしの信ずるところによれば、グッドセンスを持たない限り、いかなる幸福も得ることは出来ない。もしそれでも得られるとすれば、炎天に炭火を擁したり、大寒に団扇《うちわ》を揮《ふる》ったりする痩《や》せ我慢の幸福ばかりである。

小児

軍人は小児に近いものである。英雄らしい身振を喜んだり、所謂《いわゆる》光栄を好んだりするのは今更ここに言う必要はない。機械的訓練を貴《たっと》んだり、動物的勇気を重んじたりするのも小学校にのみ見得る現象である。殺戮《さつりく》を何とも思わぬなどは一層小児と選ぶところはない。殊に小児と似ているのは喇叭《らっぱ》や軍歌に鼓舞されれば、何のために戦うかも問わず、欣然《きんぜん》と敵に当ることである。

この故に軍人の誇りとするものは必ず小児の玩具《おもちゃ》に似ている。緋縅《ひおどし》の鎧《よろい》や鍬形《くわがた》の兜《かぶと》は成人の趣味にかなった者ではない。勲章も――わたしには実際不思議である。なぜ軍人は酒にも酔わずに、勲章を下げて歩かれるのであろう？

武器

正義は武器に似たものである。武器は金を出しさえすれば、敵にも味方にも買われるであろう。正義も理窟《りくつ》をつけさえすれば、敵にも味方にも買われるものである。古来「正義の敵」という名は砲弾のように投げかわされた。しかし修辞につりこまれなければ、どちらがほんとうの「正義の敵」だか、滅多に判然したためしはない。

　日本人の労働者は単に日本人と生まれたが故に、パナマから退去を命ぜられた。*これは正義に反している。亜米利加《アメリカ》は新聞紙の伝える通り、「正義の敵」と言わなければならぬ。しかし支那《しな》人の労働者も単に支那人と生まれたが故に、千住《せんじゅ》から退去を命ぜられた。これも正義に反している。日本は新聞紙の伝える通り、——いや日本は二千年来、常に「正義の味方」である。正義はまだ日本の利害と一度も矛盾はしなかったらしい。

　武器それ自身は恐れるに足りない。恐れるのは武人の技倆《ぎりょう》である。正義それ自身も恐れるに足りない。恐れるのは煽動家《せんどうか》の雄弁である。武后《ぶこう》*は人天を顧みず、冷然と正義を蹂躙《じゅうりん》した。しかし李敬業《りけいぎょう》の乱*に当たり、駱賓王《らくひんおう》の檄《げき》*を読んだ時には色を失うことを免れなかった。「一抔土未乾《いっぽうのどいまだかわかず》　六尺孤《ろくしゃくのこ》安在《いずくにかある》」の双句は天成のデマゴオグを待たない限り、発し得ない名言だったからである。

　わたしは歴史を翻えす度に、遊就館《ゆうしゅうかん》*を想うことを禁じ得ない。過去の廊下には薄暗い中にさまざまの正義が陳列してある。青竜刀《せいりゅうとう》に似ているのは儒教の教える正義であろう。騎士の槍《やり》に似ているのは基督《キリスト》教の教える正義であろう。ここに太い棍棒《こんぼう》がある。これは社会主義者の正義であろう。かしこに房のついた剣がある。あれは国家主義者の正義であろう。わたしはそういう武器を見ながら、幾多の戦いを想像し、おのずから心悸《しんき》の高まることがある。しかしまだ幸か不幸か、わたし自身その武器の一つを執りたいと思った記憶はない。

尊王

十七世紀の仏蘭西《フランス》の話である。ある日 Duc de Bourgogne* が Abbé Choisy* にこんなことを尋ねた。シャルル六世*は気違いだった。その意味を婉曲《えんきょく》に伝えるためには、何と言えば、好いのであろう？　アベは言下に返答した。「わたしならば唯こう申します。シャルル六世は気違いだったと」アベ・ショアズイはこの答を一生の冒険の中に数え、後のちまでも自慢にしていたそうである。

十七世紀の仏蘭西はこういう逸話《いつわ》の残っているほど、尊王の精神に富んでいたという。しかし二十世紀の日本も尊王の精神に富んでいることは当時の仏蘭西に劣らなそうである。まことに、――欣幸《きんこう》の至りに堪えない。

創作

芸術家はいつも意識的に彼の作品を作るのかも知れない。しかし作品そのものを見れば、作品の美醜の一半は芸術家の意識を超越した神秘の世界に存している。一半？　あるいは大半と言っても好い。

我々は妙に問うに落ちず、語るに落ちるものである。我々の魂はおのずから作品に露《あらわ》るることを免れない。一刀一拝した古人の用意はこの無意識の境に対する畏怖《いふ》を語ってはいないであろうか？

創作は常に冒険である。所詮《しょせん》は人力を尽した後、天命に委《まか》せるより仕方はない。

少時学語苦難円《しょうじごをまなんでえんなりがたきをくるしむ》　唯道工夫半未全《ただいうくふうなかばいまだまったからずと》
到老始知非力取《ろうにいたってはじめてしるりよくしゅにあらざるを》　三《さん》分《ぶの》人《じん》事《じ》七《しち》分《ぶの》天《てん》

趙甌北《ちょうおうほく》*の「論詩*」の七絶はこの間の消息を伝えたものであろう。芸術は妙に底の知れない凄《すご》みを帯びているものである。我々も金を欲しがらなければ、また名聞を好まなければ、最後にほとんど病的な創作熱に苦しまなければ、この無気味な芸術などと格闘する勇気は起らなかったかも知れない。

鑑　賞

芸術の鑑賞は芸術家自身と鑑賞家との協力である。いわば鑑賞家は一つの作品を課題に彼自身の創作を試みるのに過ぎない。この故にいかなる時代にも名声を失わない作品は必ず種々の鑑賞を可能にする特色を具《そな》えている。しかし種々の鑑賞を可能にするという意味はアナトオル・フランスの言うように、どこか曖昧《あいまい》に出来ているため、どういう解釈を加えるのもたやすいという意味ではあるまい。むしろ廬山《ろざん》*の峰々のように、種々の立ち場から鑑賞され得る多面性を具えているのであろう。

古典

古典の作者の幸福なる所以《ゆえん》はとにかく彼等の死んでいることである。

又

我々の――あるいは諸君の幸福なる所以もとにかく彼等の死んでいることである。

幻滅した芸術家

ある一群の芸術家は幻滅の世界に住している。彼等は愛を信じない。良心なるものをも信じない。ただ昔の苦行者のように無何有《むかう》*の砂漠《さばく》を家としている。その点は成程気の毒かも知れない。しかし美しい蜃気楼《しんきろう》は砂漠の天にのみ生ずるものである。百般の人事に幻滅した彼等も大抵芸術には幻滅していない。いや、芸術と言いさえすれば、常人の知らない金色の夢はたちまち空中に出現するのである。彼等も実は思いのほか、幸福な瞬間を持たぬ訣《わけ》ではない。

告白

完全に自己を告白することは何人にも出来ることではない。同時にまた自己を告白せずにはいかなる表現も出来るものではない。

ルッソオは告白を好んだ人である。しかし赤裸々の彼自身は「懺悔録《ざんげろく》」の中にも発見出来ない。メリメは告白を嫌った人である。しかし「コロンバ」は隠約の間に彼自身を語ってはいないであろうか？　所詮告白文学とその他の文学との境界線は見かけほどはっきりしていないのである。

人　生

――石黒定一君に*――


もし游泳《ゆうえい》を学ばないものに泳げと命ずるものがあれば、何人も無理だと思うであろう。もしまたランニングを学ばないものに駈《か》けろと命ずるものがあれば、やはり理不尽だと思わざるを得まい。しかし我々は生まれた時から、こういう莫迦《ばか》げた命令を負わされているのも同じことである。

我々は母の胎内にいた時、人生に処する道を学んだであろうか？　しかも胎内を離れるが早いか、とにかく大きい競技場に似た人生の中に踏み入るのである。勿論游泳《ゆうえい》を学ばないものは満足に泳げる理窟はない。同様にランニングを学ばないものは大抵人後に落ちそうである。すると我々も創痍《そうい》を負わずに人生の競技場を出られる筈はない。

成程世人は言うかもしれない。「前人の跡を見るが好い。あそこに君たちの手本がある」と。しかし百の游泳者や千のランナアを眺めたにしろ、たちまち游泳を覚えたり、ランニングに通じたりするものではない。のみならずその游泳者はことごとく水を飲んでおり、そのまたランナアは一人残らず競技場の土にまみれている。見給え、世界の名選手さえ大抵は得意の微笑のかげに渋面を隠しているではないか？

人生は狂人の主催に成ったオリンピック大会に似たものである。我々は人生と闘いながら、人生と闘うことを学ばねばならぬ。こういうゲエムの莫迦莫迦しさに憤慨を禁じ得ないものはさっさと埒外《らちがい》に歩み去るが好い。自殺もまた確かに一便法である。しかし人生の競技場に踏み止《とど》まりたいと思うものは創痍を恐れずに闘わなければならぬ。

又

人生は一箱のマッチに似ている。重大に扱うのは莫迦莫迦しい。重大に扱わなければ危険である。

又

人生は落丁の多い書物に似ている。一部を成すとは称し難い。しかしとにかく一部を成している。

地上楽園

地上楽園の光景はしばしば詩歌にもうたわれている。が、わたしはまだ残念ながら、そういう詩人の地上楽園に住みたいと思った覚えはない。基督《キリスト》教徒の地上楽園は畢竟退屈なるパノラマである。黄老《こうろう》*の学者の地上楽園もつまりは索漠とした支那料理屋に過ぎない。況んや近代のユウトピアなどは——ウイリアム・ジェエムス*の戦慄《せんりつ》したことは何びとの記憶にも残っているであろう。

わたしの夢みている地上楽園はそういう天然の温室ではない。同時にまたそういう学校を兼ねた食糧や衣服の配給所でもない。唯ここに住んでいれば、両親は子供の成人と共に必ず息を引き取るのである。それから男女の兄弟はたとい悪人に生まれるにもしろ、莫迦には決して生まれない結果、少しも迷惑をかけ合わないのである。それから女は妻となるや否や、家畜の魂を宿すために従順そのものに変るのである。それから子供は男女を問わず、両親の意志や感情通りに、一日のうちに何回でも聾と唖と腰ぬけと盲目とになることが出来るのである。それから甲の友人は乙の友人よりも貧乏にならず、同時にまた乙の友人は甲の友人よりも金持ちにならず、互いに相手を褒め合うことに無上の満足を感ずるのである。それから——ざっとこういうところを思えば好い。

これは何もわたし一人の地上楽園たるばかりではない。同時にまた天下に充満した善男善女の地上楽園である。唯古来の詩人や学者はその金色の瞑想《めいそう》の中《うち》にこういう光景を夢みなかった。夢みなかったのは別に不思議ではない。こういう光景は夢みるにさえ、余りに真実の幸福に溢《あふ》れすぎているからである。

附記　わたしの甥《おい》はレンブラントの肖像画を買うことを夢みている。しかし彼の小遣いを十円貰《もら》うことは夢みていない。これも十円の小遣いは余りに真実の幸福に溢れすぎているからである。

暴　力

人生は常に複雑である。複雑なる人生を簡単にするものは暴力よりほかにある筈はない。この故に往々石器時代の脳髄《のうずい》しか持たぬ文明人は論争より殺人を愛するのである。

しかしまた権力も畢竟はパテントを得た暴力である。我々人間を支配するためにも、暴力は常に必要なのかも知れない。あるいはまた必要ではないのかも知れない。

「人間らしさ」

わたしは不幸にも「人間らしさ」に礼拝する勇気は持っていない。いや、しばしば「人間らしさ」に軽蔑《けいべつ》を感ずることは事実である。しかしまた常に「人間らしさ」に愛を感ずることも事実である。愛を？――あるいは愛よりも憐憫《れんびん》かも知れない。が、とにかく「人間らしさ」にも動かされぬようになったとすれば、人生は到底住するに堪えない精神病院に変りそうである。Swift のついに発狂したのも当然の結果と言うほかはない。

スウィフト*は発狂する少し前に、梢《こずえ》だけ枯れた木を見ながら、「おれはあの木とよく似ている。頭から先に参るのだ」と呟《つぶや》いたことがあるそうである。この逸話は思い出す度にいつも戦慄を伝えずにはおかない。わたしはスウィフトほど頭の好《い》い一代の鬼才に生まれなかったことをひそかに幸福に思っている。

椎の葉

完全に幸福になり得るのは白痴にのみ与えられた特権である。いかなる楽天主義者にもせよ、笑顔に終始することの出来るものではない。いや、もし真に楽天主義なるものの存在を許し得るとすれば、それは唯いかに幸福に絶望するかということのみである。「家にあれば笥《け》にもる飯《いひ》を草まくら旅にしあれば椎《しひ》の葉にもる」*とは行旅の情をうたったばかりではない。我々は常に「ありたい」ものの代りに「あり得る」ものと妥協するのである。学者はこの椎の葉にさまざまの美名を与えるであろう。が、無遠慮に手に取って見れば、椎の葉はいつも椎の葉である。

椎の葉の椎の葉たるを歎ずるのは椎の葉の笥たるを主張するよりも確かに尊敬に価《あたい》している。しかし椎の葉の椎の葉たるを一笑し去るよりも退屈であろう。少なくとも生涯同一の歎を繰り返すことに倦《う》まないのは滑稽《こっけい》であると共に不道徳である。実際また偉大なる厭世《えんせい》主義者は渋面ばかり作ってはいない。不治の病を負ったレオパルディ*さえ、時には蒼《あお》ざめた薔薇《ばら》の花に寂しい頰笑みを浮かべている。……

追記　不道徳とは過度の異名である。

仏《ぶつ》陀《だ》

悉達多《したあるた》*は王城を忍び出た後六年の間苦行した。*六年の間苦行した所以は勿論王城の生活の豪奢《ごうしや》を極めていた祟《たた》りであろう。その証拠にナザレの大工の子は、四十日の断食しかしなかったようである。

又

悉達多は車匿《しやのく》*に馬轡《ばひ》を執らせ、潜かに王城を後ろにした。が、彼の思弁癖はしばしば彼をメランコリアに沈ましめたということである。すると王城を忍び出た後、ほっと一息ついたものは実際将来の釈迦《しやか》無《む》二《に》仏《ぶつ》だったか、それとも彼の妻の耶《や》輸《す》陀《だ》羅《ら》*だったか、容易に断定は出来ないかも知れない。

又

悉達多は六年の苦行の後、菩《ぼ》提《だい》樹《じゆ》下《か》に正覚《しようがく》に達した。彼の成道の伝説*はいかに物質の精神を支配するかを語るものである。彼はまず水浴している。それから乳糜《にゆうび》を食している。最後に難《なん》陀《だ》婆《ば》羅《ら》*と伝えられる牧牛の少女と話している。

政治的天才

古来政治的天才とは民衆の意志を彼自身の意志とするもののように思われていた。が、これは正反対であろう。むしろ政治的天才とは彼自身の意志を民衆の意志とするもののことをいうのである。少なくとも民衆の意志であるかのように信ぜしめるものをいうのである。この故に政治的天才は俳優的天才を伴うらしい。ナポレオンは「荘厳と滑稽との差は僅《わず》かに一歩である」と言った。この言葉は帝王の言葉というよりも名優の言葉にふさわしそうである。

又

民衆は大義を信ずるものである。が、政治的天才は常に大義そのものには一文の銭をも抛《なげう》たないものである。ただ民衆を支配するためには大義の仮面を用いなければならぬ。しかし一度用いたが最後、大義の仮面は永久に脱することを得ないものである。もしまた強いて脱そうとすれば、いかなる政治的天才もたちまち非命に仆《たお》れるほかはない。つまり帝王も王冠のためにおのずから支配を受けているのである。この故に政治的天才の悲劇は必ず喜劇をも兼ねぬことはない。たとえば昔仁和寺《にんなじ》の法師の鼎《かなえ》をかぶって舞ったという「つれづれ草」の喜劇をも兼ねぬことはない。

恋は死よりも強し

「恋は死よりも強し」というのはモオパスサンの小説にもある言葉である。が、死よりも強いものは勿論天下に恋ばかりではない。たとえばチブスの患者などのビスケットを一つ食ったために知れ切った往生を遂げたりするのは食慾《しょくよく》も死よりは強い証拠である。食慾のほかにも数え挙げれば、愛国心とか、宗教的感激とか、人道的精神とか、利慾とか、名誉心とか、犯罪的本能とか――まだ死よりも強いものは沢山あるのに相違ない。つまりあらゆる情熱は死よりも強いものなのであろう。(勿論死に対する情熱は例外である。)かつまた恋はそういうもののうちでも、特に死よりも強いかどうか、迂闊《うかつ》に断言は出来ないらしい。一見、死よりも強い恋と見做《みな》され易い場合さえ、実は我々を支配しているのは仏蘭西人の所謂ボヴァリズムである。我々自身を伝奇の中の恋人のように空想するボヴァリイ夫人以来の感傷主義である。

地獄

人生は地獄よりも地獄的である。地獄の与える苦しみは一定の法則を破ったことはない。たとえば餓鬼道《がきどう》の苦しみは目前の飯を食おうとすれば飯の上に火の燃えるたぐいである。しかし人生の与える苦しみは不幸にもそれほど単純ではない。目前の飯を食おうとすれば、火の燃えることもあると同時に、また存外楽楽と食い得ることもあるのである。のみならず楽楽と食い得た後さえ、腸加太児《ちょうカタル》の起ることもあると同時に、また存外楽楽と消化し得ることもあるのである。こういう無法則の世界に順応するのは何びとにも容易に出来るものではない。もし地獄に墜《お》ちたとすれば、わたしは必ず咄嗟《とっさ》の間に餓鬼道の飯も掠《かす》め得るであろう。況や針の山や血の池などは、二、三年そこに住み慣れさえすれば格別跋渉《ばっしょう》の苦しみを感じないようになってしまう筈である。

醜聞

公衆は醜聞を愛するものである。白蓮《びゃくれん》事件＊、有島《ありしま》事件＊、武者小路《むしゃのこうじ》事件＊――公衆はいかにこれらの事件に無上の満足を見出《みいだ》したであろう。ではなぜ公衆は醜聞を――殊に世間に名を知られた他人の醜聞を愛するのであろう？　グルモン＊はこれに答えている。――

「隠れたる自己の醜聞も当り前のように見せてくれるから」

グルモンの答は中《あた》っている。が、必ずしもそればかりではない。醜聞さえ起し得ない俗人たちはあらゆる名士の醜聞の中に彼等の怯懦《きょうだ》を弁解する好個の武器を見出すのである。同時にまた実際には存しない彼等の優越を樹立する、好個の台石を見出すのである。「わたしは白蓮女史ほど美人ではない。しかし白蓮女史よりも貞淑《ていしゅく》である」「わたしは有島氏ほど才子ではない。しかし有島氏よりも世間を知っている」「わたしは武者小路氏ほど……」――公衆はいかにこう言った後、豚のように幸福に熟睡したであろう。

又

天才の一面は明らかに醜聞を起し得る才能である。

輿論

輿論《よろん》は常に私刑であり、私刑はまた常に娯楽である。たといピストルを用うる代りに新聞の記事を用いたとしても。

又

輿論の存在に価する理由はただ輿論を蹂躪《じゅうりん》する興味を与えることばかりである。

敵意

敵意は寒気と選ぶ所はない。適度に感ずる時は爽快《そうかい》であり、かつまた健康を保つ上には何びとにも絶対に必要である。

ユウトピア

完全なるユウトピアの生まれない所以はだいたい下の通りである。――人間性そのものを変えないとすれば、完全なるユウトピアの生まれる筈はない。人間性そのものを変えるとすれば、完全なるユウトピアと思ったものもたちまちまた不完全に感ぜられてしまう。

危険思想

危険思想とは常識を実行に移そうとする思想である。

悪

芸術的気質を持った青年の「人間の悪」を発見するのは誰よりも遅いのを常としている。

二宮尊徳

わたしは小学校の読本の中に二宮尊徳の少年時代の大書してあったのを覚えている。貧家に人となった尊徳は昼は農作の手伝いをしたり、＊夜は草鞋《わらじ》を造ったり、大人のように働きながら、健気《けなげ》にも独学をつづけていったらしい。これはあらゆる立志譚《りっしだん》のように——と言うのはあらゆる通俗小説のように、感激を与え易い物語である。実際また十五歳に足らぬわたしは尊徳の意気に感激すると同時に、尊徳ほど貧家に生まれなかったことを不仕合せの一つにさえ考えていた。……

けれどもこの立志譚は尊徳に名誉を与える代りに、当然尊徳の両親には不名誉を与える物語である。彼等は尊徳の教育に寸毫《すんごう》の便宜をも与えなかった。いや、むしろ与えたものは障碍《しょうがい》ばかりだったくらいである。これは両親たる責任上、明らかに恥辱と言わなければならぬ。しかし我々の両親や教師は無邪気にもこの事実を忘れている。尊徳の両親は酒飲みでもあるいはまた博奕打《ばくち》ちでも好い。問題はただ尊徳である。どういう艱難《かんなん》辛苦《しんく》をしても独学を廃さなかった尊徳である。我々少年は尊徳のように勇猛の志を養わなければならぬ。

わたしは彼等の利己主義に驚嘆に近いものを感じている。成程彼等には尊徳のように下男も兼ねる少年は都合の好い息子に違いない。のみならず後年声誉を博し、大いに父母の名を顕《あらわ》したりするのは好都合の上にも好都合である。しかし十五歳に足らぬわたしは尊徳の意気に感激すると同時に、尊徳ほど貧家に生まれなかったことを不仕合せの一つにさえ考えていた。ちょうど鎖に繋《つな》がれた奴隷のもっと太い鎖を欲しがるように。

奴　隷

奴隷廃止ということはただ奴隷たる自意識を廃止するということである。我々の社会は奴隷なしには一日も安全を保し難いらしい。現にあのプラトオン＊の共和国さえ、奴隷の存在を予想しているのは必ずしも偶然ではないのである。

又

暴君を暴君と呼ぶことは危険だったのに違いない。が、今日は暴君以外に奴隷を奴隷と呼ぶこともやはり甚だ危険である。

悲劇

悲劇とはみずから羞《は》ずる所業をあえてしなければならぬことである。この故に万人に共通する悲劇は排泄《はいせつ》作用を行うことである。

強弱

強者とは敵を恐れぬ代りに友人を恐れるものである。一撃に敵を打ち倒すことには何の痛痒《つうよう》も感じない代りに、知らず識《し》らず友人を傷つけることには児女に似た恐怖を感ずるものである。

弱者とは友人を恐れぬ代りに、敵を恐れるものである。この故にまた至るところに架空の敵ばかり発見するものである。

S・M*の智慧

これは友人S・Mのわたしに話した言葉である。

弁証法の功績。――所詮《しょせん》何ものも莫迦げているという結論に到達せしめたこと。

少女。――どこまで行っても清冽《せいれつ》な浅瀬。

早教育。――ふむ、それも結構だ。まだ幼稚園にいるうちに智慧《ちえ》の悲しみを知ることには責任を持つことにも当らないからね。

追憶。――地平線の遠い風景画。ちゃんと仕上げもかかっている。

女。――メリイ・ストオプス夫人＊によれば女は少なくとも二週間に一度、夫に情欲を感ずるほど貞節に出来ているものらしい。

年少時代。――年少時代の憂鬱は全宇宙に対する驕慢《きょうまん》である。

艱難汝《なんじ》を玉にす。――艱難汝を玉にするとすれば、日常生活に、思慮深い男は到底玉になれない筈である。

我等いかに生くべきか。――未知の世界を少し残して置くこと。

社交

あらゆる社交はおのずから虚偽を必要とするものである。もし寸毫の虚偽をも加えず、我々の友人知己に対する我々の本心を吐露《とろ》するとすれば、古《いにし》えの管鮑《かんぽう》の交わり＊といえども破綻《はたん》を生ぜずにはいなかったであろう。管鮑の交わりは少間《しばらく》問わず、我々は皆多少にもせよ、我々の親密なる友人知己を憎悪しあるいは軽蔑している。が、憎悪も利害の前には鋭鋒《えいほう》を納めるのに相違ない。かつまた軽蔑は多々益々恬然《てんぜん》と虚偽を吐かせるものである。このゆえに我々の友人知己と最も親密に交わるためには、互いに利害と軽蔑とを最も完全に具《そな》えなければならぬ。これは勿論何びとにも甚だ困難なる条件である。さもなければ我々はとうの昔に礼譲に富んだ紳士になり、世界もまたとうの昔に黄金時代の平和を現出したであろう。

瑣事

人生を幸福にするためには、日常の瑣事《さじ》を愛さなければならぬ。雲の光り、竹の戦《そよ》ぎ、群雀《むらすずめ》の声、行人の顔、——あらゆる日常の瑣事の中に無上の甘露味《かんろみ》を感じなければならぬ。

人生を幸福にするためには？　しかし瑣事を愛するものは瑣事のために苦しまなければならぬ。庭前の古池に飛びこんだ蛙《かわず》は百年の愁《うれ》いを破ったであろう。が、古池を飛び出した蛙は百年の愁いを与えたかも知れない。いや、芭蕉の一生は享楽の一生であると共に、誰の目にも受苦の一生である。我々も微妙に楽しむためには、やはりまた微妙に苦しまなければならぬ。

人生を幸福にするためには、日常の瑣事に苦しまなければならぬ。雲の光り、竹の戦ぎ、群雀の声、行人の顔、——あらゆる日常の瑣事の中に堕地獄《だじごく》の苦痛を感じなければならぬ。

神

あらゆる神の属性中、最も神のために同情するのは神には自殺の出来ないことである。

又

我々は神を罵殺《ばさつ》する無数の理由を発見している。が、不幸にも日本人は罵殺するのに価いするほど、全能の神を信じていない。

民　衆

民衆は穏健なる保守主義者である、制度、思想、芸術、宗教、——何ものも民衆に愛されるためには、前時代の古色を帯びなければならぬ。所謂民衆芸術家の民衆のために愛されないのは必ずしも彼等の罪ばかりではない。

又

民衆の愚を発見するのは必ずしも誇るに足ることではない。が、我々自身もまた民衆であることを発見するのはともかくも誇るに足ることである。

又

古人は民衆を愚にすることを治国の大道に数えていた。ちょうどまたこの上にも愚にすることの出来るように。——あるいはまたどうかすれば賢にでもすることの出来るように。

チェホフの言葉

チェホフはその手記の中に男女の差別を論じている。——「女は年をとると共に、益々女の事に従うものであり、男は年をとると共に、益々女の事から離れるものである」しかしこのチェホフの言葉は男女とも年をとると共に、おのずから異性との交渉に立ち入らないというのも同じことである。これは三歳の童児といえどもとうに知っていることといわなければならぬ。のみならず男女の差別よりもむしろ男女の無差別を示しているものと言わなければならぬ。

服装

少なくとも女人の服装は女人自身の一部である。啓吉《けいきち》の誘惑に陥らなかったのは勿論道念にも依ったのであろう。が、彼を誘惑した女人は啓吉の妻の借着をしている。もし借着をしていなかったとすれば、啓吉もさほど楽楽とは誘惑の外に出られなかったかも知れない。

註　菊池寛《かん》氏の「啓吉の誘惑」を見よ。

処女崇拝

我々は処女を妻とするためにどのくらい妻の選択に滑稽《こっけい》なる失敗を重ねて来たか、もうそろそろ処女崇拝には背中を向けても好い時分である。

又

処女崇拝は処女たる事実を知った後に始まるものである。すなわち率直なる感情よりも零細なる知識を重んずるものである。この故に処女崇拝者は恋愛上の衒学者《げんがくしゃ》と言わなければならぬ。あらゆる処女崇拝者の何か厳然と構えているのもあるいは偶然ではないかも知れない。

又

勿論処女らしさ崇拝は処女崇拝以外のものである。この二つを同義語とするものはおそらく女人の俳優的才能を余りに軽々に見ているものであろう。

礼法

ある女学生はわたしの友人にこういう事を尋ねたそうである。

「一体接吻《せっぷん》をする時には目をつぶっているものなのでしょうか？　それともあいているものなのでしょうか？」

あらゆる女学校の教課の中に恋愛に関する礼法のないのはわたしもこの女学生と共に甚だ遺憾《いかん》に思っている。

貝原益軒＊

わたしはやはり小学時代に貝原益軒《かいばらえきけん》の逸事を学んだ。益軒はかつて乗合船の中に一人の書生といっしょになった。書生は才力に誇っていたと見え、滔々《とうとう》と古今の学芸を論じた。が、益軒は一言も加えず、静かに傾聴するばかりだった。その内に船は岸に泊した。船中の客は別れるのに臨んで姓名を告げるのを例としていた。書生は始めて益軒を知り、この一代の大儒《たいじゅ》の前に忸怩《じくじ》として先刻の無礼を謝した。——こういう逸事を学んだのである。

当時のわたしはこの逸事の中に謙譲の美徳を発見した。少なくとも発見するために努力したことは事実である。しかし今は不幸にも寸毫の教訓さえ発見出来ない。この逸事の今のわたしにも多少の興味を与えるは僅かに下のように考えるからである。——

一　無言に終始した益軒の侮蔑《ぶべつ》はいかに辛辣《しんらつ》を極めていたか！
二　書生の恥じるのを欣《よろこ》んだ同船の客の喝采《かっさい》はいかに俗悪を極めていたか！
三　益軒の知らぬ新時代の精神は年少の書生の放論の中にもいかに溌剌《はつらつ》と鼓動していたか！

ある弁護

ある新時代の評論家は「蝟集《いしゅう》する」という意味に「門前雀羅《じゃくら》を張る」*の成語を用いた。「門前雀羅を張る」の成語は支那人の作ったものである。それを日本人の用うるのに必ずしも支那人の用法を踏襲しなければならぬという法はない。もし通用さえするならば、たとえば、「彼女の頰笑みは門前雀羅を張るようだった」と形容しても好い筈である。

もし通用さえするならば、――万事はこの不可思議なる「通用」の上に懸《かか》っている。たとえば「わたくし小説」もそうではないか？　Ich-Roman という意味《き》は一人称を用いた小説である。必ずしもその「わたくし」なるものは作家自身と定まってはいない。が、日本の「わたくし」小説は常にその「わたくし」なるものを作家自身とする小説である。いや、時には作家自身の閲歴談《えつれきだん》と見られたが最後、三人称を用いた小説さえ「わたくし」小説と呼ばれているらしい。これは勿論独逸《ドイツ》人の――あるいは全西洋人の用法を無視した新例である。しかし全能なる「通用」はこの新例に生命を与えた。「門前雀羅を張る」の成語もいつかはこれと同じように意外の新例を生ずるかも知れない。するとある評論家は特に学識に乏しかったのではない。ただいささか時流の外に新例を求むるのに急だったのである。その評論家の揶揄《やゆ》を受けたのは、――とにかくあらゆる先覚者は常に薄命に甘んじなければならぬ。

制限

天才もそれぞれ乗り越え難いある制限に拘束されている。その制限を発見することは多少の寂しさを与えぬこともない。が、それはいつの間にかかえって親しみを与えるものである。ちょうど竹は竹であり、蔦《つた》は蔦であることを知ったように。

火星

火星の住民の有無を問うことは我々の五感に感ずることの出来る住民の有無を問うことである。しかし生命は必ずしも我々の五感に感ずることの出来る条件を具えるとは限っていない。もし火星の住民も我々の五感を超越した存在を保っているとすれば、彼等の一群は今夜もまた篠懸《すずかけ》を黄ばませる秋風と共に銀座へ来ているかも知れないのである。

Blanqui*の夢

宇宙の大は無限である。が、宇宙を造るものは六十幾つかの元素である。これらの元素の結合はいかに多数を極めたとしても、畢竟有限を脱することは出来ない。するとこれらの元素から無限大の宇宙を造るためには、あらゆる結合を試みるほかにも、そのまたあらゆる結合を無限に反覆して行かなければならぬ。してみれば我々の棲息《せいそく》する地球も、――これらの結合の一つたる地球も太陽系中の一惑星に限らず、無限に存在している筈である。この地球上のナポレオンはマレンゴオの戦い*に大勝を博した。が、茫々《ぼうぼう》たる大虚に浮かんだ他の地球上のナポレオンは同じマレンゴオの戦いに大敗を蒙《こうむ》っているかも知れない。……

これは六十七歳のブランキ*の夢みた宇宙観である。議論の是非は問う所ではない。ただブランキは牢獄《ろうごく》の中にこういう夢をペンにした時、あらゆる革命に絶望していた。このことだけは今日もなお何か我々の心の底へ滲《し》み渡る寂しさを蓄えている。夢は既に地上から去った。我々も慰めを求めるためには何万億哩《マイル》の天上へ、――宇宙の夜に懸った第二の地球へ輝かしい夢を移さなければならぬ。

庸　才

庸才の作品は大作にもせよ、必ず窓のない部屋に似ている。人生の展望は少しも利かない。

機智

機智とは三段論法を欠いた思想であり、彼らの所謂「思想」とは思想を欠いた三段論法である。

又

機智に対する嫌悪の念は人類の疲労に根ざしている。

政治家

政治家の我々素人よりも政治上の知識を誇り得るのは紛紛たる事実の知識だけである。畢竟某党の某首領はどういう帽子をかぶっているかというのと大差のない知識ばかりである。

又

所謂「床屋政治家」とはこういう知識のない政治家である。もしそれ識見を論ずれば必ずしも政治家に劣るものではない。かつまた利害を超越した情熱に富んでいることは常に政治家よりも高尚である。

事実

しかし紛紛たる事実の知識は常に民衆の愛するものである。彼等の最も知りたいのは愛とは何かということではない。クリストは私生児かどうかということである。

武者修行

わたしは従来武者修行とは四方の剣客と手合せをし、武技を磨くものだと思っていた。が、今になって見ると、実は己ほど強いものの余り天下にいないことを発見するためにするものだった――宮本武蔵《みやもとむさし》伝読後。

ユウゴオ

全フランスを蔽《おお》う一片のパン。しかもバタはどう考えても、余りたっぷりはついていない。

ドストエフスキイ

ドストエフスキイの小説はあらゆる戯画に充《み》ち満ちている。もっともそのまた戯画の大半は悪魔をも憂鬱にするに違いない。

フロオベル

フロオベルのわたしに教えたものは美しい退屈もあるということである。

モオパスサン

モオパスサンは氷に似ている。もっとも時には氷砂糖にも似ている。

ポオ

ポオはスフィンクスを作る前に解剖学を研究した。ポオの後代を震駭《しんがい》した秘密はこの研究に潜んでいる。

ある資本家の論理

「芸術家の芸術を売るのも、わたしの蟹《かに》の缶詰めを売るのも、格別変りのある筈はない。しかし芸術家は芸術と言えば、天下の宝のように思っている。ああいう芸術家の顰《ひそ》みに倣《なら》えば、わたしもまた一缶六十銭の蟹の缶詰めを自慢しなければならぬ。不肖行年六十一、まだ一度も芸術家のように莫迦莫迦しい己惚《うぬぼ》れを起したことはない。」

批評学

――佐佐木茂索君に――

ある天気の好い午前である。博士に化けた Mephistopheles はある大学の講壇に批評学の講義をしていた。もっともこの批評学は Kant の Kritik や何かではない。ただいかに小説や戯曲の批評をするかという学問である。「諸君、先週わたしの申し上げたところはご理解になったかと思いますから、今日は更に一歩進んだ『半肯定論法』のことを申し上げます。『半肯定論法』とは何かと申すと、これは読んで字の通り、ある作品の芸術的価値を半ば肯定する論法であります。しかしその『半ば』なるものは『より悪い半ば』でなければなりません。『より善い半ば』を肯定することは頗《すこぶ》るこの論法には危険であります。

「たとえば日本の桜の花の上にこの論法を用いて御覧なさい。桜の花の『より善い半ば』は色や形の美しさであります。けれどもこの論法を用うるためには『より善い半ば』よりも『より悪い半ば』――すなわち桜の花の匂いを肯定しなければなりません。つまり『匂いは正にある。が、畢竟それだけだ』と断案を下してしまうのであります。もしまた万一『より悪い半ば』の代りに『より善い半ば』を肯定したとすれば、どういう破綻《はたん》を生じますか？

『色や形は正に美しい。が、畢竟それだけだ』――これでは少しも桜の花を貶《けな》したことにはなりません。

「勿論批評学の問題はいかにある小説や戯曲を貶すかということに関しています。しかしこれは今更のように申し上げる必要はありますまい。

「ではこの『より善い半ば』や『より悪い半ば』は何を標準に区別しますか？　こういう問題を解決するためには、これも度たび申し上げた価値論へ溯《さかのぼ》らなければなりません。価値は古来信ぜられたように作品そのものの中にある訣ではない、作品を鑑賞する我々の心の中にあるものであります。すると『より善い半ば』や『より悪い半ば』は我々の心を標準に、――あるいは一時代の民衆の何を愛するかを標準に区別しなければなりません。

「たとえば今日の民衆は日本風の草花を愛しません。すなわち日本風の草花は悪いものであります。また今日の民衆はブラジル珈琲《コオヒイ》を愛しています。すなわちブラジル珈琲は善いものに違いありません。ある作品の芸術的価値の『より善い半ば』や『より悪い半ば』も当然こういう例のように区別しなければなりません。

「この標準を用いずに、美とか真とか善とかいう他の標準を求めるのは最も滑稽《こっけい》な時代錯誤であります。諸君は赤らんだ麦藁帽《むぎわらぼう》のように旧時代を捨てなければなりません。善悪は好悪を超越しない、好悪はすなわち善悪である、愛憎はすなわち善悪である、――これは『半肯定論法』に限らず、苟《いやし》くも批評学に志した諸君の忘れてはならぬ法則であります。

「さて『半肯定論法』とは大体上の通りでありますが、最後に御注意を促したいのは『それだけだ』という言葉であります。この『それだけだ』という言葉は是非使わなければなりません。第一『それだけ』と言う以上、『それ』即ち『より悪い半ば』を肯定していることは確かであります。しかしまた第二に『それ』以外のものを否定していることも確かであります。すなわち『それだけだ』という言葉は頗る一揚一抑の趣に富んでいると申さなければなりません。が、更に微妙なことには第三に『それ』の芸術的価値さえ、隠約の間に否定しています。勿論否定していると言っても、なぜ否定するかということは説明も何もしていません。ただ言外に否定している、――これはこの『それだけだ』という言葉の最も著しい特色であります。顕《けん》にして晦《かい》、肯定にして否定とは正に『それだけだ』の謂《いい》でありましょう。

「この『半肯定論法』は『全否定論法』あるいは『木に縁《よ》って魚を求むる論法』＊よりも信用を博し易いかと思います。『全否定論法』あるいは『木に縁って魚を求むる論法』とは先週申し上げた通りでありますが、念のためにざっと繰り返すと、ある作品の芸術的価値をその芸術的価値そのものにより、全部否定する論法であります。たとえばある悲劇の芸術的価値を否定するのに、悲惨、不快、憂鬱等の非難を加える事と思えばよろしい。またこの非難を逆に用い、幸福、愉快、軽妙等を欠いていると罵《ののし》ってもかまいません。一名『木に縁って魚を求むる論法』と申すのは後に挙げた場合を指したのであります。『全否定論法』あるいは『木に縁って魚を求むる論法』は痛快を極めている代りに、時には偏頗《へんぱ》の疑いを招かないとも限りません。しかし『半肯定論法』はとにかくある作品の芸術的価値を半ばは認めているのでありますから、容易に公平の看を与え得るのであります。

「ついては演習の題目に佐佐木茂索氏の新著『春の外套』を出しますから、来週までに佐佐木氏の作品へ『半肯定論法』を加えて来て下さい。（この時若い聴講生が一人、「先生、『全否定論法』を加えてはいけませんか？」と質問する）いや、『全否定論法』を加えることは少なくとも当分の間は見合せなければなりません。佐佐木氏はとにかく声名のある新進作家でありますから、やはり『半肯定論法』ぐらいを加えるのに限ると思います。……」

×　　×　　×

一週間たった後、最高点を採った答案は下に掲げる通りである。

「正に器用には書いている。が、畢竟それだけだ」

親子

親は子供を養育するのに適しているかどうかは疑問である。成程牛馬は親のために養育されるのに違いない。しかし自然の名のもとにこの旧習を弁護するのは確かに親の我儘《わがまま》である。もし自然の名のもとにいかなる旧習も弁護出来るならば、まず我々は未開人種の掠奪《りやくだつ》結婚を弁護しなければならぬ。

又

子供に対する母親の愛は最も利己心のない愛である。が、利己心のない愛は必ずしも子供の養育に最も適したものではない。この愛の子供に与える影響は――少なくとも影響の大半は暴君にするか、弱者にするかである。

又

人生の悲劇の第一幕は親子となったことにはじまっている。

又

古来いかに大勢の親はこういう言葉を繰り返したであろう。――「わたしは畢竟失敗者だった。しかしこの子だけは成功させなければならぬ」

可能

我々はしたいことの出来るものではない。ただ出来ることをするものである。これは我々個人ばかりではない。我々の社会も同じことである。おそらくは神も希望通りにこの世界を造ることは出来なかったであろう。

ムアアの言葉

ジョオジ・ムアア*は「我死せる自己の備忘録」の中にこういう言葉を挟んでいる。――「偉大なる画家は名前を入れる場所をちゃんと心得ているものである。また決して同じ所に二度と名前を入れぬものである」

勿論「決して同じ所に二度と名前を入れぬこと」はいかなる画家にも不可能である。しかしこれは咎《とが》めずとも好い。わたしの意外に感じたのは「偉大なる画家は名前を入れる場所をちゃんと心得ている」という言葉である。東洋の画家にはいまだかつて落款《らっかん》の場所を軽視したるものはない。落款の場所に注意せよなどと言うのは陳套語《ちんとうご》である。それを特筆するムアアを思うと、坐《そぞ》ろに東西の差を感ぜざるを得ない。

大　作

大作を傑作と混同するものは確かに鑑賞上の物質主義である。大作は手間賃の問題にすぎない。わたしはミケル・アンジェロの「最後の審判」の壁画よりも遥かに六十何歳かのレムブラントの自画像を愛している。

わたしの愛する作品

わたしの愛する作品は、――文芸上の作品は畢竟作家の人間を感ずることの出来る作品である。人間を——頭脳と心臓と官能とを一人前に具《そな》えた人間を。しかし不幸にも大抵の作家はどれか一つを欠いた片輪である。（もっとも時には偉大なる片輪に敬服することもない訣ではない）

「虹霓関」を見て

男の女を猟するのではない。女の男を猟するのである。——ショウ*は「人と超人と」の中にこの事実を戯曲化した。しかしこれを戯曲化したものは必ずしもショウにはじまるのではない。わたくしは梅蘭芳《メイランファン》*の「虹霓関《こうげいかん》」を見、支那にもすでにこの事実に注目した戯曲家のあるのを知った。のみならず「戯考」*は「虹霓関」のほかにも、女の男を捉《とら》えるのに孫呉《そんご》*の兵機と剣戟《けんげき》とを用いた幾多の物語を伝えている。「董家山《とうかざん》」*の女主人公金蓮《きんれん》、「轅門斬子《えんもんざんし》」の女主人公桂英《けいえい》、「双鎖山《そうさざん》」の女主人公金定《きんてい》等はことごとくこういう女傑である。さらに「馬上縁《ばじょうえん》」の女主人公梨花《りか》を見れば彼女の愛する少年将軍を馬上に俘《とりこ》にするばかりではない。彼の妻にすまぬと言うのを無理に結婚してしまうのである。胡適《こてき》*氏はわたしにこう言った。「わたしは『四進士《ししんし》*』を除きさえすれば全京劇《けいげき》の価値を否定したい。」しかしこれらの京劇は少くとも甚だ哲学的である。哲学者胡氏はこの価値の前に多少氏の雷霆《らいてい》の怒りを和らげる訣には行かないであろうか？

経験

経験ばかりにたよるのは消化力を考えずに食物ばかりにたよるものである。同時にまた経験を徒《いたず》らにしない能力ばかりにたよるのもやはり食物を考えずに消化力ばかりにたよるものである。

アキレス

希臘《ギリシャ》の英雄アキレスは踵《かかと》だけ不死身ではなかったそうである。——すなわちアキレスを知るためにはアキレスの踵を知らなければならぬ。

芸術家の幸福

最も幸福な芸術家は晩年に名声を得る芸術家である。国木田独歩《くにきだどっぽ》もそれを思えば、必ずしも不幸な芸術家ではない。

好人物

女は常に好人物を夫に持ちたがるものではない。しかし男は好人物を常に友だちに持ちたがるものである。

又

好人物は何よりも先に天上の神に似たものである。第一に歓喜を語るのに好い。第二に不平を訴えるのに好い。第三に——いてもいないでも好い。

罪

「その罪を憎んでその人を憎まず」とは必ずしも行うに難いことではない。大抵の子は大抵の親にちゃんとこの格言を実行している。

桃李

「桃李《とうり》言わざれども、下自ら《しもおのずか》蹊《けい》を成す」とは確かに知者の言である。もっとも「桃李言わざれども」ではない。実は「桃李言わざれば」である。

偉大

民衆は人格や事業の偉大に籠絡《ろうらく》されることを愛するものである。が、偉大に直面することは有史以来愛したことはない。

広告

「侏儒の言葉」十二月号の「佐佐木茂索君のために」は佐佐木君を貶したのではありません。佐佐木君を認めない批評家を嘲《あざけ》ったものであります。こういうことを広告するのは「文芸春秋」の読者の頭脳を軽蔑《けいべつ》することになるのかも知れません。しかし実際ある批評家は佐佐木君を貶したものと思いこんでいたそうであります。かつまたこの批評家の亜流も少くないように聞き及びました。そのために一言広告します。もっともこれを公にするのはわたくしの発意ではありません。実は先輩里見弴《さとみとん》君の煽動《せんどう》によった結果でありあります。どうかこの広告に憤る読者は里見君に非難を加えて下さい。「侏儒の言葉」の作者。

追加広告

前掲の広告中、「里見君に非難を加えて下さい」と言ったのは勿論わたしの常談であります。実際は非難を加えずともよろしい。わたしはある批評家の代表する一団の天才に敬服した余り、どうも多少ふだんよりも神経質になったようであります。同上。

再追加広告

前掲の追加広告中、「ある批評家の代表する一団の天才に敬服した」というのは勿論反語というものであります。同上。

芸術

画力は三百年、書力は五百年、文章の力は千古無窮とは王世貞《おうせいてい》＊の言う所である。しかし敦煌《とんこう》の発掘品等に徴すれば、書画は五百年を閲《けみ》した後《のち》にも依然として力を保っているらしい。のみならず文章も千古無窮に力を保つかどうかは疑問である。観念も時の支配の外に超然としていることのできるものではない。我々の祖先は「神」という言葉に衣冠束帯の人物を髣髴《ほうふつ》していた。しかし我々は同じ言葉に髯《ひげ》の長い西洋人を髣髴している。これはひとり神に限らず、何ごとにも起り得るものと思わなければならぬ。

又

わたしはいつか東洲斎写楽《とうしゆうさいしやらく》の似顔画《にがおえ》を見たことを覚えている。その画中の人物は緑いろの光琳波《こうりんは》を描いた扇面を胸に開いていた。それは全体の色彩の効果を強めているのに違いなかった。が、廓大鏡《かくだいきよう》に覗《のぞ》いて見ると、緑いろをしているのは緑青を生じた金いろだった。わたしはこの一枚の写楽に美しさを感じたのは事実である。けれどもわたしの感じたのは写楽の捉えた美しさと異っていたのも事実である。こういう変化は文章の上にもやはり起るものと思わなければならぬ。

又

芸術も女と同じことである。最も美しく見えるためには一時代の精神的雰囲気あるいは流行に包まれなければならぬ。

又

のみならず芸術は空間的にもやはり軛《くびき》を負わされている。一国民の芸術を愛するためには一国民の生活を知らなければならぬ。東禅寺《とうぜんじ》*に浪士の襲撃を受けた英吉利《イギリス》の特命全権公使サア・ルサアフォオド・オルコック*は我々日本人の音楽にも騒音を感ずるばかりだった。彼の「日本における三年間」はこういう一節を含んでいる。——「我々は坂を登る途中、ナイティンゲエルの声に近い鶯《うぐいす》の声を耳にした。日本人は鶯に歌を教えたと言うことである。それはもしほんとうとすれば、驚くべきことに違いない。元来日本人は音楽と言うものを自ら教えることも知らないのであるから」(第二巻第二十九章)

天才

天才とは僅かに我々と一歩を隔てたもののことである。ただこの一歩を理解するためには百里の半ばを九十九里とする超数学を知らなければならぬ。

又

天才とは僅かに我々と一歩を隔てたもののことである。同時代は常にこの一歩の千里であることを理解しない。後代はまたこの千里の一歩であることに盲目である。同時代はそのために天才を殺した。後代はまたそのために天才の前に香を焚《た》いている。

又

民衆も天才を認めることに吝《やぶさ》かであるとは信じ難い。しかしその認めかたは常に頗る滑稽である。

又

天才の悲劇は「小ぢんまりした、居心の好い名声」を与えられることである。

又

耶蘇《ヤソ》「我笛吹けども、汝等《なんじ》踊らず」
彼等「我等踊れども、汝足《た》らわず」

譃

我々はいかなる場合にも、我々の利益を擁護せぬものに「清き一票」を投ずる筈はない。この「我々の利益」の代りに「天下の利益」を置き換えるのは全共和制度の譃である。この譃だけはソヴィエットの治下にも消滅せぬものと思わなければならぬ。

又

一体になった二つの観念を採り、その接触点を吟味すれば、諸君はいかに多数の譃に養われているかを発見するであろう。あらゆる成語はこの故に常に一つの問題である。

又

我々の社会に合理的外観を与えるものは実はその不合理の――その余りに甚だしい不合理のためではないであろうか？

レニン

わたしの最も驚いたのはレニンの余りに当り前の英雄だったことである。

賭博

偶然すなわち神と闘うものは常に神秘的威厳に満ちている。賭博者《とばくしゃ》もまたこの例に洩《も》れない。

又

古来賭博に熱中した厭世《えんせい》主義者のないことはいかに賭博の人生に酷似しているかを示すものである。

又

法律の賭博を禁ずるのは賭博による富の分配法そのものを非とするためではない。実はただその経済的ディレッタンティズムを非とするためである。

懐疑主義

懐疑主義も一つの信念の上に、――疑うことは疑わぬという信念の上に立つものである。成程それは矛盾かも知れない。しかし懐疑主義は同時にまた少しも信念の上に立たぬ哲学のあることをも疑うものである。

正　直

もし正直になるとすれば、我々はたちまち何びとも正直になられぬことを見出すであろう。この故に我々は正直になることに不安を感ぜずにはいられぬのである。

虚偽

わたしはある譃つきを知っていた。彼女は誰よりも幸福だった。が、余りに譃の巧みだったためにほんとうのことを話している時さえ譃をついているとしか思われなかった。それだけは確かに誰の目にも彼女の悲劇に違いなかった。

又

わたしもまたあらゆる芸術家のようにむしろ譃には巧みだった。が、いつも彼女には一籌《いっちゅう》を輸するほかはなかった。彼女は実に去年の譃をも五分前の譃のように覚えていた。

又

わたしは不幸にも知っている。時には譃に依るほかは語られぬ真実もあることを。

諸君

諸君は青年の芸術のために堕落することを恐れている。しかしまず安心し給え。諸君ほどは容易に堕落しない。

又

諸君は芸術の国民を毒することを恐れている。しかしまず安心し給え。少なくとも諸君を毒することは絶対に芸術には不可能である。二千年来芸術の魅力を理解せぬ諸君を毒することは。

忍従

忍従はロマンティックな卑屈である。

企図

成すことは必しも困難ではない。が、欲することは常に困難である。少なくとも成すに足ることを欲するのは。

又

彼等の大小を知らんとするものは彼等の成したことに依り、彼等の成さんとしたことを見なければならぬ。

兵　卒

理想的兵卒は苟くも上官の命令には絶対に服従しなければならぬ。絶対に服従することは絶対に批判を加えぬことである。すなわち理想的兵卒はまず理性を失わなければならぬ。

又

理想的兵卒は苟くも上官の命令には絶対に服従しなければならぬ。絶対に服従することは絶対に責任を負わぬことである。すなわち理想的兵卒はまず無責任を好まなければならぬ。

軍事教育

軍事教育というものは畢竟ただ軍事用語の知識を与えるばかりである。その他の知識や訓練は何も特に軍事教育を待った後に得られるものではない。現に海陸軍の学校さえ、機械学、物理学、応用化学、語学等は勿論、剣道、柔道、水泳等にもそれぞれ専門家を傭《やと》っているではないか？　しかも更に考えて見れば、軍事用語も学術用語と違い、大部分は通俗的用語である。すると軍事教育というものは事実上ないものと言わなければならぬ。事実上ないものの利害得失は勿論問題にはならぬ筈である。

勤倹尚武

「勤倹尚武」という成語くらい、無意味を極めているものはない。尚武は国際的奢侈《しゃし》である。現に列強は軍備のために大金を費やしているではないか？　もし「勤倹尚武」ということも痴人の談でないとすれば、「勤倹遊蕩《ゆうとう》」ということもやはり適用すると言わなければならぬ。

日本人

我々日本人の二千年来君に忠に親に孝だったと思うのは猿田彦命《さるたひこのみこと》もコスメ・ティックをつけていたと思うのと同じことである。もうそろそろありのままの歴史的事実に徹して見ようではないか？

倭寇

倭寇《わこう》は我々日本人も優に列強に伍《ご》するに足る能力のあることを示したものである。我々は盗賊、殺戮《さつりく》、姦淫《かんいん》等においても、決して「黄金の島」を探しに来た西班牙《スペイン》人、葡萄牙《ポルトガル》人、和蘭《オランダ》人、英吉利人等に劣らなかった。

つれづれ草

わたしは度たびこう言われている。――「つれづれ草などは定めしお好きでしょう?」しかし不幸にも「つれづれ草」などはいまだかつて愛読したことはない。正直な所を白状すれば「つれづれ草」の名高いのもわたしにはほとんど不可解である。中学程度の教科書に便利であることは認めるにもしろ。

徴候

恋愛の徴候の一つは彼女は過去に何人の男を愛したか、あるいはどういう男を愛したかを考え、その架空の何人かに漠然とした嫉妬《しっと》を感ずることである。

又

また恋愛の徴候の一つは彼女に似た顔を発見することに極度に鋭敏になることである。

恋愛と死と

恋愛の死を想わせるのは進化論的根拠を持っているのかも知れない。蜘蛛《くも》や蜂《はち》は交尾を終ると、たちまち雄は雌のために刺し殺されてしまうのである。わたしは伊太利《イタリイ》の旅役者の歌劇「カルメン」を演ずるのを見た時、どうもカルメンの一挙一動に蜂を感じてならなかった。

身代り

我々は彼女を愛するために往々彼女のほかの女人を彼女の身代りにするものである。こういう羽目に陥るのは必しも彼女の我々を却《しりぞ》けた場合に限る訣ではない。我々は時には怯懦《きょうだ》のために、時にはまた美的要求のためにこの残酷な慰安の相手に一人の女人を使い兼ねぬのである。

結婚

結婚は性欲を調節することには有効である。が、恋愛を調節することには有効ではない。

又

彼は二十代に結婚した後、一度も恋愛関係に陥らなかった。なんという俗悪さ加減！

多忙

我々を恋愛から救うものは理性よりもむしろ多忙である。恋愛もまた完全に行われるためには何よりも時間を持たなければならぬ。ウェルテル、ロミオ、トリスタン——古来の恋人を考えて見ても、彼等は皆閑人《ひまじん》ばかりである。

男子

男子は由来恋愛よりも仕事を尊重するものである。もしこの事実を疑うならば、バルザックの手紙を読んで見るが好い。バルザックはハンスカ伯爵夫人*に「この手紙も原稿料に換算すれば、何フランを越えている」と書いている。

行儀

昔わたしの家に出入りした男まさりの女髪結いは娘を一人持っていた。わたしはいまだに蒼白《あおじろ》い顔をした十二、三の娘を覚えている。女髪結いはこの娘に行儀を教えるのにやかましかった。殊に枕をはずすことにはその都度折檻《せっかん》を加えていたらしい。が、近頃ふと聞いた話によれば、娘はもう震災前に芸者になったとかいうことである。わたしはこの話を聞いた時、ちょっともの哀れに感じたものの、微笑しない訣には行かなかった。彼女は定めし芸者になっても、厳格な母親の躾《しつけ》通り、枕だけははずすまいと思っているであろう。……

自由

誰も自由を求めぬものはない。が、それは外見だけである。実は誰も肚《はら》の底では少しも自由を求めていない。その証拠には人命を奪うことに少しも躊躇《ちゅうちょ》しない無頼漢さえ、金甌無欠《きんおうむけつ》＊の国家のために某々を殺したと言っているではないか？　しかし自由とは我々の行為に何の拘束もないことであり、すなわち神だの道徳だのあるいはまた社会的習慣だのと連帯責任を負うことを潔しとしないものである。

又

自由は山巓《さんてん》の空気に似ている。どちらも弱い者には堪えることは出来ない。

又

まことに自由を眺めることは直ちに神々の顔を見ることである。

又

自由主義、自由恋愛、自由貿易、――どの「自由」も生憎《あいにく》杯の中に多量の水を混じている。しかも大抵はたまり水を。

言行一致

言行一致の美名を得るためにはまず自己弁護に長じなければならぬ。

方便

一人を欺かぬ聖賢はあっても、天下を欺かぬ聖賢はない。仏家の所謂善巧方便とは畢竟精神上のマキアヴェリズム*である。

芸術至上主義

古来熱烈なる芸術至上主義者は大抵芸術上の去勢者である。ちょうど熱烈なる国家主義者はたいてい亡国の民であるように――我々は誰でも我々自身の持っているものを欲しがるものではない。

唯物史観

もしいかなる小説家もマルクスの唯物史観《ゆいぶっしかん》に立脚した人生を写さなければならぬならば、同様にまたいかなる詩人もコペルニクスの地動説に立脚した日月山川《じつげつさんせん》を歌わなければならぬ。が、「太陽は西に沈み」と言う代りに「地球は何度何分廻転《かいてん》し」と言うのは必しも常に優美ではあるまい。

支那

蛍の幼虫は蝸牛《かたつむり》を食う時に全然蝸牛を殺してはしまわぬ。いつも新しい肉を食うために蝸牛を麻痺《まひ》させてしまうだけである。わが日本帝国を始め、列強の支那に対する態度は畢竟この蝸牛に対する蛍の態度と選ぶ所はない。

又

今日の支那の最大の悲劇は無数の国家的羅曼《ロマン》主義者すなわち「若き支那」のために鉄の如き訓練を与えるに足る一人のムッソリニもいないことである。

小説

本当らしい小説とは単に事件の発展に偶然性の少ないばかりではない。おそらくは人生における よりも偶然性の少ない小説である。

文章

文章の中にある言葉は辞書の中にある時よりも美しさを加えていなければならぬ。

又

彼等は皆樗牛《ちょぎゅう》のように「文は人なり」と称している。が、いずれも内心では「人は文なり」と思っているらしい。

女の顔

女は情熱に駆られると、不思議にも少女らしい顔をするものである。もっともその情熱なるものはパラソルに対する情熱でも差支えない。

世間智

消火は放火ほど容易ではない。こう言う世間智の代表的所有者は確かに「ベル・アミ」の主人公であろう。彼は恋人をつくる時にもちゃんともう絶縁することを考えている。

又

単に世間に処するだけならば、情熱の不足などは患わずとも好い。それよりもむしろ危険なのは明らかに冷淡さの不足である。

恒　産

恒産のないものに恒心のなかったのは二千年ばかり昔のことである。今日では恒産のあるものはむしろ恒心のないものらしい。

彼　等

わたしは実は彼等夫婦の恋愛もなしに相抱いて暮らしていることに驚嘆していた。が、彼等はどういう訣か、恋人同志の相抱いて死んでしまったことに驚嘆している。

作家所生の言葉

「振っている」「高等遊民」「露悪家」「月並み」等の言葉の文壇に行われるようになったのは夏目先生から始まっている。こういう作家所生の言葉は夏目先生以後にもない訣ではない。久米正雄君所生の「微苦笑」「強気弱気」などはその最たるものであろう。なおまた「等、等、等」と書いたりするのも宇野《うの》浩二《こうじ》君所生のものである。我々は常に意識して帽子を脱いでいるものではない。のみならず時には意識的には敵とし、怪物とし、犬となすものにもいつか帽子を脱いでいるものである。ある作家を罵《ののし》る文章の中にもその作家の作った言葉の出るのは必ずしも偶然ではないかも知れない。

幼　児

我々は一体何のために幼い子供を愛するのか？　その理由の一半は少なくとも幼い子供にだけは欺かれる心配のないためである。

又

我々の恬然《てんぜん》と我々の愚を公にすることを恥じないのは幼い子供に対する時か、——あるいは、犬猫に対する時だけである。

池大雅《いけのたいが》＊

「大雅はよほど呑気《のんき》な人で、世情にうとかったことは、その室玉瀾《しつぎよくらん》＊を迎えた時に夫婦の交わりを知らなかったというのでほぼその人物が察せられる」

「大雅が妻を迎えて夫婦の道を知らなかったというような話も、人間離れがしていて面白いと言えば、面白いと言えるが、まるで常識のない愚かな事だと言えば、そうも言えるだろう」

こういう伝説を信ずる人はここに引いた文章の示すように今日もまだ芸術家や美術史家の間に残っている。大雅は玉瀾を娶《めと》った時に交合のことを行わなかったかも知れない。しかしその故に交合のことを知らずにいたと信ずるならば、——勿論その人はその人自身烈《はげ》しい性欲を持っている余り、苟くもちゃんと知っている以上、行わずにはすませられる筈はないと確信しているためであろう。

荻生徂徠＊

荻生徂徠《おぎゆうそらい》は煎《い》り豆を噛《か》んで古人を罵るのを快としている。わたしは彼の煎り豆を噛んだのは倹約のためと信じていたものの、彼の古人を罵ったのは何のためか一向わからなかった。しかし今日考えて見れば、それは今人を罵るよりも確かに当り障りのなかったためである。

作家

文を作るのに欠くべからざるものは何よりも創作的情熱である。そのまた創作的情熱を燃え立たせるのに欠くべからざるものは何よりもある程度の健康である。瑞典《スウエデン》式体操、菜食主義、複方ジアスタアゼ等を軽んずるのは文を作らんとするものの志ではない。

又

文を作らんとするものはいかなる都会人であるにしても、その魂の奥底には野蛮人を一人持っていなければならぬ。

又

文を作らんとするものの彼自身を恥ずるのは罪悪である。彼自身を恥ずる心の上にはいかなる独創の芽も生えたことはない。

又

百足《むかで》　ちっとは足でも歩いて見ろ。
蝶《ちょう》　ふん、ちっとは羽根でも飛んで見ろ。

又

気韻は作家の後頭部である。作家自身には見えるものではない。もしまた無理に見ようとすれば、頸《くび》の骨を折るのに了《おわ》るだけであろう。

又

批評家　君は勤め人の生活しか書けないね？
作家　誰か何でも書けた人がいたかね？

又

あらゆる古来の天才は、我々凡人の手のとどかない壁上の釘《くぎ》に帽子をかけている。もっとも踏み台はなかった訣ではない。

又

しかしああいう踏み台だけはどこの古道具屋にも転がっている。

又

あらゆる作家は一面には指物師の面目を具《そな》えている。が、それは恥辱ではない。あらゆる指物師も一面には作家の面目を具えている。

又

のみならずまたあらゆる作家は一面には店を開いている。何、わたしは作品は売らない？　それは君、買い手のない時にはね。あるいは売らずとも好い時にはね。

又

俳優や歌手の幸福は彼らの作品ののこらぬことである。――と思うこともない訣ではない。

〔以下遺稿〕

弁　護

他人を弁護するよりも自己を弁護するのは困難である。疑うものは弁護士を見よ。

女　人

健全なる理性は命令している。――「爾《なんじ》、女人を近づくる勿《なか》れ」
しかし健全なる本能は全然反対に命令している。――「爾、女人を避くる勿れ」

又

女人は我々男子には正に人生そのものである。すなわち諸悪の根源である。

理　性

わたしはヴォルテエルを軽蔑している。もし理性に終始するとすれば、我々は我々の存在に満腔《まんこう》の呪詛《じゅそ》を加えなければならぬ。しかし世界の賞讃《しょうさん》に酔った Candide の作者の幸福さは！

自　然

我々の自然を愛する所以《ゆえん》は、――少なくともその所以の一つは自然は我々人間のように妬《ねた》んだり欺いたりしないからである。

処世術

最も賢い処世術は社会的因襲を軽蔑しながら、しかも社会的因襲と矛盾せぬ生活をすることである。

女人崇拝

「永遠に女性なるもの」を崇拝したゲエテは確かに仕合わせものの一人だった。が、Yahoo*の牝《めす》を軽蔑したスウィフトは狂死せずにはいなかったのである。これは女性の呪いであろうか？　あるいはまた理性の呪いであろうか？

理　性

理性のわたしに教えたものは畢竟理性の無力だった。

運　命

運命は偶然よりも必然である。「運命は性格の中にある」という言葉は決して等閑に生まれたものではない。

教　授

もし医家の用語を借りれば、苟くも文芸を講ずるには臨床的でなければならぬ筈である。しかし彼等はいまだかつて人生の脈搏《みゃくはく》に触れたことはない。殊に彼等のあるものは英仏の文芸には通じても彼等を生んだ祖国の文芸には通じていないと称している。

知徳合一

我々は我々自身さえ知らない。況や我々の知ったことを行ないに移すのは困難である。「知慧《ちえ》と運命」を書いたメエテルリンクも知慧や運命を知らなかった。

芸　術

最も困難な芸術は自由に人生を送ることである。もっとも「自由に」という意味は必しも厚顔にという意味ではない。

自由思想家

自由思想家の弱点は自由思想家であることである。彼は到底狂信者のように獰猛《どうもう》に戦うことは出来ない。

宿　命

宿命は後悔の子かも知れない。——あるいは後悔は宿命の子かも知れない。

彼の幸福

彼の幸福は彼自身の教養のないことに存している。同時にまた彼の不幸も、——ああ、何という退屈さ加減!

小説家

最も善い小説家は「世故に通じた詩人」である。

言　葉

あらゆる言葉は銭のように必ず両面を具えている。例えば「敏感な」という言葉の一面は畢竟「臆病《おくびょう》な」ということに過ぎない。

ある物質主義者の信条

「わたしは神を信じていない。しかし神経を信じている」

阿　呆

阿呆《あほう》はいつも彼以外の人々をことごとく阿呆と考えている。

処世的才能

何と言っても「憎悪する」ことは処世的才能の一つである。

懺　悔

古人は神の前に懺悔《ざんげ》した。今人は社会の前に懺悔している。すると阿呆や悪党を除けば、何びとも何かに懺悔せずには娑婆苦《しゃばく》に堪えることは出来ないのかも知れない。

又

しかしどちらの懺悔にしても、どのくらい信用出来るかということはおのずからまた別問題である。

「新生」読後

果して「新生」はあったであろうか？

トルストイ

ビュルコフ*のトルストイ伝を読めば、トルストイの「わが懺悔」や「わが宗教」の譃だったことは明らかである。しかしこの譃を話しつづけたトルストイの心ほど傷ましいものはない。彼の譃は余人の真実よりもはるかに紅血を滴らしている。

二つの悲劇

ストリントベリイの生涯の悲劇は「観覧随意」だった悲劇である。が、トルストイの生涯の悲劇は不幸にも「観覧随意」ではなかった。従って後者は前者よりも一層悲劇的に終ったのである。

ストリントベリイ

彼は何でも知っていた。しかも彼の知っていたことを何でも無遠慮にさらけ出した。何でも無遠慮に、――いや、彼もまた我々のように多少の打算はしていたであろう。

又

ストリントベリイは「伝説」の中に死は苦痛か否かという実験をしたことを語っている。しかしこういう実験は遊戯的に出来るものではない。彼もまた「死にたいと思いながら、しかも死ねなかった」一人である。

ある理想主義者

彼は彼自身の現実主義者であることに少しも疑惑を抱いたことはなかった。しかしこういう彼自身は畢竟理想化した彼自身だった。

恐　怖

我々に武器を執らしめるものはいつも敵に対する恐怖である。しかもしばしば実在しない架空の敵に対する恐怖である。

我　々

我々は皆我々自身を恥じ、同時にまた彼等を恐れている。が、誰も率直にこういう事実を語るものはない。

恋　愛

恋愛はただ性慾《せいよく》の詩的表現を受けたものである。少なくとも詩的表現を受けない性慾は恋愛と呼ぶに価しない。

ある老練家

彼はさすがに老練家だった。醜聞を起さぬ時でなければ、恋愛さえ滅多にしたことはない。

自　殺

万人に共通した唯一の感情は死に対する恐怖である。道徳的に自殺の不評判であるのは必ずしも偶然ではないかも知れない。

又

自殺に対するモンテエエヌの弁護は幾多の真理を含んでいる。自殺しないものはしないのではない。自殺することの出来ないのである。

又

死にたければいつでも死ねるからね。
ではためしにやって見給え。

革命

革命の上に革命を加えよ。然らば我等は今日よりも合理的に娑婆苦を嘗《な》むることを得べし。

死

マインレンデルは頗る正確に死の魅力を記述している。実際我々は何かの拍子に死の魅力を感じたが最後、容易にその圏外に逃れることは出来ない。のみならず同心円をめぐるようにじりじり死の前へ歩み寄るのである。

「いろは」短歌

我々の生活に欠くべからざる思想はあるいは「いろは」短歌に尽きているかも知れない。

運命

遺伝、境遇、偶然、——我々の運命を司《つかさど》るものは畢竟この三者である。自ら喜ぶものは喜んでも善い。しかし他を云々《うんぬん》するのは僭越《せんえつ》である。

嘲けるもの

他を嘲《あざ》けるものは同時にまた他に嘲けられることを恐れるものである。

ある日本人の言葉

我にスウィツルを与えよ。然らずんば言論の自由を与えよ。

人間的な、余りに人間的な

人間的な、余りに人間的なものは大抵は確かに動物的である。

ある才子

彼は悪党になることは出来ても、阿呆になることは出来ないと信じていた。が、何年かたってみると、少しも悪党になれなかったばかりか、いつもただ阿呆に終始していた。

希臘人

復讐《ふくしゅう》の神をジュピタアの上に置いた希臘人《ギリシア》よ。君たちは何もかも知り悉《つく》していた。

又

しかしこれは同時にまたいかに我々人間の進歩の遅いかということを示すものである。

聖　書

一人の知慧は民族の知慧に若《し》かない。ただもう少し簡潔であれば。……

ある孝行者

彼は彼の母に孝行した。もちろん愛撫《あいぶ》や接吻《せっぷん》が未亡人だった彼の母を性的に慰めるのを承知しながら。

ある悪魔主義者

彼は悪魔主義の詩人だった。が、勿論実生活の上では安全地帯の外に出ることはたった一度だけで懲り懲りしてしまった。

ある自殺者

彼はある瑣末《さまつ》なことのために自殺しようと決心した。が、そのくらいのことのために自殺するのは彼の自尊心には痛手だった。彼はピストルを手にしたまま、傲然《ごうぜん》とこう独り語《ごと》を言った。――「ナポレオンでも蚤《のみ》に食われた時は痒《かゆ》いと思ったのに違いないのだ」

ある左傾主義者

彼は最左翼の更に左翼に位していた。従って最左翼をも軽蔑していた。

無意識

我々の性格上の特色は、――少なくとも最も著しい特色は我々の意識を超越している。

矜誇《きょうか》

我々の最も誇りたいのは我々の持っていないものだけである。実例。――Tは独逸語《ドイツ》に堪能《たんのう》だった。が、彼の机上にあるのはいつも英語の本ばかりだった。

偶像

何びとも偶像を破壊することに異存を持っているものはない。同時にまた彼自身を偶像にすることに異存を持っているものもない。

又

しかしまた泰然と偶像になり了《おお》せることは何びとにも出来ることではない。勿論天運を除外例としても。

　天国の民

天国の民は何よりも先に胃袋や生殖器を持っていない筈である。

　ある仕合せ者

彼は誰よりも単純だった。

　自己嫌悪

最も著しい自己嫌悪の徴候はあらゆるものに譃を見つけることである。いや、必ずしもそればかりではない。そのまた譃を見つけることに少しも満足を感じないことである。

　外　見

由来最大の臆病者《おくびょうもの》ほど最大の勇者に見えるものはない。

　人間的な

我々人間の特色は神の決して犯さない過失を犯すということである。

罰

罰せられぬことほど苦しい罰はない。それも決して罰せられぬと神々でも保証すれば別問題である。

罪

道徳的並びに法律的範囲における冒険的行為、――罪は畢竟こういうことである。従ってまたどういう罪も伝奇的色彩を帯びないことはない。

わたし

わたしは良心を持っていない。わたしの持っているのは神経ばかりである。

又

わたしは度たび他人のことを「死ねば善い」と思ったものである。しかもそのまた他人の中には肉親さえ交っていなかったことはない。

又

わたしは度たびこう思った。――「俺があの女に惚《ほ》れた時にあの女も俺に惚れた通り、俺があの女を嫌いになった時にはあの女も俺を嫌いになれば善いのに」

又

わたしは三十歳を越した後、いつでも恋愛を感ずるが早いか、一生懸命に抒情詩《じょじょうし》を作り、深入りしない前に脱却した。しかしこれは必しも道徳的にわたしの進歩したのではない。ただちょっと肚《はら》の中に算盤《そろばん》をとることを覚えたからである。

又

わたしはどんなに愛していた女とでも一時間以上話しているのは退屈だった。

又

わたしは度たび譃をついた。が、文字にする時はとにかく、わたしの口ずから話した譃はいずれも拙劣を極めたものだった。

又

わたしは第三者と一人の女を共有することに不平を持たない。しかし第三者が幸か不幸かこういう事実を知らずにいる時、何か急にその女に憎悪を感ずるのを常としている。

又

わたしは第三者と一人の女を共有することに不平を持たない。しかしそれは第三者と全然見ず知らずの間がらであるか、あるいはごく疎遠《そえん》の間がらであるか、どちらかであることを条件としている。

又

わたしは第三者を愛するために夫の目を偸《ぬす》んでいる女にはやはり恋愛を感じないことはない。しかし第三者を愛するために子供を顧みない女には満身の憎悪を感じている。

又

わたしを感傷的にするものはただ無邪気な子供だけである。

又

わたしは三十にならぬ前にある女を愛していた。その女はある時わたしに言った。――「あなたの奥さんにすまない」わたしは格別わたしの妻に済まないと思っていた訣ではなかった。が、妙にこの言葉はわたしの心に滲《し》み渡った。わたしは正直にこう思った。――「あるいはこの女にもすまないのかも知れない」。わたしはいまだにこの女にだけは優しい心もちを感じている。

又

わたしは金銭には冷淡だった。勿論食うだけには困らなかったから。

又

わたしは両親には孝行だった。両親はいずれも年をとっていたから。

又

わたしは二、三の友だちにはたとい真実を言わないにもせよ、譃をついたことは一度もなかった。彼等もまた譃をつかなかったから。

人生

革命に革命を重ねたとしても、我々人間の生活は「選ばれたる少数」を除きさえすれば、いつも暗澹《あんたん》としている筈である。しかも「選ばれたる少数」とは「阿呆と悪党と」の異名にすぎない。

民衆

シェクスピイアも、ゲエテも、李太白《りたいはく》も、近松門左衛門《ちかまつもんざえもん》も滅びるであろう。しかし芸術は民衆の中に必ず種子を残している。わたしは大正十二年に「たとい玉は砕けても、瓦《かわら》は砕けない」ということを書いた。この確信は今日でもいまだに少しも揺がずにいる。

又

打ち下すハンマアのリズムを聞け。あのリズムの存する限り、芸術は永遠に滅びないであろう。（昭和改元の第一日）

又

わたしは勿論失敗だった。が、わたしを造り出したものは必ずまた誰かを作り出すであろう。一本の木の枯れることは極めて区々たる問題に過ぎない。無数の種子を宿している、大きい地面が存在する限りは。（同上）

ある夜の感想

眠りは死よりも愉快である。少なくとも容易には違いあるまい。（昭和改元の第二日）

（大正十二年―昭和二年）

〔侏儒の言葉〕補輯

（いったん雑誌に発表したが、単行本にまとめる際に著者が削除した）

神秘主義

神秘主義は文明のために衰退し去るものではない。むしろ文明は神秘主義に長足の進歩を与えるものである。

古人は我々人間の先祖はアダムであると信じていた。という意味は創世記を信じていたということである。今人は既に中学生さえ、猿であると信じている。という意味はダアウィンの著書を信じているということである。つまり書物を信ずることは今人も古人も変りはない。その上古人は少なくとも創世記に目を曝《さら》していた。今人は少数の専門家を除き、ダアウィンの著書も読まぬ癖に、恬然《てんぜん》とその説を信じている。猿を先祖とすることはエホバの息吹きのかかった土、——アダムを先祖とすることよりも、光彩に富んだ信念ではない。しかも今は人ことごとくこういう信念に安んじている。

これは進化論ばかりではない。地球は円いということさえ、ほんとうに知っているものは少数である。大多数は何時か教えられたように、円いと一図に信じているのに過ぎない。なぜ円いかと問いつめて見れば、上愚は総理大臣から下愚は腰弁に至るまで、説明の出来ないことは事実である。

次にもう一つ例を挙げれば、今人は誰も古人のように幽霊の実在を信ずるものはない。しかし幽霊を見たという話はいまだに時々伝えられる。ではなぜその話を信じないのか？　幽霊などを見る者は迷信に囚《とら》われているからである。ではなぜ迷信に囚われているのか？　幽霊などを見るからである。こういう今人の論法は勿論所謂循環論法に過ぎない。

況や更にこみ入った問題は全然信念の上に立脚している。我々は理性に耳を借さない。いや、理性を超越した何物かのみに耳を借すのである。何物かに、――わたしは「何物か」という以前に、ふさわしい名前さえ発見出来ない。もし強いて名づけるとすれば、薔薇《ばら》とか魚とか蠟燭《ろうそく》とか、象徴を用うるばかりである。たとえば我々の帽子でも好い。我々は羽根のついた帽子をかぶらず、ソフトや中折れをかぶるように、祖先の猿だったことを信じ、幽霊の実在しないことを信じ、地球の円いことを信じている。もし嘘と思う人は日本におけるアインシュタイン博士、あるいはその相対性原理の歓迎されたことを考えるがよい。あれは神秘主義の祭である。不可解なる荘厳の儀式である。何のために熱狂したのかは「改造」社主の山本《やまもと》氏さえ知らない。

すると偉大なる神秘主義者はスウェデンボルグだのベエメ*だのではない。実は我々文明の民である。同時にまた我々の信念も三越《みつこし》の飾り窓と選ぶところはない。我々の信念を支配するものは常に捉《とら》え難い流行である。あるいは神意に似た好悪である。実際また西施《せいし》や竜陽君《りゆうようくん》*の祖先もやはり猿だったと考えることは多少の満足を与えないでもない。

ある自警団員の言葉

さあ、自警の部署につこう。今夜は星も木々の梢《こずえ》に涼しい光を放っている。微風もそろそろ通い出したらしい。さあ、この籐《とう》の長椅子に寝ころび、この一本のマニラに火をつけ、夜もすがら気楽に警戒しよう。もし喉《のど》の渇いた時には水筒のウイスキイを傾ければ好い。幸いまだポケットにはチョコレエトの棒も残っている。

聴き給え、高い木々の梢に何か寝鳥の騒いでいるのを。鳥は今度の大地震にも困るということを知らないであろう。しかし我々人間は衣食住の便宜を失ったためにあらゆる苦痛を味わっている。いや、衣食住どころではない。一杯のシトロンの飲めぬために少からぬ不自由を忍んでいる。人間という二足の獣はなんという情けない動物であろう。我々は文明を失ったが最後、それこそ風前の燈火のように覚束ない命を守らなければならぬ。見給え。鳥はもう静かに寝入っている。羽根蒲団《はねぶとん》や枕を知らぬ鳥は！

鳥はもう静かに寝入っている。夢も我々より安らかであろう。鳥は現在にのみ生きるものである。しかし我々人間は過去や未来にも生きなければならぬ。という意味は悔恨や憂慮の苦痛を嘗《な》めなければならぬ。ことに今度の大地震はどのくらい我々の未来の上へ寂しい暗黒を投げかけたであろう。東京を焼かれた我々は今日の餓《う》えに苦しみながら、明日の餓えにも苦しんでいる。鳥は幸いにこの苦痛を知らぬ。いや、鳥に限ったことではない。三世の苦痛を知るものは我々人間のあるばかりである。

小泉八雲《こいずみやくも》は人間よりも蝶になりたいと言ったそうである。蝶――といえばあの蛾を見給え。もし幸福ということを苦痛の少ないことのみとすれば、蛾もまた我々よりは幸福であろう。けれども我々人間は蛾の知らぬ快楽をも心得ている。蛾は破産や失恋のために自殺をする患《うれ》いはないかも知れぬ。が、我々と同じように楽しい希望を持ち得るであろうか？　僕は未だに覚えている。月明りの仄《ほの》めいた洛陽《らくよう》の廃都に、李太白の詩の一行さえ知らぬ無数の蛾の群れを憐《あわれ》んだことを！

しかしショオペンハウエルは、――まあ、哲学はやめにし給え。我々はとにかくあそこへ来た蛾と大差のないことだけは確かである。もしそれだけでも確かだとすれば、人間らしい感情の全部は一層大切にしなければならぬ。自然はただ冷然と我々の苦痛を眺めている。我々は互いに憐まなければならぬ。況や殺戮《さつりく》を喜ぶなどは、――もっとも相手を絞め殺すことは議論に勝つよりも手軽である。

我々は互に憐まなければならぬ。ショオペンハウエルの厭世観《えんせいかん》の我々に与えた教訓もこういうことではなかったであろうか？

夜はもう十二時を過ぎたらしい。星も不相変《あいかわらず》頭の上に涼しい光を放っている。さあ、君はウイスキイを傾け給え。僕は長椅子に寝ころんだまま、チョコレエトの棒でも囓《かじ》ることにしよう。

若楓

若楓《わかかえで》は幹に手をやっただけでも、もう梢に簇《むらが》った芽を神経のように震わせている。植物というものの気味の悪さ！

蟇

最も美しい石竹色は確かに蟇《ひきがえる》の舌の色である。

鴉

わたしはある雪霽《ゆきば》れの薄暮、隣の屋根に止まっていた、まっ青な鴉《からす》を見たことがある。

十本の針

一　ある人々

わたしはこの世の中にある人々のあることを知っている。それ等の人々は何ごとも直覚すると共に解剖してしまう。つまり一本の薔薇《ばら》の花はそれ等の人々には美しいと共に畢竟《ひっきょう》植物学の教科書中の薔薇科《しょうびか》の植物に見えるのである。現にその薔薇の花を折っている時でも。……

ただ直覚する人々はそれ等の人々よりも幸福である。真面目と呼ばれる美徳の一つはそれ等の人々（直覚すると共に解剖する）には与えられない。それ等の人々はそれ等の人々の一生を恐ろしい遊戯の中《うち》に用い尽くすのである。あらゆる幸福はそれ等の人々には解剖するために減少し、同時にまたあらゆる苦痛も解剖するために増加するであろう。「生まれざりしならば」という言葉は正にそれ等の人々に当たっている。

二　わたしたち

わたしたちは必ずしもわたしたちではない。わたしたちの祖先はことごとくわたししたちの中に息づいている。わたしたちの中にいるわたしたちの祖先に従わなければ、わたしたちは不幸に陥らなければならぬ。「過去の業」という言葉はこういう不幸を比喩《ひゆ》的に説明するために用いられたのであろう。「わたしたち自身を発見する」のは即ちわたしたちの中にいるわたしたちの祖先を発見することである。同時にまたわたしたちを支配する天上の神々を発見することである。

三　鴉《からす》と孔雀《くじやく》と

わたしたちに最も恐ろしい事実はわたしたちの畢《つい》にわたしたちを超えられないということである。あらゆる楽天主義的な目隠しをとってしまえば、鴉《からす》はいつになっても孔雀《くじやく》になることは出来ない。* ある詩人の書いた一行の詩はいつも彼の詩の全部である。

四　空中の花束

科学はあらゆるものを説明している。未来もまたあらゆるものを説明するであろう。しかしわたしたちの重んずるのはただ科学そのものであり、あるいは芸術そのものである。——すなわちわたしたちの精神的飛躍の空中に捉《とら》えた花束ばかりである。L'homme est rien と言わないにもせよ、わたしたちは「人として」は格別大差のあるものではない。「人として」のボオドレエルはあらゆる精神病院に充《み》ち満ちている。ただ「悪の華」*や「小さい散文詩」*は一度も彼等の手に成ったことはない。

五　2＋2＝4

2＋2＝4ということは真実である。しかし事実上＋《プラス》の間に無数の因子のあることを認めなければならぬ。すなわちあらゆる問題はこの＋の中に含まれている。

六　天国

もし天国を造り得るとすれば、それはただ地上にだけである。この天国は勿論茨《いばら》の中に薔薇の花の咲いた天国であろう。そこにはまた「あきらめ」と称する絶望に安んじた人々のほかには犬ばかり沢山歩いている。もっとも犬になることも悪いことではない。

七　懺《ざん》悔《げ》

わたしたちはあらゆる懺悔にわたしたちの心を動かすであろう。が、あらゆる懺悔の形式は、「わたしのしたことをしないように。わたしの言うことをするように」である。

八　又或人々

わたしはまたある人々を知っている。それ等の人々は何ごとにも容易に飽くことを知らない。一人の女人や一つの想念《イデエ》や一本の石竹や一きれのパンをいやが上にも得ようとしている。従ってそれ等の人びとほど贅沢《ぜいたく》に暮らしているものはない。同時にまたそれ等の人びとほど見じめに暮らしているものはない。それ等の人々はいつの間にかいろいろのものの奴隷になっている。従って他人には天国を与えても、――あるいは天国に至る途《みち》を与えても、天国は畢にそれ等の人々自身のものになることは出来ない。「多欲喪《たよくそう》身《しん》」という言葉はそれ等の人々に与えられるであろう。孔雀の羽根の扇や人乳を飲んだ豚の仔《こ》の料理さえそれ等の人びとにはそれだけでは決して満足を与えないのである。それ等の人々は必然に悲しみや苦しみさえ求めずにはいられない。(求めずとも与えられる当然の悲しみや苦しみのほかにも)そこにそれ等の人々を他の人々から截《き》り離す一すじの溝は掘られている。それ等の人々は阿呆《あほう》ではない。が、阿呆以上の阿呆である。それ等の人々を救うものはただそれ等の人々以外の人々に変ることであろう。従って到底救われる道はない。

九　声

大勢の人々の叫んでいる中に一人の話している声は決して聞えないと思われるであろう。が、事実上必ず聞えるのである。わたしたちの心の中に一すじの炎の残っている限りは。――もっとも時々彼の声は後代のマイクロフォンを待つかも知れない。

十　言　葉

わたしたちはわたしたちの気もちを容易に他人に伝えることは出来ない。それはただ伝えられる他人次第によるのである。「拈華《ねんげ》微笑《みしょう》」*の昔は勿論、百数十行に亙《わた》る新聞記事さえ他人の気もちと応じない時には到底合点の出来るものではない。「彼」の言葉を理解するものはいつも「第二の彼」であろう。しかしその「彼」もまた必ず植物のように生長している。従ってある時代の彼の言葉は第二のある時代の「彼」以外に理解することは出来ないであろう。いや、ある時代の彼自身さえ他の時代の彼自身には他人のように見えるかも知れない。が、幸いにも「第二の彼」は「彼」の言葉を理解したと信じている。

（昭和二年七月）

〔遺稿〕

西方の人

1　この人を見よ

わたしはかれこれ十年ばかり前に芸術的にクリスト教を――殊にカトリック教を愛していた。長崎の「日本の聖母の寺」*はいまだに私の記憶に残っている。こういうわたしは北原白秋氏や木下杢太郎《きのしたもくたろう》氏の播《ま》いた種をせっせと拾っていた鴉《からす》に過ぎない。それからまた何年か前にはクリスト教のために殉じたクリスト教徒たちにある興味を感じていた。殉教者の心理はわたしにはあらゆる狂信者の心理のように病的な興味を与えたのである。わたしはやっとこの頃になって四人の伝記作者*のわたしたちに伝えたクリストという人を愛し出した。クリストは今日のわたしには行路の人のように見ることはできない。それはあるいは紅毛人たちは勿論《もちろん》、今日の青年たちには笑われるであろう。しかし十九世紀の末に生まれたわたしは彼等のもう見るのに飽きた、――むしろ倒すことをためらわない十字架に目を注ぎ出したのである。日本に生まれた「わたしのクリスト」は必しもガリラヤの湖*を眺めていない。赤あかと実った柿の木の下に長崎の入り江も見ているのである。従ってわたしは歴史的事実や地理的事実を顧みないであろう。（それは少なくともジャアナリスティックには困難を避けるためではない。もし真面目に構えようとすれば、五、六冊のクリスト伝は容易にこの役をはたしてくれるのである）それからクリストの一言一行を忠実に挙げている余裕もない。わたしはただわたしの感じた通りに「わたしのクリスト」を記すのである。厳《いかめ》しい日本のクリスト教徒も売文の徒の書いたクリストだけはおそらくは大目に見てくれるであろう。

2　マリア

マリアはただの女人だった。が、ある夜聖霊に感じてたちまちクリストを生み落した。我々はあらゆる女人の中《うち》に多少のマリアを感じるであろう。同時にまたあらゆる男子の中にも。――いや、我々は炉に燃える火や畠《はたけ》の野菜や素焼きの瓶《かめ》や巌畳《がんじょう》に出来た腰かけの中にも多少のマリアを感じるであろう。マリアは「永遠に女性なるもの」ではない。ただ「永遠に守らんとするもの」である、クリストの母、マリアの一生もやはり「涙の谷」の中に通っていた。が、マリアは忍耐を重ねてこの一生を歩いて行った。世間智と愚と美徳とは彼女の一生の中に一つに住んでいる。ニイチェの叛逆《はんぎゃく》*はクリストに対するよりもマリアに対する叛逆だった。

3　聖　霊

我々は風や旗の中にも多少の聖霊を感じるであろう。聖霊は必ずしも「聖なるもの」

ではない。ただ「永遠に超えんとするもの」である。ゲエテはいつも聖霊に Daemon の名を与えていた。のみならずいつもこの聖霊に捉《とら》われないように警戒していた。が、聖霊の子供たちは――あらゆるクリストたちは聖霊のためにいつか捉われる危険を持っている。聖霊は悪魔や天使ではない。勿論、神とも異なるものである。我々は時々善悪の彼岸に聖霊の歩いているのを見るであろう。善悪の彼岸に、――しかしロムブロゾオ*は幸か不幸か精神病者の脳髄《のうずい》の上に聖霊の歩いているのを発見していた。

4　ヨセフ

クリストの父、大工のヨセフは実はマリア自身だった。彼のマリアほど尊まれないのはこういう事実にもとづいている。ヨセフはどう贔屓目《ひいきめ》に見ても、畢竟《ひつきよう》余計ものの第一人だった。

5　エリザベツ*

マリアはエリザベツの友だちだった。バプテズマのヨハネ*を生んだものはこのザカリアの夫、*エリザベツである。麦の中に芥子《けし》の花の咲いたのは畢《つい》に偶然と言うほかはない。我々の一生を支配する力はやはりそこにも動いているのである。

6　羊飼いたち

マリアの聖霊に感じて孕《はら》んだことは羊飼いたちを騒がせるほど、醜聞だったことは確かである。クリストの母、美しいマリアはこの時から人間苦の途《みち》に上り出した。

7　博士たち

東の国の博士たちはクリストの星の現われたのを見、黄金や乳香や没薬《もつやく》を宝の盒《はこ》に入れて捧《ささ》げに行った。が、彼等は博士たちの中でも僅《わず》かに二人か三人だった。他の博士たちはクリストの星の現われたことに気づかなかった。のみならず気づいた博士たちの一人は高い台の上に佇《たたず》みながら、（彼は誰よりも年よりだった）きららかにかかった星を見上げ、はるかにクリストを憐《あわれ》んでいた。

「またか！」

8　ヘロデ*

ヘロデはある大きい機械だった。こういう機械は暴力により、多少の手数を省くためにいつも我々には必要である。彼はクリストを恐れるためにベツレヘムの幼《おさ》な児《ご》を皆殺しにした。勿論クリスト以外のクリストも彼等の中にはまじっていたであろう。ヘロデの両手は彼等の血のために真っ赤になっていたかも知れない。我々はおそらくこの両手の前に不快を感じずにはいられないであろう。しかしそれは何世紀か前のギロティンに対する不快である。我々はヘロデを憎むことは勿論、軽蔑《けいべつ》することも出来るものではない。いや、むしろ彼のために憐みを感じるばかりである。ヘロデはいつも玉座の上に憂鬱《ゆううつ》な顔をまともにしたまま、橄欖《かんらん》や無花果《いちじゆく》の中にあるベツレヘムの国を見おろしている。一行の詩さえ残したこともなしに。……

9 ボヘミア的精神

幼いクリストはエジプトへ行ったり、更にまた「ガリラヤのうちに避け、ナザレと言える邑《むら》」に止《とど》まったりしている。我々はこういう幼な児を佐世保《させほ》や横須賀《よこすか》に転任する海軍将校の家庭にも見出《みいだ》すであろう。クリストのボヘミア的精神は彼自身の性格の前にこういう境遇にも潜んでいたかも知れない。

10 父

クリストはナザレに住んだ後、ヨセフの子供でないことを知ったであろう。あるいは聖霊の子供であることを、――しかしそれは前者よりも決して重大な事件ではない。「人の子」クリストはこの時から正に二度目の誕生をした。「女中の子」*ストリンドベリイはまず彼の家族に反叛《はんぱん》した。それは彼の不幸であり、同時にまた彼の幸福だった。クリストもおそらくは同じことだったであろう。彼はこういう孤独の中に仕合せにも彼の前に生まれたクリスト――バプテズマのヨハネに遭遇した。我々は我々自身の中にもヨハネに会う前のクリストの心の陰影を感じている。ヨハネは野蜜や蝗《いなご》を食い、荒野の中に住まっていた。が、彼の住まっていた荒野は必しも日の光のないものではなかった。少なくともクリスト自身の中にあった、薄暗い荒野に比べて見れば……

11　ヨハネ

バプテズマのヨハネはロマン主義を理解出来ないクリストだった。彼の威厳は荒金のようにそこにかがやかに残っている。彼のクリストに及ばなかったのもおそらくはその事実に存するであろう。クリストに洗礼を授けたヨハネは槲《かし》の木のように逞《たくま》しかった。しかし獄中にはいったヨハネはもう枝や葉に漲《みなぎ》っている槲の木の力を失っていた。彼の最後の慟哭《どうこく》はクリストの最後の慟哭のようにいつも我々を動かすのである。——

「クリストはお前だったか、わたしだったか？」

ヨハネの最後の慟哭は——いや、必しも慟哭ばかりではない。太い槲の木は枯れかかったものの、いまだに外見だけは枝を張っている。もしこの気力さえなかったとしたならば、二十何歳かのクリストは決して冷やかにこう言わなかったであろう。

「わたしの現にしていることをヨハネに話して聞かせるが善い」

12　悪　魔

クリストは四十日の断食をした後、目のあたりに悪魔と問答した。我々も悪魔と問答をするためには何等かの断食を必要としている。我々のあるものはこの問答の中に悪魔の誘惑に負けるであろう。またあるものは誘惑に負けずに我々自身を守るであろう。しかし我々は一生を通じて悪魔と問答しないこともあるのである。クリストは第一にパンを斥《しりぞ》けた。が、「パンのみでは生きられない」という註釈《ちゅうしゃく》を施すのを忘れなかった。それから彼自身の力を恃《たの》めという悪魔の理想主義的忠告を斥けた。しかしまた「主たる汝《なんじ》の神を試みてはならぬ」という弁証法を用意していた。最後に「世界の国々とその栄華と」を斥けた。それはパンを斥けたのとあるいは同じことのように見えるであろう。しかしパンを斥けたのは現実的欲望を斥けたのに過ぎない。クリストはこの第三の答の中に我々自身の中に絶えることのない、あらゆる地上の夢を斥けたのである。この論理以上の論理的決闘はクリストの勝利に違いなかった。ヤコブの天使と組み合ったのもおそらくはこういう決闘だったであろう。悪魔は畢にクリストの前に頭を垂れるよりほかはなかった。けれども彼のマリアという女人の子供であることは忘れなかった。この悪魔との問答はいつか重大な意味を与えられている。が、クリストの一生では必しも大事件と言うことは出来ない。彼は彼の一生の中に何度も「サタンよ、退け」と言った。現に彼の伝記作者の一人、――ルカはこの事件を記した後、「悪魔この試み皆畢《おわ》りてしばらく彼を離れたり」とつけ加えている。

13　最初の弟子たち

クリストは僅かに十二歳の時に彼の天才を示している。が、洗礼を受けた後も誰も弟子になるものはなかった。村から村を歩いていた彼は定めし寂しさを感じたであろう。けれどもとうとう四人の弟子*たちは——しかも四人の漁師たちは彼の左右に従うことになった。彼等に対するクリストの愛は彼の一生を貫いている。彼は彼等に囲まれながら、見る見る鋭い舌に富んだ古代のジャアナリストになっていった。

14　聖霊の子供

クリストは古代のジャアナリストになった。同時にまた古代のボヘミアンになった。彼の天才は飛躍をつづけ、波の生活は一時代の社会的約束を踏みにじった。彼を理解しない弟子たちの中に時々ヒステリイを起しながら。——しかしそれは彼自身には大体歓喜に満ち渡っていた。クリストは彼の詩の中にどのくらい情熱を感じていたであろう。「山上《し》の教え*」は二十何歳かの彼の感激に満ちた産物である。彼はどういう前人も彼に若かないのを感じていた。この海のように高まった彼の天才的ジャアナリズムは勿論敵を招いたであろう。が、彼等はクリストを恐れない訣《わけ》にはゆかなかった。それは実に彼等には——クリストよりも人生を知り、従ってまた人生に対する恐怖を抱いている彼等にはこの天才の量見の呑《の》みこめないためにほかならなかった。

15　女人

大勢の女人たちはクリストを愛した。就中《なかんずく》マグダラのマリア*などは、一度彼に会ったために七つの悪鬼に攻められるのを忘れ、彼女の職業を超越した詩的恋愛*さえ感じ出した。クリストの命の終わった後、彼女のまっ先に彼を見たのはこういう恋愛の力である。クリストもまた大勢の女人たちを、――就中マグダラのマリアを愛した。彼等の詩的恋愛はいまだに燕子花《かきつばた》のようににおやかである。クリストは度たび彼女を見ることに彼の寂しさを慰めたであろう。後代は、――あるいは後代の男子たちは彼等の詩的恋愛に冷淡だった。(もっとも芸術的主題以外には)しかし後代の女人たちはいつもこのマリアを嫉妬《しっと》していた。

「なぜクリスト様は誰よりも先にお母さんのマリア様に再生をお示しにならなかったのかしら？」

それは彼女等の洩《も》らして来た、最も偽善的な歎息《たんそく》だった。

16　奇《き》蹟《せき》

クリストは時々奇蹟を行った。が、それは彼自身には一つの比喩《ひゆ》を作るよりも容易だった。彼はそのためにも奇蹟に対する嫌悪の情を抱いていた。そのためにも――クリストの使命を感じていたのは彼の道を教えることだった。彼の奇蹟を行うことは後代にルッソオ*の吼《たけ》り立った通り、彼の道を教えるのには不便を与えるのに違いなかった。しかし彼の「小羊たち」はいつも奇蹟を望んでいた。クリストもまた三度に一度はこの願いに従わずにはいられなかった。彼の人間的な、余りに人間的な性格はこういう一面にも露《あらわ》れている。が、クリストは奇蹟を行う度に必ず責任を回避していた。

「お前の信仰はお前を癒《いや》した」

しかしそれは同時にまた科学的真理にも違いなかった。クリストはまたある時はやむを得ず奇蹟を行ったために、――ある長病《ながやまい》に苦しんだ女の彼の衣にさわったために彼の力の脱けるのを感じた。彼の奇蹟を行うことにいつも多少ためらったのはこういう実感にも明らかである。クリストは、後代のクリスト教徒は勿論、彼の十二人の弟子たちよりもはるかに鋭い理智主義者だった。

17　背徳者

クリストの母、美しいマリアはクリストには必しも母ではなかった。彼の最も愛したものは彼の道に従うものだった。クリストはまた情熱に燃え立ったまま、大勢の人々の集まった前に大胆にもこういう彼の気もちを言い放すことさえ憚《はばか》らなかった。マリアは定めし戸の外に彼の言葉を聞きながら、悄然《しょうぜん》と立っていたことであろう。我々は我々自身の中にマリアの苦しみを感じている。たとい我々自身の中にクリストの情熱を感じているとしても、――しかしクリスト自身もまた時々はマリアを憐んだであろう。かがやかしい天国の門を見ずにありのままのイエルサレムを眺めた時には。……

18　クリスト教

クリスト教はクリスト自身も実行することの出来なかった、逆説の多い詩的宗教である。彼は彼の天才のために人生さえ笑って投げ棄ててしまった。ワイルドの彼にロマン主義者の第一人を発見したのは当り前である。彼の教えた所によれば、「ソロモンの栄華の極みの時にだにその装い」は風に吹かれる一本の百合《ゆり》の花に若かなかった。彼の道はただ詩的に――あすの日を思い煩《わずら》わずに生活しろということに存している。何のために？――それは勿論ユダヤ人たちの天国へはいるために違いなかった。しかしあらゆる天国も流転せずにはいることは出来ない。石鹸《せっけん》の匂いのする薔薇《ばら》の花に満ちたクリスト教の天国はいつか空中に消えてしまった。が、我々はその代りに幾つかの天国を造り出している。クリストは我々に天国に対する惝怳《しょうけい》*を呼び起した第一人だった。更にまた彼の逆説は後代に無数の神学者や神秘主義者を生じている。彼等の議論はクリストを茫然《ぼうぜん》とさせずには措《お》かなかったであろう。しかし彼等のある者はクリストよりも更にクリスト教的である。クリストはとにかく我々に現世の向こうにあるものを指し示した。我々はいつもクリストの中に我々の求めているものを、――我々を無限の道へ駆りやる喇叭《らっぱ》の声を感じるであろう。同時にまたいつもクリストの中に我々を虐《さいな》んでやまないものを、――近代のやっと表現した世界苦を感じずにはいられないであろう。

19　ジャアナリスト

我々はただ我々自身に近いもののほかは見ることは出来ない。少くとも我々に迫って来るものは我々自身に近いものだけである。クリストはあらゆるジャアナリストのようにこの事実を直覚していた。花嫁、葡萄園《ぶどうばたけ》、驢馬《ろば》、工人――彼の教えは目のあたりにあるものを一度も利用せずにすましたことはない。「善いサマリア人」や「放蕩息子《ほうとうむすこ》の帰宅」はこういう彼の詩の傑作である。抽象的な言葉ばかり使っている後代のクリスト教的ジャアナリスト――牧師たちは一度もこのクリストのジャアナリズムの効果を考えなかったのであろう。彼は彼等に比べれば勿論、後代のクリストたちに比べても、決して遜色《そんしょく》のあるジャアナリストではない。彼のジャアナリズムはそのために西方の古典と肩を並べている。彼は実に古い炎に新しい薪を加えるジャアナリストだった。

20　エホバ

クリストの度たび説いたのは勿論天上の神である。「我々を造ったものは神ではない、神こそ我々の造ったものである」――こういう唯物主義者グウルモンの言葉は我々の心を喜ばせるであろう。それは我々の腰に垂れた鎖を截《き》りはなす言葉である。が、同時にまた我々の腰に新しい鎖を加える言葉である。のみならずこの新しい鎖も古い鎖よりも強いかも知れない。神は大きい雲の中から細かい神経系統の中に下り出した。しかもあらゆる名のもとにやはりそこに位している。クリストは勿論目のあたりに度たびこの神を見たであろう。(神に会わなかったクリストの悪魔に会ったことは考えられない)彼の神もまたあらゆる神のように社会的色彩の強いものである。しかしとにかく我々とともに生まれた「主なる神」だったのに違いない。クリストはこの神のために——詩的正義のために戦いつづけた。あらゆる彼の逆説はそこに源を発している。後代の神学はそれらの逆説を最も詩のほかに解釈しようとした。そこから、——誰も読んだことのない、退屈な無数の本を残した。ヴォルテエルは今日でも滑稽《こっけい》なほど「神学」の神を殺すために彼の剣を揮《ふる》っている。しかし「主なる神」は死なかった。同時にまたクリストも死ななかった。神はコンクリイトの壁に苔《こけ》の生える限り、いつも我々の上に臨んでいるであろう。ダンテはフランチェスカを地獄に堕《おと》した。が、いつかこの女人を炎の中から救っていた。一度でも悔い改めたものは——美しい一瞬間を持ったものはいつも「限りなき命」に入っている。感傷主義の神と呼ばれ易いのもおそらくはこういう事実のためであろう。

21 故郷

「予言者は故郷に入れられず」——それはあるいはクリストには第一の十字架だったかも知れない。彼は畢に全ユダヤを故郷としなければならなかった。汽車や自動車や汽船や飛行機は今日ではあらゆるクリストに世界じゅうを故郷にしている。勿論またあらゆるクリストは故郷に入れられなかったのに違いない。現にポオを入れたものはアメリカではないフランスだった。

22　詩人

クリストは一本の百合の花を「ソロモンの栄華の極みの時」よりも更に美しいと感じている。（もっとも彼の弟子たちの中にも彼ほど百合の花の美しさに恍惚《こうこつ》としたものはなかったであろう）しかし弟子たちと話し合う時には会話上の礼節を破っても、野蛮なことを言うのを憚《はばか》らなかった。――「およそ外より人に入るものの人を汚し能《あた》わざる事を知らざるか。そは心に入らず、腹に入りて厠《かわや》に遺《おと》す。すなわち食《くら》う所のもの潔《きよま》れり」

……

23　ラザロ*

クリストはラザロの死を聞いた時、今までにない涙を流した。今までにない――あるいは今まで見せずにいた涙を。ラザロの死から生き返ったのはこういう彼の感傷主義のためである。母のマリアを顧みなかった彼はなぜラザロの姉妹《きょうだい》たち、――マルタやマリアの前に涙を流したのであろう？　この矛盾を理解するものはクリストの、――あるいはあらゆるクリストの天才的利己主義を理解するものである。

24　カナの饗宴*

クリストは女人を愛したものの、女人と交わることを顧みなかった。それはモハメットの四人の女人たちと交わることを許したのと同じことである。彼等はいずれも一時代を、――あるいは社会を越えられなかった。しかしそこには何ものよりも自由を愛する彼の心も動いていたことは確かである。後代の超人は犬たちの中に仮面をかぶることを必要とした。しかしクリストは仮面をかぶることも不自由のうちに数えていた。所謂《いわゆる》「炉辺《ろへん》の幸福*」の譃《うそ》は勿論彼には明らかだったであろう。アメリカのクリスト、――ホイットマンはやはりこの自由を選んだ一人である。我々は彼の詩の中に度たびクリストを感ずるであろう。クリストはいまだに大笑いをしたまま、踊り子や花束や楽器に満ちたカナの饗宴《きょうえん》を見おろしている。しかし勿論その代りにそこには彼の贖《あがな》わなければならぬ多少の寂しさはあったことであろう。

25　天に近い山の上の問答

クリストは高い山の上に彼の前に生まれたクリストたち――モオゼ*やエリヤ*と話をした。それは悪魔と戦ったのよりも更に意味の深い出来事であろう。彼はその何日か前に彼の弟子たちにイエルサレムへ行き、十字架にかかることを予言していた。彼のモオゼやエリヤと会ったのは彼のある精神的危機に佇《たたず》んでいた証拠である。彼の顔は「日の如く輝きその衣は白く光った」のも必しも二人のクリストたちの彼の前に下ったためばかりではない。彼は彼の一生の中でも最もこの時は厳粛だった。彼の伝記作者は彼等の間の問答を記録に残していない。しかし彼の投げつけた問は「我等はいかに生くべきか」である。クリストの一生は短かったであろう。が、彼はこの時に、――やっと三十歳に及んだ時に彼の一生の総決算をしなければならない苦しみを嘗《な》めていた。モオゼはナポレオンも言ったように戦略に長じた将軍である。エリヤもまたクリストよりも政治的天才に富んでいたであろう。のみならず今日は昨日ではない。今日ではもう紅海《こうかい》の波*も壁のように立たなければ、炎の車*も天上から来ないのである。クリストは彼等と問答しながら、いよいよ彼の見苦しい死の近づいたのを感じずにはいられなかった。天に近い山の上には氷のように澄んだ日の光の中に岩むらの聳《そび》えているだけである。しかし深い谷の底には柘榴《ざくろ》や無花果も匂っていたであろう。そこにはまた家々の煙もかすかに立ち昇っていたかも知れない。クリストもまたおそらくはこういう下界の人生に懐しさを感じずにはいなかったであろう。しかし彼の道は嫌でも応でも人気のない天に向かっている。彼の誕生を告げた星は――あるいは彼を生んだ聖霊は彼に平和を与えようとしない。「山を下る時イエス彼等（ペテロ、ヤコブ、その兄弟のヨハネ）に命じて人の子の死より甦《よみがえ》るまでは汝等の見し事を人に告ぐべからずと言えり」――天に近い山の上にクリストの彼に先立った「大いなる死者たち*」と話をしたのは実に彼の日記にだけそっと残したいと思うことだった。

26　幼な児の如く

　クリストの教えた逆説の一つは「我まことに汝等に告げん。もし改まりて幼な児の如くならずば天国に入ることを得じ」である。この言葉は少しも感傷主義的ではない。クリストはこの言葉の中に彼自身の誰よりも幼な児に近いことを現している。同時にまた聖霊の子供だった彼自身の立ち場を明らかにしている。ゲエテは彼の「タッソオ」*の中にやはり聖霊の子供だった彼自身の苦しみを歌い上げた。「幼な児の如くあること」は幼稚園時代にかえることである。クリストの言葉に従えば、誰かの保護を受けなければ、人生に堪えないもののほかは黄金の門に入ることは出来ない。そこにはまた世間智に対する彼の軽蔑も忍びこんでいる。彼の弟子たちは正直に(幼な児を前にしたクリストの図の我々に不快を与えるのは後代の偽善的感傷主義のためである)彼の前に立った幼な児に驚かない訣にはゆかなかったであろう。

27　イエルサレムへ

　クリストは一代の予言者になった。同時にまた彼自身の中の予言者は、――あるいは彼を生んだ聖霊はおのずから彼を翻弄《ほんろう》し出した。我々は蠟燭《ろうそく》の火に焼かれる蛾《が》の中にも彼を感じるであろう。蛾はただ蛾の一匹に生まれたために蠟燭の火に焼かれるのである。クリストもまた蛾と変ることはない。ショウは十字架に懸けられるためにイエルサレムへ行ったクリストに雷に似た冷笑を与えている。しかしクリストはイエルサレムへ驢馬《ろば》を駆ってはいる前に彼の十字架を背負っていた。それは彼にはどうすることも出来ない運命に近いものだったであろう。彼はそこでも天才だったと共にやはり畢に「人の子」だった。のみならずこの事実は数世紀を重ねた「メシア」という言葉のクリストを支配していたことを教えている。樹の枝を敷いた道の上に「ホザナよ、ホザナよ」の声に打たれながら、驢馬を走らせて行ったクリストは彼自身だったと共にあらゆるイスラエルの予言者たちだった。彼の後に生まれたクリストの一人は遠いロオマの道の上に再生したクリストに「どこへ行く？」*と詰《なじ》られたことを伝えている。クリストもまたイエルサレムへ行かなかったとすれば、やはり誰か予言者たちの一人に「どこへ行く？」と詰られたことであろう。

28　イエルサレム

クリストはイエルサレムへはいった後、彼の最後の戦いをした。それは水々しさを欠いていたものの、何か烈《はげ》しさに満ちたものである。彼は道ばたの無花果を呪った。しかもそれは無花果の彼の予期を裏切って一つも実をつけていないためだった。あらゆるものを慈《いつく》しんだ彼もここでは半《なか》ばヒステリックに彼の破壊力を揮《ふる》っている。

「カイゼルのものはカイゼルに返せ」

それはもう情熱に燃えた青年クリストの言葉ではない。彼に復讐《ふくしゅう》し出した人生に対する（彼は勿論人生よりも天国を重んじた詩人だった）老成人クリストの言葉である。そこに潜んでいるものは必しも彼の世間智ばかりではない。彼はモオゼの昔以来、少しも変らない人間愚に愛想を尽かしていたことであろう。が、彼の苛立《いらだ》たしさは彼にエホバの「殿《みや》に入りてその中におる売買する者を殿より逐《お》い出《いだ》し、兌銀者《りょうがえするもの》の案《だい》、鴿《はと》を売者《うるもの》の椅子《こしかけ》」を倒させている。

「この殿も今に壊れてしまうぞ」

ある女人はこういう彼のために彼の額へ香油を注いだりした。クリストは彼の弟子たちにこの女人を咎《とが》めないことを命じた。それから――十字架と向かい合ったクリストの気もちは彼を理解しない彼等に対する、優しい言葉の中に忍びこんでいる。彼は香油を匂わせたまま、（それは土埃《つちほこり》にまみれがちな彼には珍しい出来事の一つに違いなかった）静かに彼等に話しかけた。

「この女人はわたしを葬るためにわたしに香油を注いだのだ。わたしはいつもお前たちといっしょにいることの出来るものではない」

ゲッセマネの橄欖《かんらん》*はゴルゴタの十字架よりも悲壮である。クリストは死力を揮いながら、そこに彼自身とも、――彼自身の中の聖霊とも戦おうとした。ゴルゴタの十字架は彼の上にしだいに影を落そうとしている。彼はこの事実を知り悉《つく》していた。が、彼の弟子たちは、――ペテロさえ彼の心もちを理解することは出来なかった。クリストの祈りは今日でも我々に迫る力を持っている。――

「わが父よ、もし出来るものならば、この杯をわたしからお離し下さい。けれども仕かたはないとおっしゃるならば、どうか御心《みこころ》のままになすって下さい」

あらゆるクリストは人気のない夜中に必ずこう祈っている。同時にまたあらゆるクリストの弟子たちは「いたく憂えて死ぬばかり」な彼の心もちを理解せずに橄欖の下に眠っている。……

29　ユダ

後代はいつかユダの上にも悪の円光を輝かせている。しかしユダは必しも十二人の弟子たちの中でも特に悪かった訣ではない。ペテロさえ庭鳥の声を挙げる前に三度クリストを知らないと言っている。ユダのクリストを売ったのはやはり今日の政治家たちの彼等の首領を売るのと同じことだったであろう。パピニ*もまたユダのクリストを売ったのを大きい謎に数えている。が、クリストは明らかに誰にでも売られる危機に立っていた。祭司の長《おさ》たちはユダのほかにも何人かのユダを数えていた筈である。ただユダはこの道具になるいろいろの条件を具《そな》えていた。勿論それらの条件のほかに偶然も加わっていたことであろう。後代はクリストを「神の子」にした。それはまた同時にユダ自身の中に悪魔を発見することになったのである。しかしユダはクリストを売った後、白楊《はくよう》の木に縊死《いし》してしまった。彼のクリストの弟子だったことは、――神の声を聞いたものだったことはあるいはそこにも見られるかも知れない。ユダは誰よりも彼自身を憎んだ。十字架に懸ったクリストも勿論彼を苦しませたであろう。しかし彼を利用した祭司の長たちの冷淡もやはり彼を憤らせたであろう。

「お前のしたいことをはたすが善い」

こういうユダに対するクリストの言葉は軽蔑と憐憫《れんびん》とに溢《あふ》れている。「人の子」クリストは彼自身の中にもあるいはユダを感じていたかも知れない。しかしユダは不幸にもクリストのアイロニイを理解しなかった。

30　ピラト*

ピラトはクリストの一生にはただ偶然に現れたものである。彼は畢に代名詞に過ぎない。後代もまたこの官吏に伝説的色彩を与えている。しかしアナトオル・フランスだけはこういう色彩に欺かれなかった。

31　クリストよりもバラバ*を

クリストよりもバラバを——それは今日でも同じことである。バラバは叛逆《はんぎやく》を企てたであろう。同時にまた人々を殺したであろう。しかし彼等はおのずから彼の所業を理解している。ニイチェは後代のバラバたちを街頭の犬に比《たと》えたりした。彼等は勿論バラバの所業に憎しみや怒りを感じていたであろう。が、クリストの所業には、——おそらくは何も感じなかったであろう。もし何か感じていたとすれば、それは彼等の社会的に感じなければならぬと思ったものである。彼等の精神的奴隷たちは、――肉体だけ逞《たくま》しい兵卒たちはクリストに荊《いばら》の冠をかむらせ、紫の袍《ほう》をまとわせた上、「ユダヤの王安かれ」と叫んだりした。クリストの悲劇はこういう喜劇のただ中にあるだけに見じめである。クリストは正に精神的にユダヤの王だったのに違いない。が、天才を信じない犬たちは――いや、天才を発見することは手易《たやす》いと信じている犬たちはユダヤの王の名のもとに真のユダヤの王を嘲《あざけ》っている。「方伯《つかさ》のいと奇《あや》しとするまでにイエス一言も答えせざりき」――クリストは伝記作者の記した通り、彼らの訊問《じんもん》や嘲笑《ちょうしょう》には何の答えもしなかったであろう。のみならず何の答えをすることも出来なかったことは確かである。しかしバラバは頭《こうべ》を挙げて何ごとも明らかに答えたであろう。バラバはただ彼の敵に叛逆している。が、クリストは彼自身に、――彼自身の中のマリアに叛逆している。それはバラバ*の叛逆よりも更に根本的な叛逆だった。同時にまた「人間的な、余りに人間的な」叛逆だった。

32　ゴルゴタ

十字架の上のクリストは畢に「人の子」にほかならなかった。

「わが神、わが神、どうしてわたしをお捨てなさる？*」

勿論英雄崇拝者たちは彼の言葉を冷笑するであろう。況や聖霊の子供たちでないものはただ彼の言葉の中に「自業自得」を見出すだけである。「エリ、エリ、ラマサバクタニ」は事実上クリストの悲鳴に過ぎない。しかしクリストはこの悲鳴のために一層我々に近づいたのである。のみならず彼の一生の悲劇を一層現実的に教えてくれたのである。

33　ピエタ*

クリストの母、年をとったマリアはクリストの死骸《しがい》の前に歎いている。——こういう図の Piéta と呼ばれるのは必しも感傷主義的と言うことは出来ない。ただピエタを描こうとする画家たちはマリア一人だけを描かなければならぬ。

34　クリストの友だち

クリストは十二人の弟子たちを持っていた。が、一人も友だちは持たずにいた。もし一人でも持っていたとすれば、それはアリマタヤのヨセフ*である。「日暮るる時尊き議員なるアリマタヤのヨセフと言える者来れり。この人は神の国を望めるものなり。彼ははばからずピラトに往きてイエスの屍《しかばね》を乞《こ》いたり」——マタイよりも古いと伝えられるマ*コは彼のクリストの伝記の中にこういう意味の深い一節を残した。この一節はクリストの弟子たちを「これに従いつかえしものどもなり」という言葉と全然趣を異にしている。ヨセフはおそらくはクリストよりも更に世間智に富んだクリストだったであろう。彼は「はばからずピラトに往きイエスの屍を乞」ったことはクリストに対する彼の同情のどのくらい深かったかを示している。教養を積んだ議員のヨセフはこの時には率直そのものだった。後代はピラトやユダよりもはるかに彼には冷淡である。しかし彼は十二人の弟子たちよりもあるいは彼を知っていたであろう。ヨハネの首を皿にのせたものは残酷にも美しいサロメである。が、クリストは命を終わった後、彼を葬る人々のうちにアリマタヤのヨセフを数えていた。彼はそこにヨハネよりもまだしも幸福を見出している。ヨセフもまた議員にならなかったとしたらば、――それはあらゆる「もし……ならば」のように畢竟問わないでも善いことかも知れない。けれども彼は無花果の下や象嵌《ぞうがん》をした杯の前に時々彼の友だちのクリストを思い出していたことであろう。

35　復活

ルナン*はクリストの復活を見たのをマグダレナのマリアの想像力のためにした。想像力のために、――しかし彼女の想像力に飛躍を与えたものはクリストである。彼女の子供を失った母は度たび彼の復活を――彼の何かに生まれ変ったのを見ている。彼はあるいは大名になったり、あるいは池の上の鴨《かも》になったり、あるいは蓮華《れんげ》になったりした。けれどもクリストはマリアのほかにも死後の彼自身を示している。この事実はクリストを愛した人々のどのくらい多かったかを現すものであろう。彼は三日の後に復活した。が、肉体を失った彼の世界中を動かすには更に長い年月を必要とした。そのために最も力のあったのはクリストの天才を全身に感じたジャアナリストのパウロ*である。クリストを十字架にかけた彼等は何世紀かの流れ去るのにつれ、シェクスピイアの復活を認めるようにクリストの復活を認め出した。が、死後のクリストも流転を閲《けみ》したことは確かである。あらゆるものを支配する流行はやはりクリストも支配して行った。クララ*の愛したクリストはパスカルの尊んだクリストではない。が、クリストの復活した後、犬たちの彼を偶像とすることは、――そのまたクリストの名のもとに横暴を振うことは変らなかった。クリストの後に生まれたクリストたちの彼の敵になったのはこのためである。しかし彼等も同じようにダマスカスへ向かう途《みち》の上に必ず彼等の敵の中に聖霊を見ずにはいられなかった。

「サウロよ、サウロよ、何のためにわたしを苦しめるのか？　棘《とげ》のある鞭《むち》を蹴《け》ることは決して手易いものではない」

　我々はただ茫々《ぼうぼう》とした人生の中に佇んでいる。我々に平和を与えるものは眠りのほかにある訣はない。あらゆる自然主義者は外科医のように残酷にこの事実を解剖している。しかし聖霊の子供たちはいつもこういう人生の上に何か美しいものを残していった。何か「永遠に超えようとするもの」を。

36　クリストの一生

　勿論クリストの一生はあらゆる天才の一生のように情熱に燃えた一生である。彼は母のマリアよりも父の聖霊の支配を受けていた。彼の十字架の上の悲劇は実にそこに存している。彼の後に生まれたクリストたちの一人、――ゲエテは「徐《おもむ》ろに老いるよりもさっさと地獄へ行きたい」と願ったりした。が、徐ろに老いていった上、ストリントベリイの言ったように晩年には神秘主義者になったりした。聖霊はこの詩人の中にマリアと吊《つ》り合いを取って住まっている。彼の「大いなる異教徒」の名は必しも当たっていないことはない。彼は実に人生の上にはクリストよりも更に大きかった。況や他のクリストたちよりも大きかったことは勿論である。彼の誕生を知らせる星はクリストの誕生を知らせる星よりもまるまるとかがやいていたことであろう。しかし我々のゲエテを愛するのはマリアの子供だったためではない。マリアの子供たちは麦畠《むぎばたけ》の中や長椅子の上にも充《み》ち満ちている。いや、兵営や工場や監獄の中にも多いことであろう。我々のゲエテを愛するのはただ聖霊の子供だったためである。我々は我々の一生の中にいつかクリストと一しょにいるであろう。ゲエテもまた彼の詩の中に度たびクリストの髯《ひげ》を抜いている。クリストの一生は見じめだった。彼の後に生まれた聖霊の子供たちの一生を象徴していた。(ゲエテさえも実はこの例に洩《も》れない)クリスト教はあるいは滅びるであろう。少なくとも絶えず変化している。けれどもクリストの一生はいつも我々を動かすであろう。それは天上から地上へ登るために無残にも折れた梯子《はしご》である。薄暗い空から叩《たた》きつける土砂降りの雨の中に傾いたまま。……

37　東方の人

ニイチェは宗教を「衛生学」と呼んだ。それは宗教ばかりではない。道徳や経済も

「衛生学」である。それ等は我々におのずから死ぬまで健康を保たせるであろう。「東方の人」はこの「衛生学」を大抵涅槃《ねはん》の上に立てようとした。老子《ろうし》は時々無何有《むかゆう》の郷《きょう》に仏陀《ぶつだ》と挨拶《あいさつ》をかわせている。しかし我々は皮膚の色のようにはっきりと東西を分っていない。クリストの、――あるいはクリストたちの一生の我々を動かすのはこのためである。「古来英雄の士、悉く山阿に帰す」の歌はいつも我々に伝わりつづけた。が「天国は近づけり」の声もやはり我々を立たせずにはいない。老子はそこに年少の孔子と、――あるいは支那《しな》のクリストと問答している。野蛮な人生はクリストたちをいつも多少は苦しませるであろう。太平の艸木《そうもく》となることを願った「東方の人」たちもこの例に洩れない。クリストは「狐は穴あり。空の鳥は巣あり。然《しか》れども人の子は枕する所なし」と言った。彼の言葉はおそらくは彼自身も意識しなかった、恐しい事実を孕《はら》んでいる。我々は狐や鳥になるほかは容易に塒《ねぐら》の見つかるものではない。

（昭和二年七月十日）

続西方の人

1　再びこの人を見よ

クリストは「万人の鏡」である。「万人の鏡」という意味は万人のクリストに倣《なら》えというのではない。たった一人のクリストの中に万人の彼等自身を発見するからである。わたしはわたしのクリストを描き、雑誌の締め切り日の迫ったためにペンを抛《なげう》たなければならなかった。今は多少の閑《ひま》のあるためにもう一度わたしのクリストを描き加えたいと思っている。誰もわたしの書いたものなどに、——殊にクリストを描いたものなどに興味を感ずるものはないであろう。しかしわたしは四福音書《しふくいんしょ》の中にまざまざとわたしに呼びかけているクリストの姿を感じている。わたしのクリストを描き加えるのもわたし自身にはやめることは出来ない。

2　彼の伝記作者

ヨハネはクリストの伝記作者中、最も彼自身に媚《こ》びているものである。野蛮な美しさにかがやいたマタイやマコに比べれば、——いや、巧みにクリストの一生を話してくれるルカに比べてさえ、近代に生まれた我々には人工の甘露味を味《あじ》わわさずには措《お》かない。しかしヨハネもクリストの一生の意味の多い事実を伝えている。我々は、ヨハネのクリストの伝記にある苛立《いらだ》たしさを感じるであろう。けれども三人の伝記作者たちにある魅力も感じられるであろう。人生に失敗したクリストは独特の色彩を加えない限り、容易に「神の子」となることは出来ない。ヨハネはこの色彩を加えるのに少なくとも最も当代には、up to date の手段をとっている。ヨハネの伝えたクリストはマコやマタイの伝えたクリストのように天才的飛躍を具《そな》えていない。が、壮厳にも優しいことは確かである。クリストの一生を伝えるのに何よりも簡古を重んじたマコはおそらく彼の伝記作者中、最もクリストを知っていたであろう。マコの伝えたクリストは現実主義的に生き生きしている。我々はそこにクリストと握手し、クリストを抱き、――更に多少の誇張さえすれば、クリストの髯《ひげ》の匂いを感じるであろう。しかし壮厳にも劬《いたわ》りの深いヨハネのクリストも斥《しりぞ》けることは出来ない。とにかく彼等の伝えたクリストに比べれば、後代の伝えたクリストは、――殊に彼をデカダンとしたあるロシア人のクリストは徒らに彼を傷つけるだけである。クリストは一時代の社会的約束を蹂躙《じゅうりん》することを顧みなかった。(売笑婦や税吏《みつぎとり》や癩病人《らいびょうにん》はいつも彼の話し相手である) しかし天国を見なかったのではない。クリストを l'enfant に描いた画家たちはおのずからこういうクリストに憐《あわれ》みに近いものを感じていたであろう。(それは母胎を離れた後、「唯我独尊」の獅子吼《ししく》をした仏陀よりもはるかに手《た》よりのないものである) けれども幼児だったクリストに対する彼等の憐みは多少にもしろ、デカダンだったクリストに対する彼の同情よりも勝っている。クリストはいかに葡萄酒《ぶどうしゅ》に酔っても、何か彼自身の中《うち》にあるものは天国を見せずには措かなかった。彼の悲劇はそのために、――単にそのために起っている。あるロシア人はある時のクリストのいかに神に近かったかを知っていない。が、四人の伝記作者たちはいずれもこの事実に注目していた。

3　共産主義者

クリストはあらゆるクリストたちのように共産主義的精神を持っている。もし共産主義者の目から見るとすれば、クリストの言葉はことごとく共産主義的宣言に変るであろう。彼に先立ったヨハネさえ「二つの衣服《うわぎ》を持てる者は持たぬ者に分け与えよ」と叫んでいる。しかしクリストは無政府主義者ではない。我々人間は彼の前におのずから本体を露《あらわ》している。（もっとも彼は我々人間を操縦することは出来なかった、――あるいは我々人間に操縦されることは出来なかった。それは彼のヨセフではない、聖霊の子供だった所以《ゆえん》である）しかしクリストの中にあった共産主義者を論ずることはスイツル*に遠い日本では少なくとも不便を伴っている。少なくともクリスト教徒たちのために。

4　無抵抗主義者

クリストはまた無抵抗主義者だった。それは彼の同志さえ信用しなかったためである。

近代では丁度トルストイ*の他人の真実を疑ったように。——しかしクリストの無抵抗主義は何か更に柔らかである。静かに眠っている雪のように冷やかではあっても柔らかである。……

5　生活者

クリストは最速度の生活者である。仏陀は成道するために何年かを雪山の中に暮らした。しかしクリストは洗礼を受けると、四十日の断食の後、たちまち古代のジャアナリストになった。彼はみずから燃え尽きようとする一本の蠟燭《ろうそく》にそっくりである。彼の所業やジャアナリズムはすなわちこの蠟燭の蠟涙《ろうるい》だった。

6　ジャアナリズム至上主義者

クリストの最も愛したのは目ざましい彼のジャアナリズムである。もし他のものを愛したとすれば、彼は大きい無花果《いちじゅく》のかげに年とった予言者になっていたであろう。平和はその時にはクリストの上にも下って来たのに相違ない。彼はもうその時には丁度古代の賢人のようにあらゆる妥協のもとに微笑していたであろう。しかし運命は幸か不幸か彼にこういう安らかな晩年を与えてくれなかった。それは受難の名を与えられていても、正に彼の悲劇だったであろう。けれどもクリストはこの悲劇のために永久に若々しい顔をしているのである。

7　クリストの財布

こういうクリストの収入はおそらくはジャアナリズムによっていたであろう。が、彼は「明日のことを考えるな」というほどのボヘミアンだった。ボヘミアン？——我々はここにもクリストの中の共産主義者を見ることは困難ではない。しかし彼はともかくも彼の天才の飛躍するまま、明日のことを顧みなかった。「ヨブ記」を書いたジャアナリストはあるいは彼よりも雄大だったかも知れない。しかし彼は「ヨブ記」にない優しさを忍びこます手腕を持っていた。この手腕は少なからず彼の収入を扶《たす》けたことであろう。彼のジャアナリズムは十字架にかかる前に正に最高の市価を占めていた。しかし彼の死後に比べれば、——現にアメリカ聖書会社は神聖にも年々に利益を占めている。……

8　ある時のマリア

クリストはもう十二歳の時に彼の天才を示していた。彼の伝記作者の一人、——ルカの語る所によれば、「その子イエルサレムに留《とど》まりぬ。然《しか》るにヨセフと母これを知らず、三日の後殿《みや》にて遇《あ》う。彼教師の中に坐《ざ》し、聴きかつ問いいたり。聞く者皆その知慧《さとき》とその応対《こたえ》とを奇《あや》しとせり」それは論理学を学ばずに論理に長じた学生時代のスウィフトと同じことである。こういう早熟の天才の例は勿論世界中に稀《まれ》ではない。クリストの父母は彼を見つけ、「さんざんお前を探していた」と言った。すると彼は存外平気に「どうしてわたしを尋ねるのです。わたしはわたしのお父さんのことを務めなければなりません」と答えた。「されど両親はその語れる事を暁《さと》らず」というのもおそらくは事実に近かったであろう。けれども我々を動かすのは「その母これらの凡《すべ》ての事を心に蔵《と》めぬ」という一節である。美しいマリアはクリストの聖霊の子供であることを承知していた。この時のマリアの心もちはいじらしいと共に哀れである。マリアはクリストの言葉のためにヨセフに恥じなければならなかったであろう。それから彼女自身の過去も考えなければならなかったであろう。最後に――あるいは人気のない夜中に突然彼女を驚かした聖霊の姿も思い出したかも知れない。「人の皆無、仕事は全部」というフロオベルの気もちは幼いクリストの中にも漲《みなぎ》っている。しかし大工の妻だったマリアはこの時も薄暗い「涙の谷」に向かい合わなければならなかったであろう。

9 クリストの確信

クリストは彼のジャアナリズムのいつか大勢の読者のために持て囃《はや》されることを確信していた。彼のジャアナリズムに威力のあったのはこういう確信のあったためである。従って彼はまた最期の審判の、――すなわち彼のジャアナリズムの勝ち誇ることも確信していた。もっともこういう確信も時々は動かずにいなかったであろう。しかし大体はこの確信のもとに自由に彼のジャアナリズムを公にした。「一人のほかに善き者はなし、すなわち神なり」――それは彼の心の中を正直に語ったものだったであろう。しかしクリストは彼自身も「善き者」でないことを知りながら、詩的正義のため戦いつづけた。この確信は事実となったものの、勿論彼の虚栄心である。クリストもまたあらゆるクリストたちのようにいつも未来を夢みていた超阿呆《あほう》の一人だった。もし超人という言葉に対して超阿呆という言葉を造るとすれば。……

10　ヨハネの言葉

「世の罪を負う神の仔羊《こひつじ》を観よ。我に後《おく》れ来《きた》らん者は我よりも優れる者なり」――バプテズマのヨハネはクリストを見、彼のまわりにいた人々にこう話したと伝えられている。壁の上にストリントベリイの肖像を掲げ、「ここにわたしよりも優れたものがいる」と言った、逞《たくま》しいイブセンの心もちはヨハネの心もちに近かったであろう。そこに茨《いばら》に近い嫉妬《しっと》よりもむしろ薔薇《ばら》の花に似た理解の美しさを感じるばかりである。こういう年少のクリストのどのくらい天才的だったかは言わずとも善い。しかしヨハネもこの時にはやはり最も天才的だったであろう。ちょうど丈の高いヨルダンの蘆《あし》のゆらゆらかに星を撫《な》でているように。……

11　ある時のクリスト

クリストは十字架にかかる前に彼の弟子たちの足を洗ってやった。「ソロモンよりも大いなるもの」を以《もっ》てみずから任じていたクリストのこういう謙遜《けんそん》を示したのは我々を動かさずには措かないのである。それは彼の弟子たちに教訓を与えるためではない。彼も彼等と変らない「人の子」だったことを感じたためにおのずからこういう所業をしたのであろう。それはヨハネのクリストを見て「神の仔羊を観よ」*と言ったのよりも壮厳である。平和に至る道は何びともクリストよりもマリアに学ばなければならぬ。マリアはただこの現世を忍耐して歩いて行った女人である。（カトリック教はクリストに達するためにマリアを通じるのを常としている。それは必しも偶然ではない。直ちにクリストに達しようとするのは人生ではいつも危険である）あるいはクリストの母だったという以外に所謂《いわゆる》ニウス・ヴァリュウのない女人である。弟子たちの足さえ洗ってやったクリストは勿論マリアの足もとにひれ伏したかったことであろう。しかし彼の弟子たちはこの時も彼を理解しなかった。

「お前たちはもう綺麗《きれい》になった」

それは彼の謙遜の中に死後に勝ち誇る彼の希望（あるいは彼の虚栄心）の一つに溶け合った言葉である。クリストは事実上逆説的にも正にこの瞬間には彼等に劣っていると同時に彼等に百倍するほどまさっていた。

12　最大の矛盾

クリストの一生の最大の矛盾は彼の我々人間を理解していたにも関わらず彼自身を理解出来なかったことである。彼は庭鳥の啼《な》く前にペテロさえ三度クリストを知らないということを承知していた。彼の言葉はそのほかにもいかに我々人間の弱いかということを教えている。しかも彼は彼自身もやはり弱いことを忘れていた。クリストの一生を背景にしたクリスト教を理解することはこのために一々彼の所業を「予言者X・Y・Zの言葉に応《かな》わせんためなり」という詭弁《きべん》を用いなければならなかった。のみならず畢《つい》にこういう詭弁の古い貨幣になった後はあらゆる哲学や自然科学の力を借りなければならなかった。クリスト教は畢竟《ひっきょう》クリストの作った教訓主義的な文芸に過ぎない。もし彼の（クリストの）ロマン主義的な色彩を除けば、トルストイの晩年の作品*はこの古代の教訓主義的な作品に最も近い文芸であろう。

13　クリストの言葉

クリストは彼の弟子たちに「わたしは誰か？」と問いかけている。この問に答えることは困難ではない。彼はジャアナリストであると共にジャアナリズムの中の人物――あるいは「譬喩《ひゆ》」と呼ばれている短篇小説の作者だったと共に「新約全書」と呼ばれている小説的伝記の主人公だったのである。我々は大勢のクリストたちの中にもこういう事実を発見するであろう。クリストも彼の一生を彼の作品の索引につけずにはいられない一人だった。

14 孤身

「イエス……家に入りて人に知られざらん事を願いしが隠れ得ざりき」――こういうマコの言葉はまた他の伝記作者の言葉である。クリストは度たび隠れようとした。が、彼のジャアナリズムや奇蹟《きせき》は彼に人々を集まらせていた。彼のイエルサレムへ赴《おもむ》いたのもペテロの彼を「メシア」と呼んだ影響も全然ないことはない。しかしクリストは十二の弟子たちよりもあるいは橄欖《かんらん》の林だの岩の山などを愛したであろう。しかもジャアナリズムや奇蹟を行ったのは彼の性格の力である。彼はここでも我々のように矛盾せずにはいられなかった。けれどもジャアナリストとなった後、彼の孤身を愛したのは疑いのない事実である。トルストイは彼の死ぬ時に「世界じゅうに苦しんでいる人々は沢山ある。それをなぜわたしばかり大騒ぎをするのか？」と言った。この名声の高まると共に自ら安んじない心もちは我々にも決してない訣ではない。クリストは名高いジャアナリストになった。しかし時々大工の子だった昔を懐しがっていたかも知れない。ゲエテはこういう心もちをファウスト自身に語らせている。ファウストの第二部の第一幕は実にこの吐息の作ったものと言っても善い。が、ファウストは幸いにも岬花《くきばな》の咲いた山の上に佇《たたず》んでいた。……

15　クリストの歎声

クリストは比喩《ひゆ》を話した後、「どうしてお前たちはわからないか？」と言った。この歎声もまた度たび繰り返されている。それは彼ほど我々人間を知り、彼ほどボヘミア的生活をつづけたものにはあるいは滑稽に見えるであろう。しかし彼はヒステリックに時々こう叫ばずにはいられなかった。阿呆たちは彼を殺した後、世界中に大きい寺院を建てている。が、我々はそれ等の寺院にやはり彼の歎声を感ずるであろう。「どうしてお前たちはわからないか？」――それはクリストひとりの歎声ではない。後代にもみじめに死んでいった、あらゆるクリストたちの歎声である。

16　サドカイの徒やパリサイの徒*

サドカイの徒やパリサイの徒はクリストよりも事実上不滅である。この事実を指摘したのは「進化論」の著者ダアウィンだった。彼等は今後も地衣類のようにいつまでも地上に生存するであろう。「適者生存」は彼らには正に当て嵌《は》まる言葉である。彼等ほど地上の適者はない。彼らは何の感激もなしに油断のない処世術を講じている。マリアはおそらくクリストの彼等の一人でなかったことを悲しんだであろう。ゲエテをベエトホオヴェンの罵《ののし》ったのは*正にゲエテ自身の中にいるサドカイの徒やパリサイの徒を罵ったのだった。

17　カヤパ*

祭司の長《おさ》だったカヤパにも後代の憎しみは集っている。彼はクリストを憎んでいたであろう。が、必しもこの憎しみは彼一人にあった訣ではない。唯彼を推し立てることのクリストを憎みあるいは妬《ねた》んだ大勢の人々に便利だったからである。カヤパはきららに袍《ほう》を着下し、冷やかにクリストを眺めていたであろう。現世はそこにピラトと共に意気地のない聖霊の子供を嘲《あざけ》っている。燃えさかる松明《たいまつ》の光りの中に。……

18　二人の盗人たち

クリストの死の不評判だったことは彼の十字架にかかる時にも盗人たちと一しょだったのに明らかである。盗人たちの一人はクリストを罵ることを憚《はばか》らなかった。彼の言葉は彼自身の中にやはり人生のために打ち倒されたクリストを見出《みいだ》したことを示している。しかしもう一人の盗人は彼よりも更に妄想を持っていた。クリストはこの盗人の言葉に彼の心を動かしたであろう。この盗人を慰めた彼の言葉は同時にまた彼自身を慰めている。

「お前はお前の信仰のために必ず天国にはいるであろう」

後代はこの盗人に彼等の同情を示している。が、もう一人の盗人には、――クリストを罵った盗人には軽蔑《けいべつ》を示しているのに過ぎない。それは正にクリストの教えた詩的正義の勝利を示すものであろう。が、彼等は、――サドカイの徒やパリサイの徒は今日でも私《ひそ》かにこの盗人に賛成している。事実上天国にはいることは彼等には無花果《いちじゆく》や真桑瓜《まくわうり》の汁を啜《すす》るほど重大ではない。

19　兵卒たち

兵卒たちは十字架の下にクリストの衣を分ち合った。彼等には彼の衣のほかに彼の持っていたものは見えなかったのである。彼等は定めし肩幅の広い模範的兵卒たちだったのに違いない。クリストは定めし彼等を見おろし、彼らの所業を軽蔑したであろう。しかしまた同時に是認したであろう。クリストはクリスト自身のほかにには我々人間を理解している。彼の教えた言葉によれば、感傷主義的詠嘆は最もクリストの嫌ったものだった。

20　受　難

十字架にかかったクリストは多少の虚栄心を持っていたものの、彼の肉体的苦痛と共に精神的苦痛にも襲われたであろう。殊に十字架を見守っていたマリアを眺めることは苦しかった訣である。が、彼は「エリ、エリ、ラマサバクタニ」という必死の声を挙げた後も（たといそれは彼の愛する讃美歌《さんびか》の一節だったにもせよ）彼の息の絶える前には何かおお声を発していた。我々はこのおお声の中にあるいはただ死に迫った力を感ずるばかりであろう。しかしマタイの言葉によれば、「殿《みや》の幔《まく》上より下まで裂けて二つになり、また地震いて岩裂け、墓ひらけて既に寝《い》ねたる聖徒の身多く甦《よみがえ》」った。彼の死は確かに大勢の人々にこういうショックを与えたであろう。(マリアの脳貧血を起したことを記していないのは新約聖書の威厳を尊んだからである) クリストの一言一行に永遠の註釈《ちゅうしゃく》を与えているパピニさえこの事実はマタイを引いているのに過ぎない。彼自身を欺いているパピニの詩的情熱はそこにもまた馬脚を露《あらわ》している。クリストの死は事実上彼の予言者的天才を妄信した人々には――彼自身の中にエリヤを見た人々には余りに我々に近いものだった。従ってまた炎の車に乗って天上に去るよりも恐ろしかった。彼等はただそのためにショックを受けずにはいなかったのである。しかし年をとった祭司たちはこのショックに欺かれはしなかったであろう。

「それ見たことか!」

彼等の言葉はイエルサレムからニウヨウクや東京へも伝わっている。イエルサレムを囲んだ橄欖の山々を最も散文的に飛び超えながら。

21 文化的なクリスト

クリストの弟子たちに理解されなかったのは彼の余りに文化人だったためである。(彼の天才を別にしても) 彼らは大体は少なくとも彼に奇蹟を求めていた。哲学の盛んだった摩伽陀国《まかだこく》の王子*はクリストよりも奇蹟を行わなかった。それはクリストの罪よりもむしろユダヤの罪である。彼はロオマの詩人*たちにも遜《ゆず》らない第一流のジャアナリストだった。同時にまた彼の愛国的精神さえ抛《なげう》って顧みない文化人だった。（マコはクリスト伝第七章二五以下にこの事実を記している）バプテズマのヨハネは彼の前には駱駝《らくだ》の毛衣や蝗《いなご》や野蜜に野人の面目を露《あらわ》している。クリストはヨハネの言ったように洗礼にただ聖霊を用いていた。のみならず彼の洗礼（？）を受けたのは十二人の弟子たちのほかにも売笑婦や税吏や罪人だった。我々はこういう事実にもおのずから彼に柔かい心臓のあったのを見出すであろう。彼はまた彼の行った奇蹟の中に度たび細かい神経を示している。文化的なクリストは十字架の上に最も野蛮な死を遂げるようになった。しかし野蛮なバプテズマのヨハネは文化的なサロメのために盆の上に頭をのせられている。運命はここにも彼等のために逆説的な悪戯《いたずら》を忘れなかった。……

22　貧しい人たちに

クリストのジャアナリズムは貧しい人たちや奴隷を慰めることになった。それは勿論天国などに行こうと思わない貴族や金持ちに都合の善かったためもあるであろう。しかし彼の天才は彼等を動かさずにはいなかったのである。いや、彼等ばかりではない。我々も彼のジャアナリズムの中に何か美しいものを見出している。何度叩《たた》いても開かれない門のあることは我々もまた知らないわけではない。狭い門*からはいることもやはり我々には必しも幸福ではないことを示している。しかし彼のジャアナリズムはいつも無花果のように甘みを持っている。彼は実にイスラエルの民の生んだ、古今に珍らしいジャアナリストだった。同時にまた我々人間の生んだ、古今に珍らしい天才だった。「予言者」は彼以後には流行していない。しかし彼の一生はいつも我々を動かすであろう。彼は十字架にかかるために、――ジャアナリズム至上主義を推し立てるためにあらゆるものを犠牲にした。ゲエテは婉曲《えんきょく》にクリストに対する彼の軽蔑を示している。丁度後代のクリストたちの多少はゲエテを嫉妬《しっと》しているように。――我々はエマオの旅びと*たちのように我々の心を燃え上がらせるクリストを求めずにはいられないのであろう。

（昭和二年七月二十三日）

〔遺稿〕

注釈

七＊コオクカアペト　cork carpet（英）。アイルランドのコーク地方で産するカーペット。

三＊樫井《かしい》の戦い　元和元年（一六一五）大坂夏の陣の時、大坂方二万が、大野治房《おおのはるふさ》の指揮で和歌山城を攻撃、和歌山城主浅野長晟が五千の兵でこれを破った。樫井は今の大阪府泉佐野市《いずみさの》樫井町、もと南中通《みなみなかどおり》村。

＊塙団右衛門直之《ばんだんえもんなおゆき》　遠州《えんしゅう》の人。加藤家に仕えたり浪人になったり僧になったり転々としたが、大坂冬の陣で大坂勢に加わり徳川軍を各所に破り戦功をたてた。

＊淡輪六郎兵衛重政《たんなわろくろうびょうえしげまさ》　泉州《せんしゅう》淡輪の領主。

＊浅野但馬守長晟《あさのたじまのかみながあきら》　天正十四年―寛永九年（一五八六―一六三二）。豊臣秀吉の臣下浅野長政の子。関ヶ原《せきがはら》の戦い後徳川家康につき、大坂の陣にも徳川軍に味方して戦功をあげた。

＊本多佐渡守正純《ほんださどのかみまさずみ》　永禄八年―寛永十四年（一五六五―一六三七）。三河《みかわ》の人。幼少より側近として家康に仕え、のち秀忠に仕え幕政に関与した。

三＊頼宣《よりのぶ》　慶長七年―寛文十一年（一六〇二―一六七一）。家康の第十子。母は家康の側室養珠院《ようじゅいん》お万の方。大坂の陣に十四歳で出陣。元和五年（一六一九）徳川御三家の一つである紀州《きしゅう》家の藩祖となった。
＊大龍和尚《だいりゅうおしょう》　京都妙心寺《みょうしんじ》の住職。直之は、福島正則《ふくしままさのり》に仕えたのち芸州《げいしゅう》を去り、大龍和尚について鉄牛《てつぎゅう》と号した。
＊成瀬隼人正正成《なるせはやとのしょうまさなり》　永禄《えいろく》十年―寛永二年（一五六七―一六二五）。家康の小姓で、関ヶ原で戦功をあげ、大坂冬の陣では本多正純とともに交渉に当たり、堀を埋めさせた。
＊土井大炊頭利勝《どいおおいのかみとしかつ》　天正元年―正保元年（一五七三―一六四四）。古河《こが》藩主水野元信《みずのもとのぶ》の庶子で、家康の従弟《いとこ》に当たる。幼少から秀忠に仕え、関ヶ原で秀忠に従って戦功をあげた。
一四＊井伊掃部頭直孝《いいかもんのかみなおたか》　天正十八年―万治二年（一五九〇―一六五九）。彦根《ひこね》藩主。井伊直政《なおまさ》の次男。秀忠に仕え、大坂冬の陣に出陣、夏の陣に秀頼の助命を拒否した。
一五＊横田甚右衛門《よこたじんえもん》　初め武田《たけだ》氏に仕えたが、のち徳川家康に仕えて大坂の陣で武功をたてた。
一八＊僕の従兄《いとこ》　実は芥川の姉久子《ひさこ》の夫西川豊《にしかわゆたか》。偽証罪で市ヶ谷刑務所に収容されていた。
二四＊新聞記者　芥川は大阪毎日新聞社の社友になっていた。作品・紀行などを載せたが記者の仕事はしなかった。
三〇＊「大久保武蔵鐙《おおくぼむさしあぶみ》」　江戸時代において広く読まれた実録本。大久保彦左衛門《ひこざえもん》を中心にした物語で、江戸時代の側面史として興味がある。歌舞伎・講談になっている。
三五＊相互扶助論《そうごふじょろん》　"Mutual Aid — A Factor of Evolution" ダーウィン主義が人間による

人間の支配、搾取を正当化しているとして反対し、生存競争の他に相互の協力が生物界や人間社会にあることを主張している。

三六*セザアル・フランク　César Franck　一八二二年―一八九〇年。ベルギー生まれの作曲家。ベートーヴェン、ワグナーらの影響下にフランス交響楽派を創始した。「交響曲ニ短調」など。

四三*鎮海湾《ちんかいわん》　朝鮮南部にある湾。巨済島《コジエとう》に囲まれ、鎮海・馬山《マサン》の良港がある。もと日本海軍要地。

四九*君看双眼色《きみみよそうがんのいろ》……　「禅林句集」（句双紙《くそうし》）中の詩句。芥川は愛誦《あいしょう》し、第一創作集「羅生門」の表紙扉にしるした。

五五*カイヨオ夫人　Madame Caillaux　一九一四年フランスの蔵相の妻。夫を中傷したフィガロ紙の支配人を射殺した。

五七*「春秋《しゅんじゅう》」の著者　「春秋」は、魯《ろ》の歴史家の手になり孔子が筆を加えたといわれる史書。周《しゅう》の時代に成立。「春秋」の著者が漢《かん》代の人とする説はない。「春秋左氏伝」を漢代の偽作とする説はある。

六六*青山《あおやま》　芥川は青山脳病院長斎藤茂吉に薬などを請うていた。

*Tantalus　タンタルス。ギリシア神話に出てくるゼウスの子。父の秘密をもらした罰として湖に浸され、水を飲もうとすれば水は減退し、飢えて果物を取ろうとすれば枝は後退し、永遠に苦しむ。

六七＊夏目《なつめ》先生の告別式　夏目漱石は、大正五年十二月九日死去。十二日青山斎場で葬儀が行なわれた。

六八＊ツォイス　Zeus（独）。ギリシア神話における最高の神。神々と人間の王。クロノスとレアとの間の子。ゼウス。

六九＊「寿陵余子《じゅりょうよし》」「余子」は、丁年（満二十歳）に満たない少年。燕《えん》の国寿陵の少年が趙《ちょう》の都邯鄲《かんたん》へ行き、都ふうの歩き方を学んだが身につかず、いなかの歩き方も忘れてはって帰ったという故事による。みだりにおのれの本分を捨て他の行為をまねるのは両方とも物にならないこと。

＊「韓非子《かんぴし》」中国戦国時代の韓の公子で法家の説を大成した韓非の著書。先人の説や例を集録、比喩《ひゆ》・寓話《ぐうわ》を用いて法律政治を説いた書で、「孟子」「荘子」とあわせて先秦《せんしん》の三大文学とされる。ただし、この寓話は「韓非子」ではなく、「老子」の「秋水篇」に見える。

七〇＊聖ジョオジ　Saint George　イングランドの守護聖人。二世紀ごろに殉教した伝説的勇士。馬上から竜を退治している姿に描かれる。四月二十三日はこの聖人の記念日とされる。

＊屠竜《とりゅう》の技《ぎ》　世に用のない名技をいう。「荘子」の「列禦寇《れつぎょこう》」に書かれている。

七六＊「アナトオル・フランスの対話集」　芥川は、ニコラス・セギュール（Nicolas Ségur）著のもの（一九二七年刊）とポール・グセル（Paul Gsell）著のもの（一九二一年刊）を読んでいる。

＊「メリメエの書簡集」　死後に発表されたもので、女性にあてた書簡が多い。

七七＊朱舜水《しゅしゅんすい》　一六〇〇年—一六八二年。中国の儒者。万治二年（一六五九）、日本に帰化、水戸《みと》光圀《みつくに》に招かれた。明治四十五年六月二日、朱舜水記念会によって第一高等学校構内（旧水戸藩の下屋敷）に記念碑が建てられた。

＊リュウイサイト　lewisite（英）。アメリカの化学者ルイスが発明した強烈な毒ガス。

八〇＊Doppelgaenger　ドッペルゲンゲル（独）。二重身。同一人物が同時に二か所に現われる現象。一種の精神病。

＊K君　上山草人《かみやまそうじん》であろう。

八一＊エリザベス朝の巨人　Elizabeth　一世（一五三三年—一六〇三年）の治世四十五年間に隆盛なエリザベス朝時代を現出した。シェークスピアなどが活躍している。

＊ベン・ジョンソン　Ben Jonson　一五七三年—一六三七年。イギリスの詩人、劇作家。

＊カルセエジ　Carthago　カルタゴ。北アフリカのチュニス市付近にフェニキア人が建てた古代都市。ローマと戦ったが、第三ポエニ戦争の際、スキピオに囲まれて滅亡した。

＊ある老人　室賀《むろが》文武《ふみたけ》。初め新原《にいはら》家の牛乳配達をし、その後雑貨の行商をし、銀座の聖書会社に動めた。句集もある。

八五＊古代の希臘人《ギリシヤじん》　ギリシア神話に出てくるイカルス　Icarus。

＊オレステス　Orestes　ギリシア神話中の人物。父を殺した母とその姦夫《かんぷ》とを討ち、復讐《ふくしゅう》の神々に追及されて狂人となる。

八六＊P・S　post scriptum（ラテン語）。手紙の文章の終わったあとにつけたした追加文。二伸。

八七＊甥《おい》　姉の子葛巻義敏《くずまきよしとし》か。

＊エア・シップ　air-ship　当時の高級の国産巻きたばこの名。

＊スタア　star　当時の高級の国産巻きたばこの名。

八八＊イヴァンを描いた　カラマーゾフ三兄弟の次男。イヴァン・フョードロヴィッチ。秀才の無神論者。悪魔的な存在として書かれている。

九〇＊「喜雀堂《きじやくどう》に入る」　喜雀はかささぎの別称。喜びをもたらすという。

九一＊弟　義弟塚本八洲《つかもとやす》。

九八＊シュタイン夫人　Charlotte Frau von Stein　一七四二年—一八二七年。ワイマール公の母堂付きの女官で、フォン・シュタイン男爵の夫人。ゲーテのワイマール時代からクリスチァーネとの結婚までの約十四年間、愛人としてまたよき理解者として、ゲーテの奔放な生活に理性的安定を興《あた》えた。

＊近代文芸読本　芥川が編集した中学生向きの副読本。一学年から五学年まで五巻。大正十四年興文社刊。当時の作家百数十名の作品を収録したが、それらの人々への

謝礼の問題や、実際にはあまり売れなかったにもかかわらず、彼ひとりが印税でもうけているという非難があったりして、芥川に心労を与えた。

一〇〇＊ヴェルレエン　Paul Marie Verlaine　一八四四年―一八九六年。年少の詩人ランボーと同性愛に陥り、家庭を捨ててともに流浪したが、のちピストルで射って負傷させ、二か年の禁固となり、入獄中に妻を離別した。

＊ワグナア　Richard Wagner　一八一三年―一八八三年。ドイツの作曲家。旧来の歌劇から総合的な楽劇を創始。弟子で協力者であったビューローの妻コジマと恋愛し、これと結婚した。

＊ストリントベリイ　August Strindberg　一八四九年―一九一二年。人妻と関係し、結婚生活の失敗を「痴人の告白」「地獄」に書いた。

＊「痴人の懺悔《ざんげ》」　"Le plaidoyer d'un fon"（一八九五年）。ストリンドベリーが自己の結婚地獄を告白した小説。自国語で書くのをはばかりフランス語で書かれた。

一〇一＊悪魔主義者　悪魔主義は十九世紀末にあらわれた文芸思想の一傾向。好んで醜悪・退廃・怪異・恐怖などの中に美を見いだそうとする。ポー、ボードレールら。

一〇三＊俺は世界の夜明けに……　旧約聖書創世記第三十二章による。ヤコブ（Jacob）はユダヤ人の族長。

一〇四＊「玉は砕《くだ》けても……」　「続野人生計事」九にも書いている。「北斉書」の「元景安伝」に「大丈夫寧可玉間何能瓦全」とある。

一二一＊昭和二年六月二十日　自殺したのはこの年の七月二十四日。

一二三＊彼の母　芥川の実母フクは、彼の生後九か月ごろ発狂し、明治三十五年、十一歳の時に死んだ。

＊ある郊外　芥川一家は新宿《しんじゆく》二丁目の龍之介の実父新原氏の牧場の一部にあった新原氏の持ち家に明治四十三年移転した。

一二四＊伯母《おば》　実母の姉フキ。芥川を養育した。

＊先輩　谷崎潤一郎をさす。

一二六＊和蘭《オランダ》人　ゴッホをさす。発狂して自分の片耳を切り落とした。

一二七＊ある短篇　大正四年十月「帝国文学」に発表の「羅生門」。

一二八＊先生　夏目漱石をさす。芥川は大正四年十二月に漱石の門下にはいった。

一二九＊先生の死　大正五年十二月九日に漱石が死去した。

＊結婚　大正七年二月二日、塚本文《ふみ》と結婚。

一三〇＊彼等の家　鎌倉《かまくら》市大町辻《おおまちつじ》に移り、妻と伯母と下女とで住んだ。

一三一＊「カンディイド」〝Candide〟（一七五九年）。ヴォルテールの哲学小説。彼の代表作とされる。

一三二＊入社　大正八年三月から大阪毎日新聞社社員となった。四月鎌倉を引き上げ、再び田端《たばた》の自宅に移った。

一三三＊或画家　小穴隆一《おあなりゆういち》。

一三七＊彼の姉　次女ヒサ。葛巻家に嫁し、のち西川家に再婚し、再び葛巻家に復縁した。
＊異母弟　新原得二。実母の妹フユと実父との間の子。
＊姉の夫　西川豊。
一三八＊露西亜人　レーニンをさす。
一四〇＊ある短篇　大正五年八月「人文」に発表の「野呂松《のろま》人形」。
一四一＊「神々は……」「侏儒の言葉」に「あらゆる神の属性中、最も神のために同情するのは神には自殺のできないことである」と書いている。
一四五＊Divan　有名な「西東詩集」（一八一九年刊）。アラビアの詩人の影響や、マリアンヌとの恋愛などが主材。円熟したゲーテの思想・情熱などを示している。
一四六＊フランソア・ヴィヨン　François Villon　一四三一年―？　フランスの詩人。殺人・放浪・窃盗の生活を送り、死刑に処された。
＊スウィフト　Jonathan Swift　一六六七年―一七四五年。イギリスの風刺作家。愛人の死後発狂した。
一四七＊「詩と真実と」“Dichtung und Wahrheit”（一八一一年―一八三一年）。「わが生活より」“Aus meinen Leben”と題するゲーテの自叙伝の副題。青年時代を客観的に描く。自叙伝の古典とされる。
一四八＊彼の友だち　宇野《うの》浩二《こうじ》をさす。
一四九＊ラディゲ　Raymond Radiguet　一九〇三年―一九二三年。フランスの小説家。その作品「ドルジェル伯の舞踏会」の序文でジャン・コクトーが「ここに彼の最後の言葉をしるす……『ねえ、大変なことになってしまったんだ。あと三日すると、僕は神の兵士たちに銃殺されるんだって……』」と書いている。

一五〇＊社命　東京日日新聞社。芥川が社員だった大阪毎日新聞社の傍系。

＊「お竹倉《たけぐら》」　江戸時代、幕府のお竹奉行の蔵のあった所。横網町《よこあみちょう》一帯。

一五一＊被服廠《ひふくしょう》　もと陸軍の衣服などを製造した工場。震災記念堂のあたりにあった。

一五二＊百本杭《ひゃっぽんぐい》　横網町の隅田川に臨む一帯の俗称。

＊多田《ただ》の薬師　東駒形一丁目の東江寺《とうこうじ》の境内に多田薬師堂がある。

一五三＊表忠碑《ひょうちゅうひ》　両国橋の本所側たもとにあった。明治四十年一月一日建立された。日露戦争の戦病死者の氏名を刻む。

＊北清《ほくしん》事変　外国の清国圧迫を憤り、一九〇〇年、排外愛国を主張する結社、義和団が北京《ペキン》の各国公使館を襲撃したのを、日・英・米・露・仏・独・伊・墺《おう》の諸国が連合軍を組織して押えた事件。

＊南山《なんざん》　中国遼東《りょうとう》省関東《かんとう》州金州《きんしゅう》城南にある小丘。明治三十七年五月、日露戦争の激戦地としても有名である。

一五四＊井生村楼《いぶむらろう》　両国橋西岸にあった。集会その他によく使用された。

＊和霊《にぎたま》神社　伊達《だて》騒動のとき建てられた。二十三日が祭礼だった。

一五五＊今村次郎《いまむらじろう》　講談速記記者として有名。

＊邑井吉瓶《むらいきっぺい》　文久二年—明治三十八年（一八六二—一九〇五）。明治前期の講談の名人といわれた。本名は渥美《あつみ》彦太郎《ひこたろう》。浅草生まれ。

＊典山《てんざん》　錦城斎《きんじょうさい》典山。神田《かんだ》伯山と対照された講釈の上手。

＊伯山《はくざん》　神田伯山。明治五年—昭和七年（一八七二—一九三二）。講談師。明治三十七年三代目を襲名した。

＊伯龍《はくりゅう》　神田伯龍。明治二十三年—昭和二十四年（一八九〇—一九四九）。講談師。芥川の「邪宗門」などの文芸作品や世話講談で好評を得た。

一五六＊小幡小《こばたこ》平次《へいじ》　山東《さんとう》京伝の小説「復讐奇談《ふくしゅうきだん》安積沼《あさかのぬま》」を脚色したもの。河竹黙阿弥《かわたけもくあみ》作「怪談小幡小平次」「小幡怪異雨古沼《あめもふるぬま》」など。

＊清玄《せいげん》　鶴屋南北《つるやなんぼく》作「隅田川花御所染《はなのごしょぞめ》」や「浮世《うきよ》清玄《せいげん》廓《くるわの》夜桜《よざくら》」などで有名な、清玄桜姫の怨霊《おんりょう》伝説の主人公。

一五七＊安田《やすだ》家の庭　本所区横網町にある安田庭園。江戸名園の一つ。明治維新後、旧岡山藩主池田《いけだ》章政《あきまさ》、財閥安田善次郎《ぜんじろう》に所有されたが、大正十一年、東京市へ寄付された。

＊被服廠《ひふくしょう》ほど　大震災での本所区内の死者は、市内総計の八割六分、約五万人。うち被服廠跡だけで、三万五千人であった。

一五八＊「卻《かえ》って……」　唐代の詩人賈島《かとう》の七言絶句。「度桑乾」の結句。

一六〇＊椎《しい》の木《き》松浦《まつうら》　横網町にあった肥前守《ひぜんのかみ》松浦侯の屋敷。舟の往来の目じるしとなった椎

の大木があり、江戸名所の一つ。また、七不思議の一つで、いつ見ても一片の落ち
葉もなかったという。

＊「江戸の横網……」　北原白秋の処女歌集「桐《きり》の花」（大正二年刊）の「春愁」中の
一首。前半は「定斎《じょうさい》の軋《きし》みせはしく橋わたる……」

一六一＊一銭蒸汽　隅田川の小型遊覧船のこと。吾妻橋を中心に、上は千住大橋、下は永代《えいたい》
橋までを六区間に分け、一区間一銭の料金だった。値上げ後も俗称として残った。

一六二＊首尾《しゅび》の松　台東《たいとう》区蔵前《くらまえ》にあった松の老木。対岸の椎の木とともに吉原《よしわら》へ舟で通う客
の目じるしとなった。ともに震災で失われた。

＊「沅湘《げんしょう》日夜……」　唐代の載叔倫の七言絶句の転句。結句は「不㆘為㆓愁㆒住少時㆖」。
「沅湘」はともに揚子江《ようすこう》の支流。

一六三＊長命寺《ちょうめいじ》　墨田区向島須崎町にある天台宗の寺。芭蕉堂《ばしょうどう》、一九《いっく》の句碑、蜀山人《しょくさんじん》の歌碑、
橘守部《たちばなもりべ》の墓などがある。桜餅《さくらもち》で有名。

一六四＊観世新路《かんぜじんみち》　中央区の京橋から新橋に至る付近の旧地名。

一六五＊「君は今……」　吉原の名妓《めいぎ》高尾《たかお》の吟と言い伝える、有名な句。

一六六＊「文章は千古《せんこ》の事」　杜甫《とほ》の詩に「文章千古事、得失寸心知」とある。

＊御朱引《ごしゅび》き　江戸時代に江戸の地図に朱色の線で府内（江戸）と府外（郡部）とに分
けた区域。

一六七＊橋本《はしもと》　妙見様の向かい、柳島橋西の橋づめにあった有名な料亭。戦災で絶えた。

＊妙見《みょうけん》様　柳島橋の西側の右の橋づめにある法性寺《ほっしょうじ》。
＊有田《ありた》ドラッグ　有田音松《おとまつ》が創業。東京では本舗の日本橋ほか本所若宮《わかみや》町・深川《ふかがわ》永代橋など八か所、全国に百以上の売店を有し、淋病《りんびょう》・梅毒専門薬のチェーン・ストア。
＊愛聖館　現在の萩寺境内の一隅にあったキリスト教会。ミス・アーレンの経営。昭和の初めまでこの地にあり、のち亀戸《かめいど》二丁目に移った。
＊十二階　浅草公園にあった八角形十二階建てれんが造りの凌雲閣《りょううんかく》の俗称。イギリス人メルトンの設計。明治二十五年竣工《しゅんこう》、震災で崩壊。
一六八＊斎藤緑雨《さいとうりょくう》　慶応三年―明治三十七年（一八六七―一九〇四）。本名は賢《まさる》。別号 正直正《しょうじきしょう》太夫《だゆう》、江東《こうとう》みどり。仮名垣魯文《かながきろぶん》に師事。風刺と皮肉に富んだ短い評論・批評で有名。
＊萩寺《はぎでら》　東京都江東《こうとう》区亀戸三丁目にある慈雲山竜眼寺《りゅうげんじ》の俗称。一四九五年開基。元禄《げんろく》年間に庭前にはぎを植えて有名。戦災で全滅。一部再建。
一六九＊落合直文《おちあいなおぶみ》　文久元年―明治三十六年（一八六一―一九〇三）。明治の国文学者・歌人。号は萩之家。「萩之家歌集」など。家の入り口の前に石碑があり、「萩寺のはぎおもしろしつゆの身のおくつきところこことさためむ」の歌を刻む。
＊司馬江漢《しばこうかん》　元文三年―文政元年（一七三八―一八一八）。江戸時代後期の洋画家。
＊浦里時次郎《うらざとときじろう》　吉原山名屋《やまなや》の遊女浦里と春日屋《かすがや》時次郎。山名屋の亭主に仲を裂かれ心中する。新内節《しんないぶし》「明烏夢泡雪《あけがらすゆめのあわゆき》」その歌舞伎化「明烏花濡衣《はなのぬれぎぬ》」など。
一七〇＊「変わらざるものよりして……」　英雄興亡のはかなさを嘆じた蘇軾《そしょく》の名文「前赤壁《ぜんせきへき》

賦《のふ》」に、「自二其変者一而観レ之則天地曾不レ能二以一瞬一、自二其不レ変者一而観レ之則物与我皆無レ尽也」とある。

一七一＊石の牛　石造のすわった牛。菅公《かんこう》は丑年《うしどし》生まれで牛を愛した。額がやや平らになり、そこへ柵外《さくがい》から銭を投げて載れば運がいいという。

＊文銭《ぶんせん》　寛永通宝の一つ。寛文のころ鋳造した銅銭。背に年号の一字である「文」の字がある。

一七二＊「船橋屋《ふなばしや》」の葛餅《くずもち》　亀戸町三丁目にあり六代百五十年続く。「葛餅」は関東特産で江戸名物の随一とされ、粋人・墨客が必ず口にした。

＊江東梅園　亀戸天神の東にあった、もとの梅屋敷。

一七三＊小公園　錦糸《きんし》公園。大震災後の帝都復興計画によってできた三大公園の一つ。昭和三年完成、七年開園した。

＊「ものの行き……」「ものの行きとどまらめやも山峡《かひ》の杉のたいぼくの寒さのひびき」

＊如露亦如電《にょろやくにょでん》　仏教語で、人生のはかないことをいう。

一七四＊「繁昌記《はんじょうき》」「江戸繁昌記」（寺門静軒著、天保三年刊）や「東京新繁昌記」（服部撫《ぶ》松《しょう》著、明治七年刊）をふまえている。

＊武徳会《ぶとくかい》　明治二十八年、平安遷都千百年を記念して創立された大日本武徳会。平安《へいあん》神宮《じんぐう》境内に大演武場（武徳殿）を設けた。第二次世界大戦後解体。

一七五＊列仙伝《れっせんでん》　漢の劉向《りゅうきょう》の選といわれる。二巻。中国古代の仙人赤松子《せきしょうし》より、以下十一人を選び叙述したもの。

一七六＊寿座《ことぶきざ》　東京都墨田区緑町二丁目にあった歌舞伎劇場。明治三十一年開場。

一七八＊簡閲点呼《かんえつてんこ》　もと軍隊が予備役の下士官兵および補充兵を召集し点検したこと。

＊ピストル強盗清水定吉《しみずさだきち》　東京市本所区松坂町《まつざかちょう》に住み、明治二年から十九年まであんまに変装変名（太田清光）して、百件以上の強盗事件を働いて全東京市民を震え上がらした。死刑に処された。

＊稲妻《いなずま》強盗　坂本慶太郎（一八六六年—一九〇〇年）。強盗・殺人・強姦《ごうかん》などを働き、関東一帯を荒し回った。ろう破りの名人でイナズマのあだ名で恐れられた。死刑に処された。

＊五寸釘《くぎ》の虎吉《とらきち》　逃げる時に足の裏に五寸釘がささったが平気で逃走したという怪盗。

一八〇＊膃肭獣供養塔《おっとせいくようとう》　国技館でおっとせいの展覧会があった際に死んだので葬ったという。

一八一＊京伝《きょうでん》　山東京伝。宝暦十一年—文化十三年（一七六一—一八一六）。江戸末期の黄表紙・洒落本《しゃれぼん》・読本《よみほん》作者。

＊「水子塚《みずこづか》」　江戸時代、まびきと称し、口減らしのため堕胎した子の墓。一七九三年建立。

＊京山《きょうざん》　山東京山。明和六年—安政五年（一七六九—一八五八）。戯作者。京伝の弟。

一八三＊「大東京繁昌記《はんじょうき》」「東京日日新聞」夕刊一面の連載読み物。昭和二年三月高浜虚子《たかはまきょし》

による「丸の内」に始まり田山花袋《たやまかたい》の「日本橋付近」など当時の文化人による見聞記。芥川のこれは四番目で五月六日から二十二日まで、小穴隆一がさし絵をかいている。

一八四＊「榛《はん》の木《き》馬場」　現在の東両国緑町の停車場の西側で、旧お竹倉の南に当たる一角。大きな榛があった広場。江戸時代に馬の練習場だった。

＊「割《わ》り下水《げすい》」　本所地区の南北二条の掘り割り。ここは後者。

一八五＊十五回　「大東京繁昌記」は一人一地域につき各十五回（十五日分）ずつ連載。

＊「お文様《ふみさま》」　蓮如上人《れんにょしょうにん》が真宗の要義を平易にして門徒に与えた手紙を集録した文章のこと。

一八八＊小春《こはる》治兵衛《じへえ》　近松門左衛門の浄瑠璃《じょうるり》「心中天網島《てんのあみじま》」（一七二〇年初演）中の男女主人公。

＊トランス・テエブル　ターン・テーブル（turn-table）の誤りか。機関車の向きを変換させる転車台をいう。

一九〇＊フロオベエルの言葉　モーパッサンあての書簡中に、「芸術家にとって……すべてを芸術への犠牲にすること。人生とは彼にとって一つの手段と考えるべきで、それ以上の何物でもない」と書き、友人アルフレッド・ルポットヴァンあてにも、「芸術以外のいっさいを無と現じる」ことを書き送っている。

一九一＊植村宗一《うえむらそういち》　明治二十四年—昭和九年（一八九一——一九三四）。大衆小説家、直木三十《なおきさんじゅう》五《ご》の本名。
＊中山太陽堂《なかやまたいようどう》社長　クラブ化粧品製造本舗中山太陽堂社長の中山太一《たいち》。
一九三＊鵠沼《くげぬま》の東屋《あずまや》　鵠沼海岸の旅館名。文士たちが多く宿って原稿を書いた。
一九七＊レニエ　アンリ・ド・レニエ　Henri de Régnier　一八六四年―一九三五年。フランスの詩人、小説家。“Bonheurs perdus”（失われたる幸福）の一編か。
二〇〇＊阿含経《あごんきょう》　小乗教の根本聖典。釈迦《しやか》の言行録のようなもの。
＊クライスト　Heinrich von Kleist　一七七七年―一八一一年。ドイツのロマン派作家。人妻と自殺。
＊ボアロオ　N. Boileau-Despréaux　一六三六年―一七一一年。フランスの詩人。古典主義文学理論家。
二〇二＊エンペドクレス　Empedoklēs　西暦前五世紀のギリシアの哲学者。
＊エトナ　イタリアのシチリア島の活火山。
二〇三＊「侏儒《しゆじゆ》の言葉」　芥川の随筆集。昭和二年十二月文芸春秋社刊。「澄江堂雑記」なども収める。
＊太陽の下に……　ドイツのことわざ。Esgeschieht nicht Neues unter der Sonne.
二〇四＊泥団《でいだん》　泥の固まり、すなわちこの地球。
二〇八＊古い快楽説　古代ギリシアにおける快楽主義。瞬間的な感覚によって快楽を追求する、という、アリスティッポスらのキュレネ派の思想をさす。

二〇九＊柱頭《ちゅうとう》の苦行《くぎょう》　キリスト教の苦行の最も極端な一例で、一生涯柱の上に立ったままでいる行を続ける。シリア人シメオンの発明になり、十二世紀まで続いた。

＊筋斗《きんと》　とんぼ返り。もんどりうつこと。

＊菽麦《しゅくばく》　豆と麦と。左伝成公十八年、「周子有レ足而無慧不レ能レ弁二菽麦一」（豆と麦とは形が大いに異なる、それさえも区別できない愚か者。事理を解せぬ者の意）。

二一二＊パナマから……　排日気運の強い一九一三年ごろのアメリカでは、カリフォルニア州議会が中国人移民排斥《はいせき》法を日本移民にも適用し、日本人はパナマからの退去を命ぜられた。

＊武后《ぶこう》　則天《そくてん》武后。六二三年―七〇五年。唐《とう》の高宗《こうそう》の皇后。武氏。高宗末年に摂政、武周革命で即位し、国号を周、則天大聖皇帝と自称。

＊李敬業《りけいぎょう》の乱　六八四年、李敬業が英国公眉州刺《えいこくこうびしゅうし》史《し》の官を免ぜられたのを恨み、駱賓《らくひん》王《おう》らと武后に反旗を翻したが失敗した。

＊駱賓王《らくひんおう》の檄《げき》　李敬業が書かせた回状で、武后を退け中宋の復位を目的とした名文。

＊遊就館《ゆうしゅうかん》　東京九段《くだん》靖国《やすくに》神社所属の武器博物館。絵馬《えま》堂を兼ねて、祭神の遺物陳列の目的で明治十五年に落成。

二一三＊Duc de Bourgogne　ブルゴーニュ公。不詳。

＊Abbé Choisy　アベ・ショワジ　一六四四年―一七二四年。フランスの作家。"Memoire"がある。

＊シャルル六世　Charles VI, Le Bien Aimé　一三六八年―一四二二年。フランス王（在位一三八〇年―一四二二年）。一三九二年ブルターニュ遠征中に発狂、以後国内乱れ、イギリスとの屈辱的なトロア条約により国土の大半を失った。

三四＊趙甌北《ちょうおうほく》　趙翼《ちょうよく》。一七二九年―一八一四年。清の江蘇《こうそ》陽湖の人。史学、詩に長じ、「二十二史劄記《さつき》」などを著わした。

＊「論詩」　絶句によって詩人の論評または詩学上の意見を述べたもの。唐の杜甫に始まる。趙甌北には五百首ある。

＊廬山《ろざん》の峰々《みねみね》　江西《こうせい》省九江《きゅうこう》県の南にある山の名。

三五＊無何有《むかう》　無何有の郷。

三六＊石黒定一　大正七年東京高商卒。上海《シャンハイ》旅行での知人。

三八＊黄老《こうろう》　黄帝と老子。また、その唱えた学。厭世《えんせい》思想を鼓吹して儒教に反対したもの。

＊ウイリアム・ジェエムス　William James　一八四二年―一九一〇年。アメリカの哲学者、心理学者。主知主義・合理主義に反対して実用主義哲学・機能的心理学を提唱。

三〇＊スウィフト　一四六ページの注釈参照。

＊「家にあれば……」　「万葉集」巻二にある挽歌《ばんか》。有間《ありま》の皇子《みこ》の作。叛《むほん》をはかり捕えられ、紀伊《きい》の行幸先に送られるその道での作。

＊レオパルディ　Giacomo Leopardi　一七九八年―一八三七年。イタリアの詩人、哲

学者。生涯病弱だった。彼の思想を貫くものは厭世主義である。

三二 *悉達多《したあるた》　Siddhártha　仏教の開祖釈迦の太子の時の名。カピラ城浄飯王《じようぼんのう》の長子。

*王城を忍び出た……　父浄飯王に出家の許しを得られず深夜ひそかに妻子に別れを告げ、苦行林の入り口で剃髪《ていはつ》出家し悟りを開くため、恆河《ごうが》流域の聖地などで断食などの苦行をしたのをいう。

*車匿《しやのく》　Chandaka　悉達多が出家の生活にはいる時、苦行林の入り口まで供をした御者。

*耶輸陀羅《やすだら》　Yaśodharā　悉達多の王妃。善覚長者の娘。悉達多十九歳のとき結婚。一子をもうけた。

*成道《じようどう》の伝説　悉達多は、六年の断食苦行が解脱の道でないのを悟り、尼連禅河《にれんぜんが》で沐浴《もくよく》し、村長の娘善生《スジヤータ》の供養する乳糜《にゆうび》を取り体力を回復したのち、菩提樹下《ぼだいじゆか》にはじめて悟りを開いた。

*難陀婆羅《なんだばら》　Nanda　仏の弟子。もと牧牛者であったことから牧牛難陀という。仏との問答により牧牛の法を聞いて恭敬の心を起こし、仏弟子になった。

三四 *白蓮《びやくれん》事件　女流歌人白蓮（伯爵柳原前光《やなぎわらさきみつ》の次女燁子《あきこ》）が良人《おつと》、福岡炭鉱王伊藤伝右衛門《いとうでんえもん》を捨て年少の一青年宮崎龍介《みやざきりゆうすけ》のもとに走り、当時（大正十年十月二十日）の新聞紙上に騒がれた事件。

*有島《ありしま》事件　有島武郎《たけお》が大正十二年六月九日、軽井沢の別荘で波多野秋子《はたのあきこ》と情死した

事件。

＊武者小路《むしゃのこうじ》事件　武者小路実篤《さねあつ》が、大正十一年に前夫人房子《ふさこ》と離婚、安子《やすこ》夫人と家庭をもったこと。

＊グルモン　Rémy de Gourmont　一八五八年—一九一五年。フランスの詩人、哲学者、文明批評家。この語は“Pensées inédites”「対話」にある。

三二六＊昼は農作の……　この話の出典は宮田高慶著「報徳記」（安政三年）。

三二七＊プラトン　Platon　紀元前四二七年—前三四七年。ギリシアの哲学者。その著「国家」の中で彼の理想とする国家は支配階級・防衛階級・栄養階級の三階級で、その支配と服従において、調和のとれた哲人政治であらねばならぬと主張する。

三二八＊S・M　室生犀星。

三二九＊メリイ・ストオプス夫人　Carmichael Marie Stopes　イギリス人。アメリカのサンガー夫人とともに産児制限運動に尽くした。

＊管鮑《かんぽう》の交わり　中国の春秋時代斉《せい》の人管仲《かんちゅう》と鮑叔《ほうしゅく》との親交。厚い友情の例として有名。

三三四＊貝原益軒　寛永七年—正徳四年（一六三〇—一七一四）。儒者。平明な文章で利用厚生の道を説く。著作「養生訓」「慎思録」。

三三五＊門前雀羅《じゃくら》を張る　訪れる人もなく、門前にすずめをとる網を張り得るほど寂しいこと。

二三六＊Blanqui　Louis Auguste Blanqui　一八〇五年—一八八一年。フランスの社会主義者。社会の物質的条件、大衆運動を考えず、少数者の陰謀による革命達成を考えた空想的社会主義者。生涯のうち四十年を獄中に過ごした。

二三七＊マレンゴオの戦い　Battle de Marengo　一八〇〇年ナポレオンの対オーストリア戦争を終結させた戦争。この勝利によってパリの政治的危機を救い、独裁の地位を固めた。

＊六十七歳のブランキ　一八七一年、ブランキーが六十六歳の時、パリコンミューンの弾圧によって投獄され、一八七九年釈放。"Lepatrie endanger"の著作。

二四三＊木に縁《よ》って……　方角違いの無理な望み。

二四六＊ジョオジ・ムアア　George Moore　一八五二年—一九三三年。イギリスの詩人、小説家。ゾラの影響を受け代表的自然主義作家となった。のち、神秘的退廃的な傾向。

二四七＊ショウ　George Bernard Shaw　一八五六年—一九五〇年。アイルランドの劇作家、評論家。彼の作「人と超人」"Man and Superman"（一九〇八）は「喜劇にして哲学」の語をつけて発表した四幕の戯曲。恋愛の諸相も生の力の動きにほかならぬ。女性こそが、この力の遂行者であると主張している。

＊梅蘭芳《メイランファン》　一八九五年—一九六一年。中国の俳優。京劇に現代的色彩を入れた、名女形。

＊「戯考」　王大錯《おうたいさく》の撰《せん》。戯曲に関する考証をした書。
＊孫呉《そんご》　孫武《そんぶ》、呉起《ごき》の併称。孫武は、春秋時代斉の人。兵法に通じ世界最古といわれる兵学書「孫子」を著わす。呉起も、春秋時代衛の人。魏《ぎ》帝に仕えて戦功多く、その著「呉子」は「孫子」、と並称される。
＊「董家山《とうかざん》」　以下女性の武将が中心をなす京劇。女が男をわがものにする点で共通。
＊胡適《こてき》　一八九一年―一九六二年。中国の思想家、文学者。コロンビア大出身、八不主義を提唱。著「白話文学史」「胡適文集」。
＊「四進士《ししんし》」　楊素貞《ようそてい》という女をめぐる四人の進士の物語をしくんだ京劇。
二五一＊王世貞《おうせいてい》　一五二六年―一五九〇年。中国、江蘇の人。文学上の復古を理想とし、多くの論文を残す。
二五三＊東禅寺《とうぜんじ》　芝高輪《しばたかなわ》にあった臨済宗の寺。明治維新の際一時イギリス公使館となる。
＊サア・ルサアフォオド・オルコック　Sir Rutheford Alcok　一八〇九年―一八九七年。一八五九年日本総領事となる。外人不正貿易・殺傷事件などに強硬な態度を示した。水戸浪士に襲われたが難を免れ、のち、駐支大使となる。
二六二＊ハンスカ伯爵夫人　Madame Hanska　ロシア、ウクライナ地方の大地主の妻。ポーランド貴族の出。バルザックからの手紙は「異国の女への手紙」(三巻)。一八五〇年、バルザックは彼女と結婚するが三月後死亡。
二六三＊金甌無欠《きんおうむけつ》　黄金で作った瓶《かめ》。外国の侵略を受けることなく堅固で完全なことをいう。

二六四＊マキアヴェリズム　Machiavellism　イタリアの政治家マキァヴェリの思想。政治上の権謀術数を是認する主義。一定目的、特に国家目的のために、いっさいの道徳的拘束を排除する。

二六八＊池大雅《いけのたいが》　享保八年―安永五年（一七二三―一七七六）。南画の巨匠。自由奔放な表現、個性的様式を完成。能書家。

＊玉瀾《ぎょくらん》　大雅二十四歳の時に結婚、書画にひいで詩文に巧み、相携えて漫遊した。室は妻のこと。

＊荻生徂徠《おぎゅうそらい》　寛文六年―享保十三年（一六六六―一七二八）。儒者。江戸の人。儒教を政治的立場から解釈、古文献解釈の新境地を開く。

二七三＊Yahoo　スウィフトの「ガリバー旅行記」の中の「馬の国」に出てくる、人間に酷似した、狡猾《こうかつ》な動物。

二七七＊ビュルコフ　Pavel Biruikov　一八六〇年―一九三四年。海軍将校、のち、民衆文学の分野に活躍。トルストイ創設の雑誌「仲裁者」の経営に従事、一九〇四年十月に、大著「トルストイ伝」をモスクワで刊行。

二九一＊ベエメ　Jakob Böhme　一五七五年―一六二四年。ドイツの神秘主義思想家。光と闇、愛と怒りの不断の闘争によるキリスト教解釈をなす。

二九二＊竜陽君《りゅうようくん》　戦国時代、魏の安釐王《あんきおう》の寵臣《ちょうしん》。男色をもって仕えたという。出典「戦国策」阮籍《げんせき》。

二九六＊鴉《からす》は……　イソップにある寓話《ぐうわ》。

＊「小さい散文詩」　"Le Spleen de Paris"　死後一八六九年、晩年の作品を集めて「パリの憂愁」としてまとめられた。

二九九＊「拈華微笑《ねんげみしょう》」　釈迦が霊鷲山《りょうじゅせん》で説教した際、一枝の華を拈《ひね》って目をまたたいたのを見て、ただ一人迦葉《かよう》のみ会得して微笑したので、釈迦が心印を授けたという。

三〇〇＊「日本の聖母の寺」　大浦《おおうら》天主堂のことか。

＊四人の伝記作者　「新約聖書」のマタイ伝・マルコ伝・ルカ伝・ヨハネ伝の著者。

＊ガリラヤの湖　パレスチナ最大の淡水湖でヨルダン河が湖の北東部に注ぎ、南西端より出ている。予言者たちやイエスが活動した地。

三〇一＊ニイチェの叛逆《はんぎゃく》　ニーチェに「反キリスト」（一八八八年刊）の著作がある。

三〇二＊ロンブロゾオ　Cesare Lombroso　一八三六年―一九〇九年。イタリアの精神病理学者、犯罪人類学者。

＊エリザベツ　アビヤの組の祭司ザカリアの妻。アロン家の一人娘。

＊バプテズマのヨハネ　「バプテズマ」とは洗礼を施す者のことで、ヨハネは、イエスに洗礼を施し、彼の先駆者となって予言活動をした。

＊ザカリアの夫　「夫」は妻の誤り。

三〇三＊ヘロデ　前一世紀後半より紀元一世紀を通じパレスチナとその付近の国々に対する幾多の王、およびその他の支配者を輩出したイドマヤ王家の創立者の名まえ。「新約聖書」マタイ伝第二章十六節以下。

三〇四＊「女中の子」　ストリンドベリーは女中の子として生まれた。作品に「女中の子」がある。

三〇七＊四人の弟子　ペテロ、アンデレ、ヤコブ、ヨハネ。
＊「山上の教え」　キリストの教訓の要約であり、かつ最も高い格調をもつことで有名な一節。マタイ伝第五章「幸福なるかな、心の貧しき者、天国はその人のものなり……」から始まって第七章まで。
＊マグダラのマリア　イエスや十二使徒に従ってガリラヤ地方を巡った婦人。
三〇八＊詩的恋愛　プラトニック・ラブの意。
＊ルッソオ　Jean Jacques Rousseau　一七一二年―一七七八年。フランスの思想家。ここはその「エミール」第四編。
三一〇＊惝恍《しょうけい》　あこがれ。
三一三＊ラザロ　ベタニヤのラザロ。イエスの友だち。
三一四＊カナの饗宴《きょうえん》　ヨハネ伝第二章「三日めにガリラヤのカナに婚礼ありて、イエスの母そこにおり、イエスも弟子たちとともに婚礼に招かれ給う」。
＊「炉辺《ろへん》の幸福」　平和で平凡な生活の中に見いだす幸福。片すみの幸福。
＊モオゼ　「旧約聖書」に活躍する予言者。イスラエル民族を統一し民族的大事業を完成した。ユダヤ教の創始事業にも参与。

＊エリヤ　モーゼを継ぐ予言者。

三五＊紅海《こうかい》の波　出エジプト記第十四章二十一—二十九節。

＊炎の車　「列王記略下」第二章。エリヤとエリシャがヨルダン川を渡り、進みながら語っていた時、火の車と火の馬が現われて二人を隔てた。そしてエリヤはつむじ風にのって天にのぼった。

＊「大いなる死者たち」　モーゼ、エリヤのこと。

三六＊「タッソオ」　"Torquato Tasso"　ゲーテの戯曲。

三七＊「どこへ行く」　"Quo Vadis"（ラテン語）。使徒ペトロは、キリストの死後、迫害に耐えられず、ローマを去ろうとする途上、キリストの幻影に会い、再びローマに引き返したという。

三八＊ゲッセマネの橄欖《かんらん》　イエスはオリーブ山の傾斜面にあるゲッセマネの園に弟子たちとしばしばやって来た。

三九＊パピニ　Giovanni Papini　一八八一年—一九五六年。イタリアのカトリック作家。「クリスト伝」"Striadi Cristo"（一九二一年）。

三〇＊ピラト　ユダヤ、サマリヤ、イドマヤを治めた第五代ローマ総督。イエスを十字架に付すべく命じた。

＊バラバ　逾越《すぎこし》祭の恩典の慣例的行事に従ってピラトが釈放した囚人。そしてその時もう一人の囚人であったイエスは十字架にかけられた。

三二＊「人間的な、余りに人間的な」“Menschliches Allzu Menschliches” ニーチェ著作の題名である。

三三＊「わが神……」 イエスが息を引き取る前に叫んだ言葉。

三三＊ピエタ 十字架から取り降ろしたイエスにマリアがすがって泣いている絵。

＊アリマタヤのヨセフ サンヒドリンの議員。

＊マコ マルコ伝の著者といわれるマルコ。

三三＊ルナン Joseph Ernest Renan 一八二三年―一八九二年。フランスの宗教史家、思想家。「イエス伝」“La Vie de Jésus”（一八一三年）の著者。

＊パウロ キリスト教徒を迫害していたが後悔してイエスの最高の弟子となった。

三四＊クララ Clara 一一九四年―一二五三年。クララ修道女会といわれるカトリック修道会の創立者。アシジのフランチェスカの最初の女弟子で、後年聖人の列に加えられた。

三九＊スイツル スイス。フランス人カルヴィンは一五四一年カトリック主義に反対し、スイスのジュネーブで改革を遂行、厳格な聖書主義を奉じた。

三〇＊トルストイ ガルシンの追想録によると、「トルストイは……人間の誠意というようなことを毛頭信じなかった。優しい感情というようなものは彼にとっては全く虚偽であった」（ビュルコフ著「トルストイ伝」）。

三四＊「神の仔羊《こひつじ》を観《み》よ」 ヨハネ伝第一章三十六節。

三三五＊トルストイの晩年の作品　「愛する所に神あり」「火を等閑にせば」「イワンの馬鹿」「復活」など。

三三六＊「世界じゅうに苦しんでいる人々……」　ロマン・ロラン著「トルストイの生涯」よりの引用。「……彼は……臨終の床で自分自身のためではなく不幸な人々のために泣いた。そして歔欷《きょき》の中にいった。『地上には幾百万の人々が苦しんでいる。どうしてあんた方は私一人のことをかまうのか？』……」

＊ファウストの第二部の第一幕　滝が巌《いわお》の裂け目から飛び落ちて来る。あれを見ると歓喜の情が刻々につのる……あの飛沫《ひまつ》の風が生んだ彩《あや》なす色の弓はなんと美しく束の間の姿をアーチ形に張ることだろう……虹《にじ》こそ人生の努力を映すものだ……人生は色どられた影の上にある。

三三七＊サドカイの徒やパリサイの徒　戒律主義者。キリストにより偽善者と断じられている。

＊ゲエテをベエトホオヴェンの罵ったのは……　ベートーヴェンよりベッティーナ・ブレンターノあての手紙。「昨日我々（ゲーテとベートーヴェン）は帰り道で大公家全部の方々に出くわした――……ルードルフ公は私にむかって帽子をとられ、大公妃も私に先んじてごあいさつをなさった――ゲーテの方をながめると一行が彼の前を通り過ぎて行かれる時、帽子を脱ぎ、低く腰をかがめてわきの方に立っているので私はおかしくなった」。

三三八＊カヤパ　イエスを審問した大祭司。

三四〇＊摩伽陀《まかだ》国《こく》の王子　仏陀のこと。

三四一＊ロオマの詩人　ヴェルギリウス（紀元前七〇年―一九年）、ホラティウス（紀元前六五年―八年）ら。

＊狭い門　マタイ伝第七章「狭き門より入れ、滅びにいたる門は大きく、その路は広く、これより入る者多し、生命にいたる門は狭く、その路は細く、これを見いだす者少なし」。

三四二＊エマオの旅びと　ルカ伝第二十四章「視よ、この日二人の弟子、エレサレムより三里ばかり隔たりたるエマホという村に往きつつ、すべて有りし事どもを互いに語りあう、語りかつ論じあう程にイエスみずから近づきてともに往き給う」。

作品解説

三好行雄

本巻は芥川龍之介の最晩年、昭和二年に書かれた小説や感想などを主体として編集されているが、その中心をなすのは「歯車」や「或阿呆の一生」など、死後に遺稿としてのこされていた諸篇である。

芥川龍之介は昭和二年七月二十四日の未明に、田端の自宅でヴェロナールおよびジャールの致死量をあおいで自殺した。前日の夜半過ぎまでかかって完成した「続西方の人」が最後の作品になり、主治医の下島勲《しもじまいさお》のために書きのこした短冊の〈自嘲／水洟や鼻の先だけ暮れ残る〉の文字が絶筆となった。

「或旧友へ送る手記」は遺書のひとつだが、久米正雄らの友人たちの意見で、二十四日の夜に新聞記者に公表された。この種の文章としては珍しく明晰《めいせき》で、島崎藤村《しまざきとうそん》から〈死に直面した人とは思われないほどの落ち着き〉と評されたように、論理と文体にいささかの乱れもとどめていない。最後まで、自意識の明晰な拆断家《たくだんか》に終始した芥川の面目をいかんなく伝えるとともに、この作家の自裁が決して狂気や衝動の発作ではなく、いわば自己の生と文学のすべてを賭《か》けてなされた決断であり、選択であった事情を暗示している。芥川の死はまさしく、ひとつの文学的な事件であった。

「手記」の冒頭で、芥川はマインレンダーに言及している。これはむろん Philipp Mainländer の "Die Philosophie der Erlösung"（救抜の哲学）を指しているが、マインレンダーは〈死への意志〉を説いたその哲学の一節で、つぎのようにいう。

人は始め遠くから死に怖れに満ちた眼をむけ、慄然《りつぜん》としてこれを避ける。ついで慄えながら遠い円を画いてその廻りを徘徊《はいかい》する。然し一日一日とその画く円は狭くなり、最後に疲れた腕を死のうなじに投げかけ、その眼に見入るのである。そこにあるものは平和、ただ甘き平和があるのみである。（藤田賢治訳）

この部分は森鷗外《もりおうがい》の「妄想」にも引用されている。「妄想」の翁は〈自分には死の恐怖が無いと同時にマインレンデルの「死の憧憬《どうけい》」も無い〉といいきり、芥川はそのマインレンダーに〈しみじみとした心もち〉を隠さないのである。

芥川が「羅生門」や「鼻」を携えてはなばなしく登場したとき、同時代の文壇はかれに〈漱石と鷗外の私生児〉という冠辞を贈ったことがある。それからわずか十年あまりを経て、この作家は漱石とも鷗外とも遠くかけ離れたところに、〈刃のこぼれてしまった、細い剣を杖にしながら〉（「或阿呆の一生」五十一）佇《た》っている。晩年に脱帽した作家、志賀直哉《しがなおや》からも遠い場所である。芥川をそこまで連れだしたのは、大正から昭和にかけてはげしくゆれうごいた歴史的時間と、時代の動向を先取りする見えすぎる眼と、見てしまったものから顔をそむけない作家としての誠実である。

芥川自身は〈ぼんやりした不安〉ということばでしか自殺の動機を語っていないが、同時代の回想や後代の推測を通じて、たとえば思想上の動揺、作家的才能への懐疑、健康の衰え――とくに発狂の恐怖――等々の事由が、後述の身辺の不祥事や文壇関係のトラブルなどの煩忙をふくめて、さまざまに取りざたされている。おそらくは雑多な生理的・心理的要因がかさなって、というのが事実だろうが、いずれにしても、芥川のいう〈ぼんやりした不安〉のおお根が、転形期に遭遇して立脚地の亀裂《きれつ》した知識階級（および、その文学的反映としての市民文学）の動揺にまで届いていたのは確実である。だからこそ、芥川の自殺はひとりの作家の死という以上に、一時代の終焉《しゅうえん》を告げる象徴的な事件と目された。同時代の文壇に大きな衝撃をあたえ、目に見えぬ時代の深部をもふかくゆりうごかしたのである。たとえば新感覚派の驍将《ぎょうしょう》だった片岡鉄兵《かたおかてっぺい》は、芥川の死を契機として急速に左傾したが、その片岡の場合などを例示しながら、昭和七年に、井上良《いのうえよし》雄《お》はつぎのように書いている。

　五年前、芥川龍之介の死が報ぜられた時の激しい衝動を、今日もなおわれわれは忘れない。……（中略）死がいかに堪えがたくわれわれの身近に逼《せま》っているかということを、明瞭《めいりょう》に知ったのはこの時である。もはや、問題は有島武郎氏の死の場合のように「人ごと」ではなかった。それはわれわれ自身の死の問題であったのだ。(「芥川龍之介と志賀直哉」)

芥川龍之介をいかに超えるかという問いが、昭和文学の緊急の課題として残されたわけだが、〈有島武郎氏の場合のように「人ごと」ではない〉という、よりわかい世代の実感のなかにも、いわば近代から現代への架橋に位置した芥川文学の意味が彷彿《ほうふつ》する。

前述のように、本巻の中心は、そうした芥川が死を代償にしてなお書きのこさねばならなかった遺稿のかずかずにあるのだが、以下、その若干について簡単にふれておきたい。

「歯車」は遺稿として残された作品のなかでは、唯一の純粋な小説である。宇野浩二によれば昭和二年の三月二十三日から四月七日にかけて執筆、完成されたもので、最初の一章だけが生前(昭和二年六月)に、『大調和』という雑誌に発表されている。

この年の一月早々、義兄の西川豊の家が全焼するという事件が起こっている。焼失寸前に巨額の保険に加入していたために放火の嫌疑が生じ、豊は多額の借金をのこして自殺した。芥川は思わぬ不祥事の後始末に奔走しながら、帝国ホテルに投宿するなどして、「河童」その他の小説を書きついでいた。「歯車」はその間の生活を描いた〈私小説〉だが、実生活との一体感や記録性ははるかに稀薄《きはく》で、プロットの一貫した展開も欠いている。むしろ、各章ごとに独立した短篇と見ることもできよう。

〈僕〉と呼ばれる主人公は〈地獄よりも地獄的〉な人生を生きていると信じ、発狂の予感に脅えながら、確実に成就するはずの死を待ちうけている。その日常性のただなかにぽっかりとひらいた狂気と死の世界が〈病的な神経〉の顫動《せんどう》とともに、凄絶《せいぜつ》な心象風景をくりひろげている。まず、視野いっぱいに回転する半透明の歯車がある。昭和二年三月二十八日づけの斎藤茂吉あて書簡によれば、芥川自身の切実な体験だったらしいが、その印象的な幻覚を軸として、死と絶望を象徴するレイン・コートの男や銀色の翼などがあらわれる。宿命的な暗合がくりかえされ、その間をぬって、運命をあやつる見えない手の予覚と恐怖が、小説の主調低音としてたえず鳴りひびくのである。みずから死をえらぶ人間の孤独と絶望をのぞき見させる稀有《けう》の作である。死を賭けて成功した怪奇な幻想の描写は底知れぬほど暗く、ぶきみな戦慄《せんりつ》にみたされながら、しかも、他のどういう小説もまだ成功したことのない異様な美しさをたたえている。これもまた〈末期の眼〉に映じた自然の美しさであろう。

「歯車」が死を賭けてあがなった狂気の心象風景だとしたら、この作品に二か月ほどおくれて脱稿した「或阿呆の一生」は自殺によってのみ終結する未完の自伝である。作者はいかにして死が必然であったかを問いながら、死にいたる敗北の歴史をえがくのだが、にもかかわらず、それは世俗の意味での〈時間〉を所有しない。未来への眺望をみずから閉じた地点から眺められた過去の風景であって、ここでは〈時間〉はむしろ逆行する。この自伝は実生活の経てきた時間の総体、その因果の序列を決して追ってはいない。全五十一章のモザイクふうな、きれぎれなエピソードの連鎖は、作者のたたずむ現存から放射する強烈な光に照らしだされた（あるいは、作者の現存によって意味づけられたといってもいい）実生活の時間の虚構化である。

「続西方の人」につぎの一節がある。

　クリストも彼の一生を彼の作品の索引につけずにはいられない一人だった（13）

「或阿呆の一生」こそ、芥川がみずからの作品につけようとした〈索引〉であろう。すくなくとも、かれがひとに信じさせたかった〈一生〉の戯画である。

〈誰が御苦労にも恥じ入りたいことを告白小説などに作るものか〉――芥川はかつて「澄江堂雑記」の一節でこう書いたことがある。この断言はむろん、単なる含羞《がんしゅう》の表現ではなくて文学上の信条とかかわるものだったが、芥川はこれらの遺稿で〈みずから羞《は》ずる所業をあえてして〉（「侏儒の言葉」）まで、かれなりにもっともつきつめた形での〈告白〉をやってみせたのである。そのことの背後には、芸術活動の意識性を強調した文学論（「芸術その他」）を十年前のこととして訂正したり、谷崎潤一郎との有名な論争で、ほとんど小説の虚構性を否定する体の発言をしたりする、もっと自覚的な文学観の屈折があった。「歯車」を読んだ葛西善蔵《かさいぜんぞう》は〈芥川もはじめて小説を書いた〉という感想を洩《も》らしたと伝えられるが、自然主義の生粋の後継者と目される葛西のこの批評はまことに印象的である。

　しかし、だからといって、「歯車」や「或阿呆の一生」の告白と、いわゆる私小説のそれとの距離はひどく遠い。芥川はたしかに、実生活にまで下降して、これらの遺稿を書いた。が、実生活に密着して書いたのでは、決してない。実生活と作品とを自在に往復する可逆関係は、これらの遺稿には依然としてないのである。たとえば「歯車」の、ひとつの心象からひとつの心象へ、イメージとイメージを連鎖してゆく巧妙な計算と構成を見るがいい。〈一糸乱れず、冷静に〉という広津《ひろつ》和郎《かずお》の評があるように、この作品では病的な神経の戦慄が、それ自体として完結した世界を構成する。精神のいたましい衰態を描きながら、この作家はなお明晰で、意識的である。世界を構築する作家の姿勢を崩していないのである。「或阿呆の一生」にしても、緻密《ちみつ》に彫琢《ちょうたく》された表現上の技巧は否定しうべくもない。たとえば〈ペンを執る手も震え〉るほどの敗北をいいながら、なおさりげなく〈刃のこぼれてしまった、細い剣〉のあざやかな比喩《ひゆ》を書きとめる一行に、非情に醒《さ》めた作家の眼がある。

「歯車」や「或阿呆の一生」は晩年の芥川がたたずむ悲劇的な世界を明らかにすると同時に、そのきりぎしにまで追いつめられた芥川が最後まで、固有の方法を捨てきれぬ芸術家だったことを示している。広津和郎のいうように、〈芥川龍之介は徹頭徹尾芸術家であった〉のである。

「西方の人」正続は結果として最後の作品になった異色作で、みずからクリストの〈小説的伝記〉だという新約聖書の記述を忠実に追いながら、救世主の言行に独自の解釈をほどこしている。ルナンの有名なクリスト伝をはじめ多くの文献が参照された形跡もある。例によって比喩と逆説を多用する主知主義がめだっているが、作者の態度はいがいにシリアスで、表現の行間につきつめた肉声のひびく箇所がある。〈わたしのクリスト〉を書くという意図を裏切って、〈クリストに託《たく》されたわたし〉の自画像がどうまぎれようもない明瞭さで忍びこんでいる。「歯車」などとはちがった意味で、芥川そのひとの悲痛な告白をききとることができるのだが、そのことは逆に、芥川を魅惑していたクリストが信仰や宗教的感動の対象とは無縁だったことを語っている。晩年の芥川が聖書に異常なほどの関心を示していたにもかかわらず、そういえると思う。

イエスは、聖霊を父とするゆえに〈永遠に超えんとする者〉であり、同時にマリアを母とする宿命は〈永遠に守らんとする者〉の半面をかれに強いる。だから、かれは牧歌的な地上の哀歓にうしろ髪をひかれながら、聖霊のうながしのままに、ひと気のない天上への道をのぼりつめた。芥川のイエス理解の核心はこの二律背反の発見にあるが、ここに描かれているイエスの悲劇がそのまま芥川の自画像にほかならぬゆえんは縷説《るせつ》を要しないであろう。山の麓《ふもと》の風景に無量のなつかしさを感じながら、われわれは芸術的精進の険路をあえて登る、と芥川が書いたのは大正八年である（「芸術その他」）。

正篇の第三十六章につぎの一節がある。

けれどもクリストの一生はいつも我々を動かすであろう。それは天上から地上へ登るために無残にも折れた梯子《はしご》である。薄暗い空から叩きつける土砂降りの雨の中に傾いたまま。……

最近、傍点の箇所が神学上の認識とからんで論議されている。クリストのモチーフに即していえば、これは〈地上から天上へ〉とあるべき一行のケアレス・ミステークであろう。しかし、イエスに託された芥川固有の問題としてなら、この誤記はイカルスを破滅させたあの人工の翼（「或阿呆の一生」）の比喩とかさなる。クリストは決して天上から地上への梯子を欲しなかった。それが必要だったのは芥川そのひとだったのであり、そこに、ついにクリストに及ばなかった地上の子の慟哭《どうこく》がひびくのである。「西方の人」の主人公が作者の〈わたし〉と西方の聖者の複合像だった事情を暗示する、印象的な誤記である。

最後に「侏儒の言葉」。芥川の得意としたアフォリズムの代表作である。ペダンチックで、きらびやかな知的アラベスクの文脈を縫って、意外に率直な人生観・芸術観が象《そう》嵌《がん》されている。アトランダムに例示すれば、侏儒の祈り・創作・瑣事・親子・宿命などの章がそうだが、この作者は主知の衣裳《いしょう》で心情を語ることをもっとも好んだのである。

同時代人の批評

「三つの窓」評

門外読後評

下田将美

芥川氏は私の大好きな作家の一人である。ろくに小説などは読まなくなった今日でも、雑誌を手にして氏の名前があると何をおいても一応は目を通して見る。ところが近頃氏の身辺を描いたと思われるものには読んでいてぞっとするようなものが出てくる。いつの雑誌であったかすっかり忘れてはしまったが自分の肉親の精神病のことを書いたものがあった。小説だといえばそれまでのことではあるが、ああいうことをズバズバと書いて、しかも冷めたい目でそれを見つめているような氏の心境を考えると思わずぞっとしたものである。聡明《そうめい》なすばらしい良い頭をもった人であるだけに、正直にいえば芥川氏自身がいまに常道から離れて行くのではないかというような気持さえしたのであった。

　しかるにこの「三つの窓」を見ると昔の芥川氏がひょっこり帰って来たような気がした。鼠《ねずみ》といい三人といい一等戦闘艦××といいいずれも非常にいい気持で読めた。昔の芥川氏のものに現われていたいい理智と批判とが若々しく出ていた。正直にいって何だか悦《たの》しい気がした。

近年の芥川氏の文章はだんだんに枯淡に、平静なうちにさびのあるものに変わって来たことは目に立っている、だれにしたところでこれは当り前のことであろう。若い時代のものとだんだんに年をとって来てからの文章では変わって来るのが当り前であろう。芥川氏のものは名文という点において売り出したころも今日も一向にかわりはない。枯淡に見え、省筆と見えるうちに依然としてすばらしい魅力がある。けれども表現の手法はいかにかわっても中に盛り来る内容だけはいつまでも若々しくあってほしい。聡明な氏としてはどこまでもその聡明さに徹して行ってもらいたい。冷めたい理智で人間の世界をどこまでも掘りすすんで行ってもらいたい。芸術家ではありながら芥川氏は経済思想などもかなりに読みかつ研究しているそうだというようなことを聞いたこともある、少しく楽屋落ちの話にはなるけれども今日の小説家の中で本当に経済眼をもって人間の経済生活を描いていると思われるものはあまりない。金のことを書き事業のことを書き、株屋さんのことを書き、ずいぶん経済に関することは取り扱われておりながら、プロレタリア系の人の宣伝的の労働運動小説以外には経済ということを本気に考えたこともなしに書いてるのではないかと思うような矛盾や滑稽《こっけい》なことを平気で書いている人も尠《すくな》くない。芥川氏はむろん経済のことなどは書いてはいないが、恐らくは私たちが見て笑いたくなるようなつまらないものは書くはずのない人のような気がする。

「三つの窓」の中の鼠などもA中尉がSという水兵をなぐりつけておいて、外からもって来た鼠で上陸しようという怪《け》しからぬことを叱りつけながら、いかにも英雄らしく上陸して女房のそばのクラッカーを買って来いと別に命令してやる場面を描いている。A中尉は日に焼けたSの頬に涙の流れるのを見のがさなかった。というところで切れてしまえば何のことはない安っぽい英雄的センチメンタルの一挿話で終わってしまうのであるが、それからの二十行ばかりでA中尉にSの女房から来た手紙を軽蔑《けいべつ》して読ませ最後に「けれども妙に寂しいんだがね、あいつのビンタを張った時には可哀そうだとも何とも思わなかった癖に……」といわせている。私は芥川氏のこういうところが、すばらしくいいと思う。ひょっとすると芥川氏自身はだんだんこういう書き方も今にいやになってしまうのかもしれない。なぜなら、もう一つ皮肉に見てゆけば、これも結局一つの理智の遊戯のような気がしないでもないからである。しかし私はここで投げてもらいたくない、理智が遊戯でなくなる時はきっと来るだろうと思うからである。聡明を倣し、理智を倣して、昔ながらの芥川氏の若さで、もう一度今の世界を見直してゆけば氏によって抉《えぐ》られてゆく舞台はいくらでもある。もし経済の本を読むという話が本当ならば、氏の聡明さで今日の人間の経済生活を見てゆけば、どんなものが書けるか知れないほどに材量はころがっている。

　私は「三つの窓」を見て昔日の芥川氏を見たような気がした。すでに河童を書く気のある芥川氏は、関《かま》わずにもっと昔ながらの理智を徹底させてずんずんああしたものを書いて見るに限る。ウイリアム・モリスのユートピアは日本でもきっと別の方面から書かれる時が来るに違いない。

机上にはまだ七月号の雑誌が五、六冊載っているが、暑いので見るのはいやになってしまった。機会があればまた門外漢の勝手なことを書く折も来るであろう。今度はこの辺のところで失礼させてもらうことにする、文壇に何の縁もない私のような人間の考えることも一般の読者の中にはあるいは共通した考えのものもあるかもしれない。全然門外漢の一批評として笑殺しておくのも文壇人の一興であろう。

（昭和二・八『新潮』）

「或阿呆の一生」「歯車」評

十月号の雑誌の文芸

井汲清治

故芥川龍之介の二作が発表されている。『改造』の「或阿呆の一生」と『文芸春秋』の「歯車」とである。前者の一節に「彼は彼の迷信や彼の感傷主義と闘おうとした。しかしどういう闘いも肉体的に彼に不可能だった」と書いてある。これは芥川龍之介には、恐らく遺書的真実を語っているものであろう。正宗白鳥《まさむねはくちょう》の所説によれば「氏の如き神童型の作家の晩年は自ら推知されるが、最近数年間の氏の作品に、私は痛ましき衰頽の影を見ていた」。

芥川龍之介は、白鳥も説けるごとく、「芸術の美に没頭して安んじているという意味の感想を、ある雑誌に述べていたが、そういう芸術至上主義ではなかった」。そんな一本ぎの、一方向きの執着心があれば、決して自殺に終わらなかったはずである。芸術至上主義へ進むことも、肉体的に不可能だったのである。生活から遊離しているとの自覚があっても、求心的に生活へ帰ることがもうできなかったのである。「或阿呆の一生」も「歯車」もこの消息を明らかに示しているではないか。芥川龍之介の「虚談」は、実はその生活の真実を語っているのだ。

（昭和二・一〇・五『読売新聞』）

故芥川龍之介の遺書的真実を伝えている文芸的作品は、実は読んで面白くない。その神経衰弱的境地に対しては、強いて理解を向け得ても、私の心に同感が浮かばないのを、どうすることもできない。こうした文書は、すでにその大なる光茫《こうぼう》の末端にすぎないのだ。

あるいは故芥川龍之介の遺作のごときは、大正期末の、「世紀病」の決算報告なのかもしれないのだ。

（昭和二・一〇・六『読売新聞』）

三人の死その他

田中　純

自己告白

芥川君の遺稿「或阿呆の一生」を読んで、私は、芥川君のような人にとって、あからさまに自己を語ることが、いかに難しいものであるかを、今更のように考えた。そして、僕たちのように、何でもあけすけに語ってしまわないではいられない人間の愚かさと、愚かなるがゆえの幸福をも考えた。

ヒステリイ患者に、彼の思うことを何でも書かせることが、ヒステリイ療法の一つであることは、芥川君自身が書いている。芥川君はこのすぐれた療法を知りながら、とうとう彼自身は、この療法にたよらなかった。恐らく、たよれなかったのだろう。彼がもっと裸になれたらと残念がるのは、佐藤春夫《さとうはるお》ばかりではない。

私は、芥川君のことを思いながら、ふと、キリスト教の懺悔《ざんげ》制度を思い出した。それから、キリストの懺悔に対するいろいろな教訓を思い出した。さらに、芥川君が、あの「西方の人」の中で、この点のキリストに全く触れていなかったことを微笑の中に思い出した。

キリストは、自己告白が、どれほど人の苦患を和らげてくれるかを知っていた、すぐれた心理学者の一人だった。この法則に従って、彼は、盲者に見せ、跛者《はしゃ》に歩ませ、悪鬼を退けたのに違いない。

私は、中世紀の懺悔所が、当時の善男善女の渇仰を集め得たゆえんを思い、さらに、今日の日本の婦人雑誌が、ヒステリイ婦人の渇仰を集め得るゆえんを考えた。

（昭和二・一〇・九『読売新聞』）

本書は、角川文庫旧版（一九六九年九月三十日改版初版）を底本とし、ちくま文庫版『芥川龍之介全集』ほかを参照して、一部表記を改めました。

本文中には、気違い、狂人、聾、唖、白痴、未開人、癩《らい》、支那といった、今日の人権擁護の見地に照らして、不適切と思われる語句や表現がありますが、発表当時の社会状況、作品の文学性や著者が故人であることなどを考え合わせ、底本のままとしました。

（編集部）

或《ある》阿《あ》呆《ほう》の一生《いつしよう》・侏儒《しゆじゆ》の言葉《ことば》

芥川龍之介《あくたがわりゆうのすけ》

昭和44年 9月30日　初版発行
平成30年 11月25日　改版初版発行
令和４年 2月25日　改版４版発行

発行者●堀内大示

発行●株式会社KADOKAWA
〒102-8177　東京都千代田区富士見2-13-3
電話　0570-002-301（ナビダイヤル）

角川文庫 21290

印刷所●株式会社KADOKAWA
製本所●株式会社KADOKAWA

表紙画●和田三造

Printed in Japan
ISBN 978-4-04-107587-6　C0193

◆◆◇

角川文庫発刊に際して

角川源義

第二次世界大戦の敗北は、軍事力の敗北であった以上に、私たちの若い文化力の敗退であった。私たちの文化が戦争に対して如何に無力であり、単なるあだ花に過ぎなかったかを、私たちは身を以て体験し痛感した。西洋近代文化の摂取にとって、明治以後八十年の歳月は決して短かすぎたとは言えない。にもかかわらず、近代文化の伝統を確立し、自由な批判と柔軟な良識に富む文化層として自らを形成することに私たちは失敗して来た。そしてこれは、各層への文化の普及滲透を任務とする出版人の責任でもあった。

一九四五年以来、私たちは再び振出しに戻り、第一歩から踏み出すことを余儀なくされた。これは大きな不幸ではあるが、反面、これまでの混沌・未熟・歪曲の中にあった我が国の文化に秩序と確たる基礎を齎らすためには絶好の機会でもある。角川書店は、このような祖国の文化的危機にあたり、微力をも顧みず再建の礎石たるべき抱負と決意とをもって出発したが、ここに創立以来の念願を果すべく角川文庫を発刊する。これまで刊行されたあらゆる全集叢書文庫類の長所と短所とを検討し、古今東西の不朽の典籍を、良心的編集のもとに、廉価に、そして書架にふさわしい美本として、多くのひとびとに提供しようとする。しかし私たちは徒らに百科全書的な知識のジレッタントを作ることを目的とせず、あくまで祖国の文化に秩序と再建への道を示し、この文庫を角川書店の栄ある事業として、今後永久に継続発展せしめ、学芸と教養との殿堂として大成せんことを期したい。多くの読書子の愛情ある忠言と支持とによって、この希望と抱負とを完遂せしめられんことを願う。

一九四九年五月三日

角川文庫ベストセラー

杜子春　芥川龍之介

人間らしさを問う「杜子春」、梅毒に冒された15歳の南京の娼婦を描く「南京の基督」、姉妹と従兄の三角関係を叙情とともに描く「秋」他「黒衣聖母」「或敵打の話」などの作品計17編を収録。

高野聖　泉　鏡花

飛騨から信州へと向かう僧が、危険な旧道を経てようやくたどり着いた山中の一軒家。家の婦人に一夜の宿を請うが、彼女には恐ろしい秘密が。耽美な魅力に溢れる表題作など5編を収録。文字が読みやすい改版。

海と毒薬　遠藤周作

腕は確かだが、無愛想で一風変わった中年の町医者、勝呂。彼には、大学病院時代の忌わしい過去があった。第二次大戦時、戦慄的な非人道的行為を犯した日本人。その罪責を根源的に問う、不朽の名作。

伊豆の踊子　川端康成

孤独の心を抱いて伊豆の旅に出た一高生は、旅芸人の十四歳の踊り子にいつしか烈しい思慕を寄せる。青春の慕情と感傷が融け合って高い芳香を放つ、著者初期の代表作。

雪国　川端康成

国境の長いトンネルを抜けると雪国であった。「無為の孤独」を非情に守る青年・島村と、雪国の芸者・駒子の純情。魂が触れあう様を具に描き、人生の哀しさ美しさをうたったノーベル文学賞作家の名作。

角川文庫ベストセラー

角川文庫ベストセラー

肝臓先生　坂口安吾

戦争まっただなか、どんな患者も肝臓病に診たてたことから〝肝臓先生〟とあだ名された赤木風雲。彼の滑稽にして実直な人間像を描き出した感動の表題作をはじめ五編を収録。安吾節が冴えわたる異色の短編集。

明治開化　安吾捕物帖　坂口安吾

文明開化の世に次々と起きる謎の事件。それに挑むのは、紳士探偵・結城新十郎とその仲間たち。そしてなぜか、悠々自適の日々を送る勝海舟も介入してくる……世相に踏み込んだ安吾の傑作エンタテイメント。

続　明治開化　安吾捕物帖　坂口安吾

文明開化の明治の世に次々起こる怪事件。その謎を鮮やかに解くのは英傑・勝海舟と青年探偵・結城新十郎。果たしてどちらの推理が的を射ているのか？　安吾が描く本格ミステリ12編を収録。

痴人の愛　谷崎潤一郎

日本人離れした家出娘ナオミに惚れ込んだ譲治。自分の手で一流の女にすべく同居させ、妻にするが、ナオミは男たちを誘惑し、堕落してゆく。ナオミの魔性から逃れられない譲治の、狂おしい愛の記録。

春琴抄　谷崎潤一郎

9つの時に失明した春琴は丁稚奉公の佐助と心を通わせていく。そんなある日、春琴が顔に熱湯を浴びせられ、やけどを負った。そのとき佐助は――。異常なまでの献身によって表現される、愛の倒錯の物語。

角川文庫ベストセラー

細雪 (上)(中)(下)
谷崎潤一郎

大阪・船場の旧家、蒔岡家。四人姉妹の鶴子、幸子、雪子、妙子を主人公に上流社会に暮らす一家の日々が四季の移ろいとともに描かれる。著者・谷崎が第二次大戦下、自費出版してまで世に残したかった一大長編。

陰翳礼讃
谷崎潤一郎

陰翳によって生かされる美こそ日本の伝統美であると説いた「陰翳礼讃」。世界中で読まれている谷崎の代表的名随筆をはじめ、紙、厠、器、食、衣服、文学、旅など日本の伝統に関する随筆集。解説・井上章一

恋愛及び色情
谷崎潤一郎
編／山折哲雄

表題作のほかに、自身の恋愛観を述べた「父となりて」「私の初恋」、関東大震災後の都市復興について書いた「東京をおもう」など、谷崎の女性観や美意識について述べた随筆を厳選。解説／編・山折哲雄

家出のすすめ
寺山修司

愛情過多の父母、精神的に乳離れできない子どもにとって、本当に必要なことは何か？「家出のすすめ」「悪徳のすすめ」「反俗のすすめ」「自立のすすめ」と四章にわたり現代の矛盾を鋭く告発する寺山流青春論。

書を捨てよ、町へ出よう
寺山修司

平均化された生活なんてくそ食らえ。本も捨て、町に飛び出そう。家出の方法、サッカー、ハイティーン詩集、競馬、ヤクザになる方法……、天才アジテーター・寺山修司の100％クールな挑発の書。

角川文庫ベストセラー

ポケットに名言を　寺山修司

世に名言・格言集の類は数多いけれど、これほど型破りな名言集はきっとない。歌謡曲から映画の名セリフ。思い出に過ぎない言葉が、ときに世界と釣り合うことさえあることを示す型破りな箴言集。

あゝ、荒野　寺山修司

60年代の新宿。家出してボクサーになった〝バリカン〟こと二木建二と、ライバル新宿新次との青春を軸に、セックス好きの曽根芳子ら多彩な人物で繰り広げられる、ネオンの荒野の人間模様。寺山唯一の長編小説。

吾輩は猫である　夏目漱石

苦沙弥先生に飼われる一匹の猫「吾輩」が観察する人間模様。ユーモアや風刺を交え、猫に託して展開される人間社会への痛烈な批判で、漱石の名を高からしめた。今なお爽快な共感を呼ぶ漱石処女作にして代表作。

坊っちゃん　夏目漱石

単純明快な江戸っ子の「おれ」（坊っちゃん）は、物理学校を卒業後、四国の中学校教師として赴任する。一本気な性格から様々な事件を起こし、また巻き込まれるが。欺瞞に満ちた社会への清新な反骨精神を描く。

草枕・二百十日　夏目漱石

俗世間から逃れて美の世界を描こうとする青年画家が、山路を越えた温泉宿で美しい女を知り、胸中にその念願を成就する。「非人情」な低徊趣味を鮮明にした漱石の初期代表作『草枕』他、『二百十日』の2編。

角川文庫ベストセラー

虞美人草　夏目漱石

美しく聡明だが徳義心に欠ける藤尾は、亡父が決めた許嫁ではなく、銀時計を下賜された俊才・小野に心を寄せる。恩師の娘という許嫁がいながら藤尾に惹かれる小野……漱石文学の転換点となる初の悲劇作品。

三四郎　夏目漱石

大学進学のため熊本から上京した小川三四郎にとって、見るもの聞くもの驚きの連続だった。女心も分からず、思い通りにはいかない。青年の不安と孤独、将来への夢を、学問と恋愛の中に描いた前期三部作第1作。

それから　夏目漱石

友人の平岡に譲ったかつての恋人、三千代への、長井代助の愛は深まる一方だった。そして平岡夫妻に亀裂が生じていることを知る。道徳的批判を超え個人主義的正義に行動する知識人を描いた前期三部作の第2作。

門　夏目漱石

かつての親友の妻とひっそり暮らす宗助。他人の犠牲の上に勝利した愛は、罪の苦しみに変わっていた。宗助は禅寺の山門をたたき、安心と悟りを得ようとするが。求道者としての漱石の面目を示す前期三部作終曲。

こころ　夏目漱石

遺書には、先生の過去が綴られていた。のちに妻とする下宿先のお嬢さんをめぐる、親友Kとの秘密だった。死に至る過程と、エゴイズム、世代意識を扱った、後期三部作の終曲にして、漱石文学の絶頂をなす作品。

角川文庫ベストセラー

明暗　夏目漱石

幸せな新婚生活を送っているかに見える津田とお延。だが、津田の元婚約者の存在が夫婦の生活に影を落としはじめ、漠然とした不安を抱き——。複雑な人間模様を克明に描く、漱石の絶筆にして未完の大作。

文鳥・夢十夜・永日小品　夏目漱石

夢に現れた不思議な出来事を綴る「夢十夜」、鈴木三重吉に飼うことを勧められる「文鳥」など表題作他、留学中のロンドンから正岡子規に宛てた「倫敦消息」や、「京につける夕」「自転車日記」の計6編収録。

濹東綺譚　永井荷風

かすかに残る江戸情緒の中、私娼窟が並ぶ向島・玉の井を訪れた小説家の大江はお雪と出会い、逢瀬を重ねる。美しくもはかない愛のかたち。「作後贅言」を併載、詳しい解説と年譜、注釈、挿絵付きの新装改版。

夏子の冒険　三島由紀夫

裕福な家で奔放に育った夏子は、自分に群らがる男たちに興味が持てず、神に仕えた方がいい、と函館の修道院入りを決める。ところが函館へ向かう途中、情熱的な瞳の一人の青年と巡り会う。長編ロマンス！

舞姫・うたかたの記　森鷗外

若き秀才官僚の太田豊太郎は、洋行先で孤独に苦しむ中、美貌の舞姫エリスと恋に落ちた。19世紀のベルリンを舞台に繰り広げられる激しくも哀しい青春を描いた「舞姫」など5編を収録。文字が読みやすい改版。